THE NIGHT WATCHER

夜行实录

徐浪 著

天津出版传媒集团

天津人民出版社

图书在版编目（CIP）数据

夜行实录 . 1 / 徐浪著 . — 天津 : 天津人民出版社，
2018.5
ISBN 978-7-201-13024-8

Ⅰ . ①夜… Ⅱ . ①徐… Ⅲ . ①短篇小说—小说集—中
国—当代 Ⅳ . ① I247.7

中国版本图书馆 CIP 数据核字（2018）第 066533 号

夜行实录 . 1

YEXING SHILU. 1

徐浪 著

出　　版	天津人民出版社
出 版 人	黄　沛
地　　址	天津市和平区西康路 35 号康岳大厦
邮政编码	300051
邮购电话	（022）23332469
网　　址	http://www.tjrmcbs.com
电子信箱	tjrmcbs@126.com

出 品 人	柯利明　吴　铭
总 策 划	张应娜
策　　划	王大宝
责任编辑	玮丽斯
特约策划	蔚然新知
特约编辑	郭　瑶
营销编辑	吴梦阳
版式设计	张志浩
封面设计	HPMFOURTEEN
特约设计	张晨曦
图片制作	司马逸笑　张　坤
封面题字	冯兆华

制版印刷	三河市航远印刷有限公司
经　　销	新华书店
开　　本	880×1230 毫米　1/32
印　　张	13.5
字　　数	288 千字
版次印次	2018 年 6 月第 1 版　2018 年 6 月第 1 次印刷
定　　价	48.00 元

欢迎进入

夜行者的

世　　界

本 小 说 纯 属 虚 构

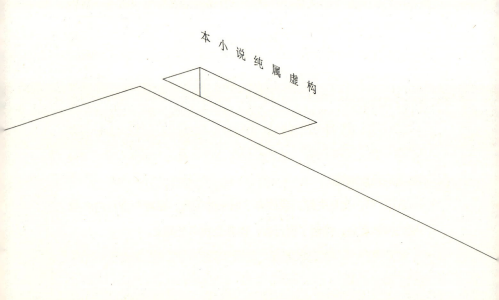

我叫徐浪，是个"夜行者"。

"夜行者"是个舶来语，英语里叫 Night Crawler，听着跟蝙蝠侠似的，实际是个苦差事——都是一些靠追逐独家或一手的社会新闻，卖给大媒体赚钱的自由记者。

这行说起来，像狗仔又像侦探，只不过大家追逐的对象不一样。

杰克·吉伦哈尔曾演过一部《夜行者》的同名电影，讲的就是这个行业的故事。

2010 年，我第一次接触这个行业。我当时正在 Discovery 实习，偶尔会从"夜行者"手里买新闻，所以对这个群体稍有了解，知道他们还挺赚钱。

2012 年，女友失踪，我放弃了原来的工作，跟着一个行内名声不错的前辈老金，当起了夜行者，他算是我半个师父。

此后这些年，我在做调查、赚钱生活的同时，还兼顾着找女朋友的下落和写作。

入行后，我算真正见识了这行的黑暗——还不如狗仔，虽然我们都瞧不起狗仔。

这是个游走在法律边缘的行业，靠这个赚到钱的人很多，但金盆洗手后，大家往往三缄其口，绝口不提自己做过的事儿。有很多夜行者被判入狱或死亡，如我之前所说，这是份挺赚钱的工作，但高收入就意味着高风险。

好的一方面是，这份工作挺刺激的，能让你经历各种体验：进局子、凶杀现场、追车、生命危险——甚至直接与杀人犯、变态或黑帮成员对话。

我就曾几次面对过像周克华、曾开贵这样的冷血杀人犯。但在我看来，许多人、许多事都比他们更诡异和令人害怕。

但我总能解决问题并查出真相——虽然老金说我天生就适合干这行，但要不是为了赚钱和其他一些私人原因，我早就不干了。

擅长做并不等于爱做。说实话，我不是个爱冒险的人，不喜欢以身涉险，不侠骨仁心，不喜欢打抱不平，也不是眼里揉不得沙子。

我到底是什么样的人？在后面的故事里，你大概会看到——我很少做没利益的事，很少做特别危险的事。

除非实在避不开了，否则面对风险大的事，我一般会选择回避，曲线解决问题。

不管是自己去调查，还是有人委托任务给我，我都要尽可能地先搞清楚来龙去脉，评估风险，否则绝对不接。

虽然如此不爱冒险，但我和冒险特有缘，从小我就发现了这一点。

我出生在东北。小的时候，没有集中供暖，每个小区都有一个锅炉房，冬天烧煤取暖。

入冬之前，在锅炉房边上，往往会堆起一座煤堆，整个冬天供暖要烧的煤堆在一起，像山一样。那时候，小区里的男孩们最喜欢的就是一起爬煤堆，我也不例外。

有一天，我和几个同龄孩子在煤堆上捉迷藏时，忽然有个想法——要是我挖个坑把自己埋起来，是不是就没人能找到我了？

我打小就是个实干家，不管想到什么，即使再荒唐也会去验证，这也是我做夜行者的优势之一。

从那件事后，院里的小孩都不爱和我玩了，因为他们的父母说我怪。

我并不是不怕，而是因为从小父母教育我时都没告诉过我，我自然不知道害怕。

所以我想，孩子的恐惧往往是从大人身上来的。

被小区里的孩子们孤立后，我只能自己一个人玩。我常常一个人跑去一个荒废了的飞机场，这个飞机场因为荒废太久，已经变成了一个大草甸。我在大草甸上捉螳螂和青蛙，自娱自乐。在追逐一只青蛙的时候，我发现了一个被土掩埋了一半的防空洞口，一半在地上，一半在地下。

我想了想自己下洞有风险，就继续抓青蛙，回家后，为了分摊风险，去找了姨妈家的表哥，告诉他我在草甸发现了一个防空洞。

表哥当时上初中，正是好奇心最重的时候，受不了这种诱惑，叫上两个朋友，我们又去了草甸。

他们几个都从家里带了铁皮手电筒，从洞口往下照了照，发现不深后，我们几个都滑了下去。

这个防空洞并没多长，走到头也就二百米，但他们走到尽头时，用手电照到一个靠墙角坐着的身影，吓了一跳，仨人转头就跑。

就我没跑，因为我看清了，那是一具骷髅。

我哥跑出洞口后，才想起还有我这么个弟弟，壮着胆在洞口喊了几声，我让他下来，告诉他没事——他可能怕没法和家里交代，哆嗦着下来了，我俩拿着手电，一起照了照那骷髅。

现在想起来，那骷髅穿的应该是日军的军装，身边扔着一把步枪，枪柄和枪带都烂掉了。但这事没法考证了，因为当时我哥不让我捡。

那次事后，我哥的同学跟他说："你弟弟好怪啊，看见骷髅也不害怕。"我哥私底下教育了我一番，让我"别那么奇怪"。

从此以后，我开始试着合群，伪装得不那么奇怪，一直到成为一名夜行者。

跟老金学了一段时间后，我开始独立采访做调查。在这个过程中，我遇见了我的助手周庸——说遇见不准确，是我把他从一件麻烦事中摘出来后，他死皮赖脸地跟着我，也想干这行。

他是个喜欢买单的富二代，对这个城市很了解，知道哪儿的酒好喝，车开得好，还主动提出不要工资。我答应了他，从此就多了一个助手。

在做夜行者的过程中，我交到了许多真心的朋友。除了老金和周庸外，还有新闻掮客田静——我每次调查到的一手资料都会交给她。

还有周庸的表姐鞠优，她是个特别好的警察，虽然有时候会给我制造麻烦，但更多的是帮我解决问题。

这些朋友告诉我，我不奇怪，也无须隐藏自己——对待事物的冷静不是病，而是一种优点和天赋。

做夜行者期间，见多了奇怪的人和事，也让我坚定了这一点。

今天，我看到尸体仍不会感到恐惧。因为我知道，已经发生的事不值得畏惧，在这个世界上，危险大多来自人心和未发生的事。

所以我把我的故事写出来，除了曲折的剧情外，还想指明危险所在并起到一定的警示作用，让看完的人知道面临相似的情况时该如何面对。

不多说了，看故事吧。

目 录

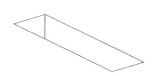

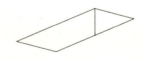

地铁乞丐特别多，
美女乞丐就这一个

两年前，燕市出了一个掏肠手，接连杀了几个姑娘，作案手段极其残忍。第一起事件发生时，新闻掮客田静就找到了我。田静是个女权主义者，对于这种针对女性的案件最不能忍。我本来打算和她谈谈价钱，但看见她难得怒气冲冲的样子，就算了——她是我的半个金主，这种伤感情的事不能做。

我带着周庸在掏肠手出没的忠义路附近蹲了几天，饱吸雾霾，不仅毫无收获，周庸还得了气管炎。但就在这件事越闹越大的时候，凶手忽然销声匿迹了。

我白忙活了一通，周庸更惨，不仅得了气管炎，咽喉也溃疡了，

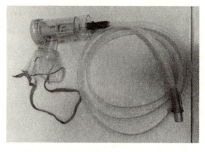

▲ 治嗓子常用这种雾化器

话都说不出，每天不是捂着喉咙到处吐痰，就是躺在床上哼哼。这病还特别不好治，只能去医院吸氧，然后把药雾化放在氧气里一起吸。他因为一直要吐痰，连车都开不了。周庸的父母那段时间都在外出差，没办法，我只好每天照顾他，开车送他去吸氧。

周末那天送周庸吸完氧回到他家，我想起好久都没去夜行者俱乐部了，想去那儿转转，看有没有什么有用的消息，顺便去附近的书店买几本书。因为是周末，开车怕堵，我选择了坐地铁。结果在夜行者俱乐部没得到什么有用的信息，我买完书就往周庸家走，上了地铁5号线。5号线可能是燕市乞丐最多的一条地铁线了，起码有三个常驻乞丐，还会穿插着几个偶尔出现的。而且他们有个共同点——都是腿有毛病，用木板在地上滑行。

基本上，我每次坐5号线都能看见乞丐，这次也不例外。一个乞丐坐在自制的滑板上，拿着破铁罐，穿着破衬衫，从地铁的一端滑向另一端。

一般来说，比较了解这群人黑幕的我是从来不会正眼看他们的。但这次有点不一样——滑过来的竟然是个颇有姿色的女乞丐，脸稍微有些脏，双腿膝盖以下被截肢。我的手情不自禁地掏向了口袋，一边还自嘲：真是个看脸的世界，连乞丐长得好看都能多要点钱。

这个女乞丐吸引了很多人的目光，有人和她搭话，有人给她拍照。但当她滑过一个中年大姐的时候，大姐忽然怒了："不能离远点儿啊？没看见这儿有人吗？碰着我了知道吗？"

大姐旁边的大哥脾气也不好，满嘴骂骂咧咧还作势要打人。周围围了一群人，有人拍照，但没人替女乞丐说话。我一看大哥真要打人，走过去挡在大哥面前和他商量说算了。大哥推我一把没推动，看我态度挺强硬的，就拉着仍然骂骂咧咧的大姐坐下了。

这时田静发信息问我，掏肠手的事查得怎么样了。我说："现代版的开膛手杰克难找，有消息就告诉你。"

回完田静，地铁正好到站，我下车往周庸家走。走了两步，我发现周围的人都用诧异的眼光看着我的身后。我回头一看，发现那个颇有姿色的女乞丐在我身后敏捷地滑着滑板前进。我侧开身想给她让道，她却在我身边停下来看着我。我问她是来找我的吗，她点点头。

还是第一次有乞丐想找我聊聊。但就在地铁口聊，和一个乞丐，还是一个颇有姿色的女乞丐，未免太引人注目了。我决定找个僻静的地方和她谈。于是我让她跟我走，她点点头。我问她能跟上吗，她拍拍滑板的轮子，告诉我没问题。

把她带到附近一个购物中心后面的公园里，我扶着她的

▲ 公园里四处可见的长椅

双臂，帮她坐到长椅上，然后问她有什么事。她说家里有个生了病的小女儿，正缺钱。刚才我在地铁上帮了她，她觉得我是个好人，问我能不能帮帮她。

这种人一般都是骗子，编造一个可怜的身世，骗点钱。如果是周庸在这儿可能还真给她了，但我不行。怎么说呢，身为一个夜行者，如果被人骗了，即使别人不知道，自己心里也会觉得不太舒服，这算是一种另类的职业道德吧。于是我装作胸有成竹的样子，看着她问："好人就活该被骗吗？"

她哭着说她没骗我，她叫朱碧瑶，南方来的。四年前她十七岁时网恋，来燕市见网友被骗了。没想到不是骗心、骗身那么简单，她被一伙恶势力给囚禁了，还被卸了双腿，这样就跑不了了。她被强奸生了个女儿，孩子现在身体不太好，想求我救救她们。

她这么一说我还真有点信了。当夜行者这几年，这种事我见过不少。这种事情的套路都是一样的，一般就是有一个姑娘网恋，千里迢迢去和对方见面。但结果不尽相同，有的被强奸，有的被骗进传销组织，有的失去了生命——当然，也有被囚禁的，作为性奴或者其他的什么。

我在报警和自己追查两个选项上犹豫了很久，最终选择了自己查。最近因为掏肠手事件耽误了太多的时间精力，腾出点精力干个其他活儿也好，还能多赚点。于是我开口向朱碧瑶询问囚禁她的组织情况。

她告诉我这是一个乞丐组织，有各自的地盘儿。头儿叫杨烈，从小就是乞丐，后来跟别人动刀，被废了一只脚。没人知道他干了多少年乞丐，只知道遣送站的人都跟他熟得像家人一样。我说："行啊，人家杨过没一条胳膊，你们老大杨烈没一只脚。"

朱碧瑶仿佛没听见我说话，接着说下去："他们囚禁我，要我去讨钱，每天不交够他们要求的数目，就往死里打。"

我问她那帮人不怕她不回去吗？她摇摇头："原来还有人看着，我有孩子以后就没人跟着了，他们说我不回去，就把我女儿弄残，让她出来乞讨。"

我点点头，确实有这样的事。之前有个乞丐村，全村都是乞丐。他们很多人自己不乞讨，偷别人的孩子，骗些无知的人，弄成残疾为他们赚钱。朱碧瑶就是他们赚钱的工具。

我决定跟朱碧瑶去看看情况，我问她那个地方在哪儿，她说在飞燕村。我拦了辆出租车，和她一起往那边去了。飞燕村是一座破旧的小村庄，离燕市中心近三十千米，但有许多工资不高的外地人住在这里。我和她走过一段土路，来到一个院子门口，隔着院墙大致能看见里面有几间小平房。

她打开院门，里面没人，她让我进去。我说："行，我先打个电话，你等我一会儿。"我拿出手机迅速给周庸和田静都发了个位置。

身后的院里走出几个穿得脏兮兮的中年男子，其中一个冲上来抢我的手机。我闪过他的手，关了机递给他，告诉他别开机了，有密码。大哥接过手机揣兜里了，顺便给了我一脚。我没反抗，盯着他的脸看了一下，然后我笑了。这个男人就是在地铁上和朱碧瑶发生争执的那个中年男子，我扭头对朱碧瑶竖了个大拇指，夸他们做了个好局。

　　这时有人从背后拿钝器抡了我一下。我醒来的时候，已经被绑住四肢，扔在墙角。两个人坐在屋子的另一头一边聊天一边看着我，屋子里一股发霉的味道——他们一定没想到我醒得这么快，我为了应付这种场面接受过许多抗击打的训练。

　　虽然我的鞋里有刀片，能割开绳子，但我不清楚这个小院里的人员情况，与其在不知道对方的具体情况下逃跑，还不如等田静和周庸来救我，顺便听看守我的两个人聊天，看能不能得到什么有用的信息。没想到听到的东西让我毛骨悚然，差点无法继续装昏。

　　这群乞丐的头儿，确实叫杨烈，他是个慕残[1]者。慕残者就是对残疾人感兴趣的人。他们看到截肢者和直男看到大胸美腿的女人的感觉差不多，这会让他们产生冲动。

　　我正在消化着听到的信息，朱碧瑶拄着拐杖从门口进来。两个看守我的人见她过来，都凑上去调笑，说瑶姐就是没腿，要不然真想试试。另一个人说可惜了，没腿和美腿差别有点大，然后两个人哈哈大笑。

　　朱碧瑶也赔着笑，示意两个人扶自己一把，她想坐到椅子上。看守者扶她的时候，朱碧瑶忽然拿出一把刀，对着其中一个扶她的人的喉咙就扎了下去。被扎的那个人捂着喉咙倒在地上，我在墙角

---

1 慕残，概括来说是一种对异性身体的审美观念。主要是指在当前主流社会审美观念是四肢健全为美的前提下，慕残人士认为残障的身体同样是美的甚至更胜一筹，是一种非主流审美观。

看着他，不知为什么忽然想起周庸捂着喉咙吐痰的样子。另一个人反应很快，躲开了朱碧瑶接着捅他的一刀，并一脚把朱碧瑶踹倒，然后开始疯狂地踢她。

我虽然有点搞不清情况，但这么拖下去可能又要出人命。我从鞋里拿出刀片，割断了绳子，捡起朱碧瑶放在地上的滑板，从身后悄悄接近正在踢她的看守者，对着他的后脑勺给了一下。

我走到朱碧瑶身边看着她，朱碧瑶被踢得已经不成人样儿了。她喘着气告诉我，院子里现在没人，孩子在隔壁，救救她，带她走。我到了隔壁房里，按照朱碧瑶告诉我的，找到了床后的小暗门，暗门上有一根白色的管子。打开暗门是个地窖，白色管子一直通到地窖内，用来保证地窖里有足够的氧气。

地窖隔成了两间，一间关着三个残疾男孩，另一间关着五个残疾女孩以及朱碧瑶的女儿，她瘦瘦小小，透过皮肤仿佛能看见骨头。那几个残疾人看着我哇哇叫，地窖很小，阴暗潮湿，空气污浊，角落里还有排泄物。

我当时差点就吐了。我抱着小女孩出来，她有点儿不适应阳光，我带她去了朱碧瑶的身边。被我打晕的那个人也躺在那儿，我从他身上搜出了手机，打给了周庸。

周庸接了电话，我问他快到了吗？周庸发出嗯嗯的声音确认这一点，我问他田静在不在他身边，他又嗯。我受不了了，告诉他把电话给田静。田静接了电话，我简单地描述了一下这边的情况，告诉她多带点人，把车停远点，大头还没回来呢。田静说明白。

当杨烈和其他乞丐回来的时候，等待他们的是埋伏在屋里和四周的警察，还有我和周庸。田静直接送朱碧瑶母女去医院了。

这伙人确实是乞丐，但乞丐只是他们一个次要的身份。他们还有一种身份是骗子，利用残缺的身体获取别人的信任和同情以获利，再利用人们天生对弱者缺少防备的心理，把人骗来制造新的乞丐。他们还干着更龌龊的事儿，弄些像朱碧瑶一样的姑娘，专门供给有钱的慕残者。

访问这些姑娘的工作，是田静负责的。她和我说，这些人都是杨烈诱骗来的，平时杨烈对这些女孩"调教有方"，姑娘们不仅毫不反抗，反而互相嫉妒。在朱碧瑶刚被骗进来时，杨烈已经圈养了三个姑娘。他说如果有人想逃跑，举报的人能获得一定程度的自由。当时有一个姑娘想要逃跑，另一个姑娘举报了她，杨烈把她打死，尸体就地掩埋。从此以后，每个人都互相不信任，但谁也不敢起逃跑的念头了。警察后来果真在院子里挖到一副人骨。

田静问朱碧瑶，为什么没跟她们一样。朱碧瑶说可能是因为生了孩子，一个母亲可以为了孩子做任何事。她知道杨烈会让她们出去乞讨，骗人进窝，所以她一直在找机会，只好借着这个"出去拐骗人"的幌子，来个计中计。不过之前几次都失败了。她不敢去警局报警，因为有人盯着。

我们试图把这个新闻卖出去，却没有平台或媒体敢接，他们说这件事太敏感了，既然已经处理了，就不要报道。我和田静说起这事，她让我不要再纠结这件事了，并扔给我一份掏肠手的最新资料："你在给我查案的时候还出去干私活儿，自己差点没搭进去，该！"

　　我扬了扬手里的资料，告诉她，总是追踪别人故事的人，必然有一天会成为故事的一部分。

女主播一加盟，
殡仪馆生意越来越好

2015 年 4 月的一天，我的线人大伟提供了一条令我感兴趣的线索，东山殡仪馆丢失了一具女尸——她生前是一名很红的网络女主播。

殡仪馆尸体丢失事件偶有发生，一般不会引起公众的注意。因为一般丢的都是那些没人认领的，殡仪馆自己不说，可能永远都没人发现。但这次不一样，一名女网红尸体的丢失，这事儿能大能小，就看具体运作了。我打电话给田静，问她这件事是否有运作的可能。

田静说她在外地追一起死伤上千的煤矿爆炸案，暂时回不来。不过这事儿有点儿意思，我可以先调查清楚，等她回来再运作。

我说行，然后给周庸打电话叫他一起去。周庸一听是殡仪馆立马怵了，说那地方瘆得慌，让我回来再找他。我呲了他两句，让他帮忙拿到尸检报告，并做些女主播的人际关系调查。

到了殡仪馆，里面人挺多的。我递上根烟和门卫大爷套话，问知不知道女主播尸体丢失一事。大爷说："那咋不知道？那主播长得老俊哩，就是死状太惨了。听说家里没什么亲人了，横死时尸体丢了都没人管。"

线人并没有提到死者的死状，我问大爷怎么回事。大爷抽完我的烟，没直接回答我，反问我问这些干啥。我掏出假证件在他面前晃了晃。

大爷随手将烟头在旁边的花盆中按灭："你们不是来查了一次吗？"

我说："我之前是这个女主播的粉丝，她死得挺突然的。我想为她做点什么，别有冤报不了。"

大爷站起身，点点头："查查也好，听说那姑娘肚子上的伤口花老大力气缝上的，这么年轻，唉。"往停尸间走的路上，大爷嘴就没停过，"别看我们这儿不出名，嘿，但活儿多着呢。跟我们太平间合作的医院有三十多家，你知道那武警医院吗？跟咱可是兄弟单位，咱专门有间停尸房是给他们备的。"

把我带到停尸间，交给一个叫老杨的工作人员，说是来查案的警察后，大爷就回去看门了。

老杨打开停尸间的门，一股让人不舒服的凉气扑面而来，里面的冷藏箱有四排十列。我紧了紧领口，问老杨哪个是存放女主播的冷藏箱。老杨抽开了一个最下排的冷藏柜，我探头看，里面有一些细微的拖拽痕迹和少量凝固的血迹。我问老杨都谁有停尸间的钥匙，老杨说："我跟另一个人白夜班交替，共用一把钥匙，馆长那里还有一把。"

主播冷藏箱的右下角有个粉笔画的叉，我问老杨怎么回事。老杨说："无亲属认领的尸体都会标上这个，她旁边也是个女孩儿，都在里面放了五年了，联系不上家属，就这么放着。"

我问他那个叉是谁画的，老杨说是他画的，并指指下面三排的冷藏箱，说："那些都是不经常打开的，里面放的都是无人认领的尸体。"

我站起来环顾停尸间，侧面有个安全出口。我推开门，顺着门外的楼梯向上走直到大厅。在大厅我收到了周庸的信息："一个村民在山洞中发现主播尸体后报警，尸检结果显示山洞是第一现场，经化验有服毒痕迹，但真正的死因是腹部被利器所刺，失血过多而死。尸检后尸体被送到殡仪馆，排期火化前尸体丢失。"

出了殡仪馆我给周庸当警察的表姐鞠优打电话，她接了电话，冷漠地问我有什么事。我说好事儿，让她派点人到东山殡仪馆。

在火葬制度推行之后，这个世界上多了一种职业——盗尸者。他们偷盗各种尸体（殡仪馆无主尸体以及坟墓尸体），代替死者火化，死者则偷偷土葬。

我刚成为夜行者时，曾和老金一起跟过类似的案子，他们的作案手法几乎一模一样。在殡仪馆有个内应，确认尸体无人认领后画叉，然后里应外合，把尸体偷运出去——反正也不会有人检查那些陈尸的冷藏箱。

如果我没猜错，东山殡仪馆停尸间下三层的"陈年旧尸"，早就被老杨联系外人拉出去卖了。要不是这个女主播死得比较蹊跷，警方后来又来调查了一遍，说不定女主播也和其他尸体一样，没了就没了，到最后也没人知道。鞠优的效率一如既往地高，当晚警察就把这个盗尸团伙一窝端了。出了这么大的事，包括馆长在内的很多人都逃不了惩罚，不知道门卫大爷会不会受到连累。

在审讯中，这个团伙交代了四十余起盗尸案，但他们说从未杀害过一个活人。我打电话问鞠优口供是否可信，鞠优说可信。我说："行，多谢告知我这么多消息。"

鞠优沉默了一下，问我："你就没想过，活得正常点吗？"我笑着说我哪儿不正常。鞠优挂了电话。

我抽了支烟，又打给田静，向她讲了一下现在的情况，问她是否继续追女主播死亡的事件。田静说追。

我和周庸商量了一下，决定从女主播的主要生活——直播查起。周庸拿手机给我看女主播的直播空间，长得确实不错，有十来万人的关注量。她关注的人相对少了一点，只有三个。她关注的三个人一女两男，女的叫安妮，男的分别叫大龙和阿北。

周庸已经找到了这三个人的联系方式。我先拨给了大龙，接电话的是他的父亲。我说我是他儿子的朋友，问他如何联系大龙，他告诉我大龙前天出车祸死了。我假装悲伤地问他能不能聊聊，他拒绝后挂了电话。

这时听着我们对话的周庸，已经查到了前天燕市发生的车祸。他没有骗我，大龙打了码的照片在新闻上。

之后，我约安妮在中山路见面。她答应了，并带来了她的男友阿北——这个我有点没料到，不过也好，省得再费力了。

安妮是个演员，我问她女主播出事那天她在做什么。她说跟男朋友在巴厘岛度假。她和女主播是闺密，阿北是女主播的前男友。后来阿北劈了腿，三个人就闹掰了，她们已经有半个多月没联系了。我查了一下安妮和阿北的出境记录，确实没有作案时间。

回去后我托周庸帮我拿到了女主播近期的直播数据。虽然她的关注度比较高，但真正舍得花钱的并不多，不是托儿，就是来看热闹的。当然，最近的留言都是在问她去哪儿了。女主播的粉丝到现在都不知道她出事的消息。我发现了一个有点特殊的关注者——他在主播被发现死亡之前的三天内，陆续给她送了三十多万元的礼物。我让田静帮我联系她在直播平台的朋友，确定了这个土豪 ID 所在的具体位置——韦村。

韦村离燕市市区两百多公里，开车需四个多小时。我和周庸到村中心的时候天刚黑，因为下了场雨，车轮好几次陷进了泥里。村中心是一块空地外加一个简易的露天舞台。现在本该是大爷大妈跳广场舞的时候，但这个村子却很冷清。我下车围着露天舞台转了一圈，看见一个告示板。我打开手机里的手电，朝这个告示板照去——全都是寻人启事，

▲ 告示板很常见，路过可以多注意一些上面的信息

老人小孩都有，不过女性居多。

我有点内急，和周庸说要去旁边小树林小解。周庸乐了："徐哥，这么暗，你就在车边尿呗，也没人能看见。放心，我不怕你滋我车上。"他正说着没人看见，一个老太太骑着一辆自行车路过，吓我们俩一跳。

我好不容易见着一个人，赶紧上去问那个告示的情况，老太太说："这段时间经常丢人，大伙晚上都不敢出来了。"

我问她报没报警，老太太情绪有些激动："咋没报警啊！但是还一个都没找回来呢！"

我看老太太激动得有点哆嗦，赶紧转移话题，问她为什么这么晚了还在外面。老太太说："我去县里买点水果，老头儿病了想吃点润口。"我说："那大娘您先忙。"老太太应了一声就骑车走了。我这时有点憋不住了，走到车后面，解开了腰带。

正提裤子的时候，一辆微型面包车从远处开来。车上下来一个男的，拽着老太太就往面包车里拖，水果撒了一地。我正准备招呼周庸上去，老太太又被扔了下来，车上有人骂："头发那么长还以为是小姑娘呢！晚上没事出来瞎嘚瑟啥啊！"

我等车开走了，忙跑过去扶起老太太。看她没什么事，只是受了点惊吓。我嘱咐两句就回到了车上，告诉周庸追

▲ 这类微型面包车容易被犯罪分子利用

上去。周庸说："徐哥，他们都走五分钟了，怎么追啊？"

我拿手机照泥地上的印记给他看："这边车这么少，顺着他们离开的方向追车轮印就行，一会儿你一路开近光灯，别被发现了。"

周庸看着我不说话，我说："行了，别跟我这儿装样子，知道你车贵，反正你也不差钱。"

跟着印迹走了半个多小时，我们发现车轮印拐进了一家工厂的大门。周庸翻墙就要进，我让他等一下，一般这种乡间的工厂里都养狗，我们得注意点。

周庸点点头，回车里拿出一个喷雾，我问他这是什么。他说车停在小区院里，总有狗往他车胎上尿尿，他就在网上买了一个防狗喷雾，狗特别不喜欢这个味道，一闻见就躲得远远的。

我和周庸往身上喷了点喷雾，翻围墙进了工厂。里面是一间间厂房，我和周庸说好他左我右向中间查，不要冒险进入房间，在中间会合后再采取下一步行动。

▲ 驱赶猫狗的喷剂，怕狗的朋友们可以试一试

我从右侧开始查，这几间厂房养了一些猪跟家禽，后面是一片地，种了白菜。再往中间走，房间明显变得跟之前的不同，门窗都上了铁围栏。我透过窗户向里看了一眼，什么也看不见。

这时，一个男人从对面的厂房中出来，晃晃悠悠地往我的方向走，我急忙蹲下。他离我越来越近，我正准备突然跳出来打晕他，周庸忽然出现在他背后，给了他一板砖，然后看着我说："工厂板砖就是好找。"

我从被周庸打晕的男人身上摸到钥匙，一把一把地试，打开了带锁厂房的门。一开门里面就有一股骚臭的气息。我深吸一口气，提高衣领挡住口鼻，走了进去，打开了手机的手电筒。里面有很多大的笼子，我估计是狗笼，就拿手电往里照，忽然照到一双布满血丝的眼睛在盯着我看，被手电筒一晃，就闭上了——那不是狗，是人！

我平静了一下心绪，和周庸说了这件事，拿手机照向其他的笼子——每个笼子都关着三五个人，铁笼空间很小，别说站立了，移动都是问题，我也找到了骚臭的源头——他们直接在狗笼里排泄！

我和周庸退出去，锁好门。我问他还有没有什么其他发现，他说左侧第三间房里有几台电脑，可能是他们平时办公的地方，我决定去看看。

这间房里面只放了三台电脑。我和周庸打开这三台电脑，都不能上网，里面只有一些单机游戏。但我在其中一台里，发现了一个隐藏文件夹。里面有上百份个人资料，上面写有相貌、年龄、身高、体重、家庭背景等信息，下方标有十几万到上百万元不等的价格。再之后是备注，上边会写未售或者售出时间。我向下拖动下拉条时，发现了女主播的个人资料！

我做夜行者这么多年，线索到了手里却理不清的情况很少，这次算是一回。周庸问我现在怎么办，我让他先报警，但一定通过他表姐联系上层机关，这事要速办。

周庸打完电话，我们架起了被他拿板砖拍晕的男人，回到了车上。浇了三瓶矿泉水，男人才转醒。我和周庸揪着他问了半天，这哥们儿就是不说。眼看时间一点一点过去，周庸急了："徐哥，就是路不好，警察到得慢点。等人到了他们手里，我们再想知道发生了什么，就得等官宣了！"

我说："你看，哥们儿，我刚才在你们养猪的地方发现有的饲料烂了，里面生了蛆。蛆是一种很顽强的生物，什么都吃。我要是在你身上割个口子，再往里倒蛆，不出半个点，你的肉就没了。你疼，我也会觉得恶心，对大家都不好。"

这话半真半假，蛆会吃伤口附近的细菌和阻碍伤口愈合的坏死组织是真的，这在医学上称为"蛆虫疗法"[1]，但蛆不会吃完后向里面爬。

哥们儿看了我一眼，说："你也别吓我了，听你们说警察快来了，看来我们是完了。跟你说说也没什么关系，自我介绍一下，我叫张岩。"

原来他们是一个特殊的"人口贩卖组织"，从附近的村子或国道上掳走独自走路或精神有问题的人。等买家选好冥婚对象后，他们会将人带到约定位置，用毒药现场将人杀死。他们从来不动刀，因为那样会令尸体损坏，让买家不愿意付费。

我问他女主播是怎么回事。他问我是不是查女主播的事情才找过来的，然后自嘲地一笑："第一次干这事儿就全毁了。"

这个团伙本来只贩卖已绑架的人。但一个有钱人找到了他们，

---

1 蛆虫疗法，指利用医用蛆虫帮助清理溃烂伤口，吃掉阻碍伤口复原的坏死组织和细菌的一种自然生物疗法。

让他们帮忙把这名女主播搞到手，给儿子配冥婚，并许诺事成之后支付五百万元。他们同意后，有钱人马上给他们汇了一百万元订金。

给女主播送大量礼物的人就是这个团伙的主犯——张岩。张岩获得女主播的好感后将她约出，带她去韦村的一个山洞"探险"（这个山洞其实就是这次的交易地点），并骗她喝下掺有毒药的饮料。喝了毒药的女主播并没有被毒死，挣扎中张岩用刀将她刺死。那个有钱人来了以后，看见女主播身上的伤痕很生气，说用横死的姑娘配冥婚不吉利。这时几个村民突然上山，所以交易双方来不及处理尸体就逃走了。

天还没亮时，警察就包围了这片厂房，我和周庸把张岩交给了警方后，就开车回了燕市。

我和周庸在我家喝着酒，他的电话响了，周庸接起来嗯了几声，挂了电话："我表姐，她说大龙的父亲自杀了。你说这人，他儿子死了他找人陪葬，被人发现后感觉没脸，自杀了。"

我嗯了一声。周庸喝了口酒："徐哥，你说为什么咱总碰到这种事儿呢？"

我沉默片刻，抬手拍了拍他的肩："别叨叨了，干一行爱一行！"

大学城里美女多，
引来的不只有色狼

我在 Discovery 实习时，参与过几部犯罪纪录片的拍摄，担任过马里兰大学 Simon 教授的助手。他是我见过的在犯罪学方面研究最深入的两个人之一。另一个人是老金。不过他们的路子不太一样，Simon 教授是理论派，老金是自我实践的野路子。作为他们共同的学生，我两种路子都会一点儿。

女友失踪时，我曾打电话给 Simon 教授请求帮助。他当时事务缠身，所以没能帮上什么忙。Simon 教授后来托人带来一封信，分析了我女友失踪的可能性。

之所以提起，是因为在 Discovery 时，他给我讲过的一个理论：

犯罪是具有传播性的。

2015年8月12日下午，我正在睡觉，田静的敲门声把我叫醒。我眯着眼给她开了门，问她有什么急事，不知道我是夜间活跃型吗？她进屋从冰箱里给自己拿了瓶水，坐下拧开喝了一口："掏肠手又作案了。"

2015年2月至5月，燕市发生了五起连环杀人案。凶手被称为"掏肠手"，手段残忍，先掏肠再杀人，而且只伤害女性。

在我调查时，凶手忽然销声匿迹。没想到两个多月后，又出现两名新的受害者。死者李希静，二十三岁，大四女生，实习下班太晚，在回家路上被掏肠手残忍杀害。

第二位受害者，徐心怡，二十二岁，燕市舞蹈学院的大二女学生。和朋友去唱歌，返校途中被人勒晕，同样被掏肠。还好她呼救被人听到，抢救及时才活了下来。

田静给我讲这两件案子时情绪很不好，我能感觉到她压抑着的愤怒——静姐是个女权主义者，作为巾帼不让须眉的标杆人物，她对这种针对女性的暴力事件最不能忍受。

凶手不劫财、不劫色，专找年轻姑娘下手，一看就是变态。这种变态从中世纪起就有记载，有的闻名全球，比如开膛手杰克。

我让田静冷静下来，给她烤了两片吐司。然后，我给周庸打了电话，让他打听警方的进展——现在离上次作案都过去三个月了，警方查了这么久，肯定掌握了一些关键信息。

我刚咽下最后一口面包，周庸就有消息了。最近出事的两个女大学生有个共同点，在案发前几天，她们都用某打车软件叫过车，出发地点都是忠义路。警察调查后发现，这个司机用了假身份证和假车牌登记信息。这个人唯一的有效信息，就只有一张照片。巧的是，照片被一名老刑警认出来了。他发现这名嫌疑人的长相，与十年前一起杀人案的嫌疑人非常相似，于是警方迅速扣押了这名叫程飞的男人。

虽然嫌疑人被抓，但本着拿到独家信息就能卖钱的原则，我和周庸还是来到了程飞的家及其附近，寻找他在这里生活的痕迹。这里离李希静被杀的地方很近。李希静在一条小巷遇害，巷子里树木生长茂盛，行人很少。小巷走到头向北的公厕，是另一名受害人徐心怡的出事地点。不知道是不是因为出了事，这里的人很少。顺着公厕直走不远，就是程飞的家。这是一栋矮楼，只有两层，几个大爷大妈正坐在院子里打麻将。

凑近打麻将的大爷大妈，我拿出了假记者证，称自己是电视台的记者，想问问程飞的事。周庸在旁边拿个DV假装录像。

一个大妈刚要开口说话，坐在她下家的"地中海"大爷抢先开了口："嘿，你说小飞子啊，他从小就偷鸡摸狗，谁也拿他没办法！"

"他又犯啥事儿了？"大妈瞪了大爷一眼插话。

周庸"杀"字出口一半，我急忙打断他："他和人打起来了，对方是一明星。"大爷大妈们集体发出了"哦"的声音，问我程飞打的是哪个明星。我说这事儿有规定得保密，就是想了解一下程飞平时的为人，看看责任更可能在谁的身上。接下来的两个小时，我和周庸从大爷大妈口中得知了程飞几乎全部的人生。

八岁，父母离婚，程飞跟了父亲，父亲酗酒，每天非打即骂。

九岁，父亲再婚，后妈生了一个儿子，程飞有了弟弟。

十四岁那年，他和后妈吵架，抄起菜刀就往后妈身上砍。

刚满十八岁就因盗窃被捕，被判处四年有期徒刑。在监狱中表现不错，2002年被提前半年释放。

出来后程飞谈了一个姑娘，但是对方家长嫌程飞太穷、家庭不好、工作不稳定，还进过局子，坚决棒打了鸳鸯。他把岳母打成重伤，再次进了监狱。

2005年，分手一年的女友在下班回家的路上被杀害，程飞被认定有重大嫌疑，但因为有不在场证明而被无罪释放。

2008年，卷进一起贩毒事件，被判了六年，直到2014年春节他才出狱。

2015年5月，他在酒吧喝酒时，认识了一个女人。两人一见倾心，很快就谈起恋爱，还一起开了家餐馆，最近正准备结婚。

我问大爷大妈有没有程飞女友的联系方式，他们都说不知道。周庸听完看着我，说："徐哥，他都能出本书了，叫《罪犯是怎样炼成的》。"程飞确实符合典型的犯罪型人格。

我们走到离大爷大妈们稍远的地方，周庸掏出烟给我点上一根："徐哥，咱还查个什么劲啊，就冲这些'光荣履历'，基本上就是这小子干的了！"

我不赞同，这种外向型的暴力人格，一般都是"激情犯罪"。他们的性格是易怒和暴力，而不是变态。这种人一般只会用最简单的暴力手段解决问题，而不是变态的杀人手法，我觉得他是凶手的可能性不大。

周庸深吸一口烟："但现在所有的证据都指向他。"

确实，这也是我觉得奇怪的地方。我让周庸给他表姐鞠优打电话，打探一下对方招了没。周庸打完电话笑嘻嘻地凑过来，说没招。我问他，程飞没招高兴什么。他说："我表姐说了：'是不是徐浪让你打的电话，下次再有这种事让他自己打！'"

这时田静给我打了电话，约我晚上见面。我说："行，就约Whisky Bar，正好我晚上去那里有事。"我接完电话，跟周庸说田静晚上约了我，让他先回家，明天继续查。周庸看着我，露出一副欲言又止的贱样。我让他有话就说，别跟我摆这副表情。周庸说："徐哥，咱不能吃着碗里的想着锅里的，虽然田静姐也好，但鞠优姐可是我亲表姐。"

我让他赶紧滚。

晚上 8 点，我和田静在 Whisky Bar 见面，Whisky Bar 是燕市情报贩子聚集的地方，需要情报时，我会去那里。

老板娘孔丽不在，吧台里站着老板郭超。看见我和田静进了门，他冲我们一笑，问我们是来约会还是买情报。我说都有。郭超给我比了个大拇指："今天喝点什么？"我说来杯随便什么果汁调的鸡尾酒，田静来杯樱桃味的林德曼就行。

趁郭超调酒的时候，

▲ 常见的酒吧吧台

我问田静急着找我什么事，田静说就是想了解一下案情。她真的很重视这件事。我告诉她别担心，正好这时郭超调好了酒端来。我拿了酒，把程飞的资料交到他手里，告诉他我要这个人的女友的情报及联系方式。

▲ 啤酒的酒精度数相对来说不高

郭超打开大致翻了翻："一万！"

田静喝了一口林德曼："贵了吧。"

"这可是他指定的情报，不过静姐都开口了，这事儿就打个折算八千。不过徐浪那杯酒钱得照付，那可是我用心血调的。当然，静姐的可以免单。"

我举起杯向田静示意："还是你有面子。"

第二天上午9点，我正在沉睡中，郭超发来了我要的情报和一张早餐图，我回了个愤怒的表情给他。夜行者晚出早归，我已经半年没见过早餐了。

我看完情报，刚想给周庸打电话叫他一起出任务，就接到了周庸的电话："徐哥，徐心怡醒了，警方正在医院让她指认凶手的照片。"我让他盯紧，有结果立即告诉我。

挂了电话，本想自己出任务，但想到田静对这事如此上心，我就打电话问她，想不想去见嫌疑人的女友。田静毫不犹豫就答应了。

　　周庸到医院时，警方已给徐心怡看了程飞的照片。周庸拉住他表姐的一个下属，问："王哥，怎么样？"

　　姓王的刑警摇了摇头："她说不能确定，有点像又有点不像。我们刚才让徐心怡帮忙录了一段确认凶手是程飞的指认视频，一会儿回去给他看一遍，看他认不认罪。"

　　周庸又问："王哥，那他要是不认呢？"

　　王哥"嘿"了一声："照这情况，羁押超期了都不一定能找到关键性的证据。"周庸来电说了这事，我让他继续在他表姐那儿盯着，有什么消息都及时通知我。

　　接到周庸电话时，我和田静已经到了程飞和女友刘然开的小饭馆。这是个挺难找的地方，在路尽头的拐弯处，还是间半地下室，按理说一般人不会选这种地方开店。不过刘然挺乐观，她说等程飞出来，两人好好努力，好好经营，酒香不怕巷子深。很难想象刘然这样的姑娘，竟会是程飞的女友。她瘦瘦小小，人很温柔，谈话间逻辑清晰。

▲ 燕市里有很多半地下室改成的小饭馆

　　我和田静向她提起程飞可能是掏肠手，刘然很坚定地摇头："你要说他失手把人打死了，我信。他是掏肠手，我说什么都不信！就他那一根筋的脑子，能变态到哪儿去？"

和刘然谈完程飞的事，我对程飞是不是凶手的疑虑就更大了——周庸第二天一早的电话，帮我证实了这一点。早上 6 点多，我被周庸的电话吵醒。我刚要对着电话那头发起床气，周庸就把我堵住了："徐哥，昨晚掏肠手又出现了。一个大一姑娘，实习生，昨晚下班回家死了，地点也是忠义路。"

我让周庸来我家，然后起身开始洗漱，没等我刷完牙周庸就到了。我问他怎么这么快，他嘿嘿笑，说："知道你的习惯，上午不爱出门，给你打电话的时候我就在道上了。"

我让周庸坐下，在黑板上写下了几个问题。那两个遇害的姑娘，确实是用程飞的专车号接单的客人。所以，不管怎样，他仍是目前最有嫌疑的人。如果他真的是掏肠手，那么以下几点的可能性非常大：

1.他的女朋友是找来的掩护。

2.掏肠手手法准确，了解人体构造和解剖学，肯定有医学背景，程飞一定自学或学过相关的东西。

3.他不是一个人犯罪，有可能是团伙作案。

周庸点点头，问我从哪方面入手，我指了指第二点："查他履历中和医学有关的事。掏肠手必然是对外科医学极为精通的人，这点是肯定的。"接着我给田静打了电话，让她继续去找刘然聊天，看是否能聊出些有用的东西。

我和周庸忙了一下午，终于找到了程飞身边唯一一个学医的人——他同父异母的弟弟，程跃。如果掏肠手和程飞有什么联系，程跃肯定知道些什么。周庸问我用什么方法从他嘴里套话。我说玩玩"猫鼠游戏"吧，正好最近天气热了，想理个发。

我和周庸先去剪了个平头，然后在医科大学的校园里，拦住了刚下课的程跃。我们之所以剪平头，是因为这样看起来会更像便衣警察。

周庸说："你是程跃吧？"程跃点点头。

我上前一步："根据你哥的口供，对掏肠案，我们有些事要问你，跟我们走一趟吧！"

程跃根本没问我们是谁，撒腿就跑。我和周庸在后面狂追——程跃有问题，这事儿稳了。程跃有点瘦弱，没多久就体力不支被我和周庸抓住了。我和周庸把程跃带上车，给他戴了个眼罩，载着他到了周庸朋友的店——一家监狱主题的密室逃脱。

让他坐在布置好的房间里，给他戴上游戏用的手铐后，我们摘下了他的眼罩。周庸上来就诈他："你哥说，人是你杀的。"

程跃沉默了，周庸也有点蒙。只是随口诈一句，看这情况，还真可能是他杀的！我看周庸愣住了，赶紧在旁边唱红脸："有什么就赶紧说吧，你知道你哥为你遭了多大的罪吗？"

程跃问我们能不能给他根烟，我从周庸兜里掏出根烟，给程跃点上。程跃深吸了两口烟："我从我哥开始说吧。我哥虽然和我妈不对付，但对我没什么说的。你看我个子不高，挺瘦的，我从小就这样。在学校总被欺负，我哥第一次出来的时候，到学校给我出了头。虽然我哥很快又进去了，但没人敢再欺负我，都知道我有个刚出来又进去的哥。我哥当时就是我的偶像，可洒脱了，进个监狱都不当回事。后来我哥再出来时，我发现我哥没这么洒脱。那段时间我哥交了个女朋友，对方家里不同意，分手了。我看见我哥一个人偷偷哭，我从小就没见我哥哭过。我爸管他叫牲口，就说他没啥感情，六亲不认，但就这样的人竟然哭了。我当时特别生气，而且气一直没消。过了一年吧，我把我哥那前女友捅死了。哈哈，当时他们都怀疑是我哥干的，但他有不在场证明啊！我特意找他去酒吧看球，人证多时下的手。"

听到这儿，周庸终于忍不住插嘴了："你哥前女友是你杀的？"

"是。"

"掏肠案呢？为什么要用这么残忍的手段杀人？"

"这种手段挺有趣的，学以致用啊，而且也是向有趣的人致敬。"

"为什么用你哥的专车号接活儿？"

"我哥不是用的假身份证吗？他有案底，怕人家不让他注册，就弄了个假身份证。谁知道照片还用真的！"

程跃说着，忽然举起了没被铐着的那只手。"对，我提个建议啊。警察叔叔，你们审人就不能不骗人？最开始我还有点慌，后来我想明白了。以我对我哥的了解，他能出卖我？纯瞎掰！我交代了，就是想让我哥赶紧出来，他都是要结婚的人了。"

我拍下周庸的肩膀，对程跃一笑："谁说我们俩是警察了？周庸，报警吧！"警察带走程跃后，周庸伸了个懒腰："徐哥，我演得怎么样？"

我说挺好，一看就是斯坦尼斯拖拉机[1]流派的。

---

1 此处是对斯坦尼斯拉夫斯基的谐称。斯坦尼斯拉夫斯基（1863—1938），俄国演员、导演、戏剧教育家和理论家，他所创立的斯坦尼斯拉夫斯基表演体系，在世界范围内产生了极大的影响，著有《演员的自我修养》等。

我们把新闻卖给网站后没多久，警察就结案了，以故意杀人罪向法院起诉了程跃，估计死刑是没跑了。

　　法院开庭当天，田静约我在一家湘菜馆吃饭。我点完菜，问田静是不是特意来感谢我，田静点头："也有些别的事和你说。"

　　田静有个朋友，是掏肠手案件的主检法医。她发现徐心怡和李希静被掏肠的作案手法，和前几起有明显区别。为此她还与徐心怡的主治医师聊了一下，然后更加确定了这个想法。但为了不引起恐慌，这个案子迅速就结案了。

　　我看着田静，她接着说："你让我去找刘然的那天，我有点感冒，不太舒服。刘然问了我平时的心率，然后给我把了脉，告诉我我发烧了，大概是三十八度二。"

　　我感到有些口干，喝了口水："她是学医的？"田静点头："全科医生。"

　　三天后，我在早市"偶遇"了给饭店备货的刘然。我和她搭话："程飞出来了吧？"

　　她说："出来了，我们俩都领证了。"

　　我提出帮她拎菜。她推脱两句，没争过我。我们拎着菜，往她停车的地方走。我帮她把菜放在车里，她给我递了瓶水。我接过来，问了她一个问题。"你在忠义路那个城建医院工作时，出了掏肠手案。你和程飞谈恋爱后，辞了工作开饭馆，掏肠手就忽然销声匿迹了，你怎么看？"我查过刘然在城建医院的值班信息，和作案时间的重合度特别高。

刘然一笑："程跃的事不是都水落石出了吗？"

我说程跃被警察带走前，我问过他为什么用这种手段杀人。他说是在向有趣的人致敬。我还以为他说的是开膛手杰克之类的人。但后来我发现，和程飞有牵连的两个案子和之前的案子，不是同一个人干的。这两起都是程跃这个新手做的，由于不熟练，第二次还留下了活口。

刘然一摊手："我还是搞不明白你为什么怀疑我，就算我是学医的，在忠义路附近上过班，赶上了掏肠手事件，那又怎么样呢？"

我点了根烟："在程飞被扣押期间，掏肠手又做了一次案，手法和最初几件案子相同，这是想帮程飞脱罪吧？"

刘然叹了口气："你过来，我告诉你个秘密。"

我附耳过去，刘然在我耳边说："前四起案子和最后一件，是同一个人做的！"回到家里，我试图缕清这件已经被"结案"的事件。如果刘然说的是真话，那掏肠手就不止她和程跃。中间还有一件案子，是谁做的呢？

我忽然想起一次和 Simon 教授聊天时，他所说的，犯罪的传播性。

Simon 教授当时抽了点雪茄，靠在沙发上，语速非常慢。"一百多年后，一群世界上最出色的犯罪学专家，用现代犯罪学和犯罪心理去分析'开膛手杰克'。他们认为这是一个由'模仿式杀戮'构成的人物。他不只是一个人，而是由许多模仿这种犯罪模式的人构成的。只不过因为一直没抓到人，才让民众误以为这是个人行为，因为人们不知道犯罪是会传播的。所以，千万别以为结案是最终结果。仍然要保持警惕之心，因为你不知道，危险是不是已经传播了出去。"

试衣间装了摄像头，
顾客试内衣被直播

金钱和情色是一对好兄弟，尤其是在网络上。我刚回国时，网络色情还停留在 A 片下载、裸聊、招嫖，以及在线小视频。国家打掉一批再起一批，后来就更防不胜防。随着直播的兴起，网络色情也转移到了直播上，很多人依靠直播获利。

这一点早就放在了我和周庸的调查提案上。可还没等我们开始调查，就有人主动找上门来了。

这天晚上，我约周庸和田静一起吃饭，想聊聊最近的热点新闻和走向。田静说她约了朋友，改下回见。我和周庸吃了口饭，就去了酒吧喝酒。大概 10 点多，田静却打来电话说要带个人来。

周庸喝了一口啤酒，说："徐哥，我觉得静姐刚才没来，这个点儿要过来，肯定是有工作。"我点点头，和周庸干了一杯，就放下酒不喝了。

田静的朋友是一位眼镜美女，大概三十岁，叫刘瑶。她跟田静一到，周庸的眼睛就直了。趁她们脱外套放包时，他偷偷在我耳边说："徐哥，我最近特别迷戴眼镜的姑娘。"

我踢他一脚，告诉他注意点，别把静姐弄生气了。

酒吧太吵，不适合谈事，我们草草聊了几句，就去了对面的咖啡厅。点完咖啡刚坐下，田静说刘瑶找我调查件事，钱不多，但挺有趣的，问我接不接。

我还没开口，周庸就在旁边插话："多少钱算多啊，接！瑶姐是静姐的朋友，也就是我朋友。"

我说别听他瞎叨叨，先说事儿。

原来东巷有一家内衣店，那里的内衣款式特别好看，刘瑶和闺密何西婷总约着去那儿买内衣。一天，何西婷找到刘瑶，哭诉说自己被偷拍了。一个女人加了她的微信，给她发了自己在内衣店试内衣的视频。

我问刘瑶怎么知道对方是女人，刘瑶说她听过那女人发给何西婷的语音。

刘瑶劝她报警，何西婷说不行。那人有她的身份信息，说如果报警，就把她的个人资料和视频上传到网上。说着刘瑶打开手机，给我们看了威胁何西婷那人的留言。我问刘瑶，他们想要什么。刘瑶说那人向何西婷要十万元，当面交易，只能一个人去。我告诉刘瑶，这种事找我不如报警。

刘瑶摇摇头："我当时也是这么劝她的，可她不听，非去和那人见面。离交易已经过去一天了，我还没联系上她。我本来想要报警的，但当时威胁婷婷那人，又加了我的微信，发来了一段视频。"

刘瑶说到这儿眼圈就红了，拿出手机给我和周庸看了一段视频——这是一段她的闺密何西婷的视频。那人和刘瑶说还要二十万元，两周之内会再联系她。如果报警，他们就撕票。

周庸忽然"哎"了一声："徐哥，这段视频我看过！"前天他在论坛刷帖，有人发了一个叫"直播好东西"的帖子。帖子里有个网址，他点进去，是一个境外的直播网站。正在直播的就是我们刚刚看到的这段视频。

田静问周庸确定是直播吗？他点点头："应该是，这种域外网的直播，都会放块表证明自己是直播。"

我问周庸还能不能找到网址。周庸让我等一下，他拿出手机翻了一会儿，说："找不到了，那个帖子好像被版主删除了。"我问他有没有浏览记录，他说："没有，我的浏览器设置了自动清理。"

刘瑶听到这儿情绪不太稳定，田静按了按她的胳膊，看着我："这活儿接吗？"

我问刘瑶出多少钱，刘瑶说五万元，再多她一时拿不出来。我看着田静，她微微点了点头。我说行，既然是静姐的朋友，这活儿我接了。

周庸在边上很高兴："太好了！"

我说这次没他什么事，得静姐配合，因为要从那家女士内衣店

▲ 工作人员应时常对试衣间进行安全检查，防止被人安装偷拍摄像头

查起。周庸问那他干什么。我说："你去调查那个发视频威胁刘瑶的女人。"

我和田静假扮成买内衣的情侣，来这家内衣店打探情况。田静挑内衣时，我暗中观察这家店里的员工，没发现什么不对的。田静逛了会儿，还真看中了两套内衣，要去试衣间试。我还在观察店里的人，没留神儿就跟田静一起进了试衣间。没一会儿，田静停下，看着我："你想看我换内衣？"

我反应过来，和她说我走神了，转身往外走。走了两步，我停下，拿出手机发消息给田静，让她别试衣服，先出来。

田静收到消息，出来把内衣交给服务员，说钱和卡都落在车上了，要去取一下。我们出了门，田静问怎么了。

▲ 监听探测器

我说这家店果然有问题，不对劲得太明显了。自从"某衣库事件"之后，各地的试衣间都管得特别严，绝对不准男女同进。但我刚才和静姐进去时，这家店一点儿阻拦的意思都没有。田静"嗯"了一声，问我怎么办。我说等我回车里取一下设备。

当我和田静再次进入试衣间的时候，探测器有了反应。我在角落里暗示田静挡住我，在她身后，我偷偷拿出了探测器。它可以通过信号和镜像反应来探测摄像监听类的设备。按照现在的反应强度，这个试衣间，至少藏着三个摄像设备。

偷拍在全世界都很普遍，甚至有一条完整的利益链。在欧美和日本的色情产业中，都有"盗摄"这个类别。色情制作商甚至鼓励拍摄者偷拍情人、亲人，靠"临场真实感"来吸引眼球从而达到大量贩卖的目的。有人愿意付钱看这种"真实小视频"，自然就有人会做这种生意，十分钟视频能卖五百到一千块。燕市就有这样的职业偷拍团伙，拍好后统一卖给中间人，再由中间人出售给感兴趣的买家。内衣店和厕所是最好的偷拍地。而且，换衣服和上厕所的时候，人的警惕性会降低，几乎没人会注意到越来越小的摄像头。

我和田静假装是在试衣间偷情的男女，抱在了一起。假装耳鬓厮磨时，田静在我耳边问现在怎么办。我说暂时没什么好办法，先撤吧。然后我假装来了电话，有急事，匆匆地拽着田静走了。

出了门我打电话给周庸，问他那边怎么样了。周庸说他换了九个账号加那女人，对方都没加他。我说："你傻啊，你两天换九个账号加人家，傻子也知道有问题了。"

周庸傻眼了："徐哥，那咋办？"

我让他先别找那"搭讪女"了，过来东巷这边，和我在内衣店附近蹲点。我和周庸换班在内衣店对面的奶茶店里蹲点，每晚7点到9点，记录最晚下班的那个人。

安装偷拍设备的人，做这种事时肯定会特别小心谨慎，尽量趁着没人的时候去安装和取回设备。所以，谁晚下班和早上班的次数多，谁的嫌疑就大。

我和周庸蹲了一周，终于锁定了一个目标。这周里她有三天最晚下班，第二天又都上早班了。这三天都间隔了一天，这正符合常规盗摄设备续航两天的电量。

确定目标后，我和周庸跟踪了她，她住在地铁沿线的欣欣家园。我们跟了三天，没发现什么有用的线索，也没发现她和什么人接触。周庸和我吐槽："这么宅的人如果有什么秘密，肯定都藏在家里。"

我觉得他说的有道理。那名店员上班时，我让周庸盯着她，自己趁这个时间溜进她家查看。

进门后，我发现店员的家里安装了摄像头，幼儿园里直播孩子上课的那种。我估计如果就这么走进去，可能直接就被那店员发现了。还好摄像头没正对门口——它对着房间里的电脑。我打电话叫周庸帮我盯着店员，从死角走过去把摄像头弄坏了。周庸说，那个店员暂时没发现，正在导购呢。我叮嘱周庸，如果她一有察觉，就立马通知我。

这店员肯定有问题，拿着那么点工资，住个七八十平方米的房子。虽说这里不是市中心，租金一个月也得小一万元。所以，她如果不是个隐藏的富二代，那一定有其他来钱的途径。

我迅速检索了她电脑里的每个角落，什么都没有。家里也没有硬盘之类的东西，然后我检查了她浏览网页的历史记录，发现了一个常用的网址。我点进去，里面正直播一个女孩在试衣间里换内衣。

除此之外，她用网盘的频率非常高。我打开了她的网盘——幸好她设置了自动登录，否则我就真的没办法了。我在她的网盘里，找到了近 5TB 的偷拍视频。我从她的网盘里转存了视频。这时周庸给我打电话，说她应该发现摄像头出问题了，正在往家赶。我把自己可能留下痕迹的地方清理了一遍，离开了她家。

网盘里的视频不止有内衣店里偷拍的，还有来自全国各地的偷拍视频。这些视频有很大一部分都是在公厕偷拍的，只要稍微利用公厕的格挡，受害者基本不会发现摄像头[1]。我和周庸看视频看了一夜，想从中找点儿有用的线索。

在我快挺不住、要去休息的时候，周庸忽然一声大叫："徐哥快看。"我转向电脑屏幕，视频里有一个我们认识的人，虽然只露了背影和侧脸，但我仍一眼就认出了她——刘瑶。

她在酒店的落地窗前与人做爱，背景是没拉窗帘的燕市。周庸看了会儿，说："这地方我住过，东区的如意酒店。"

周庸看了会儿，问我："徐哥，我们告诉刘瑶吗？"

我说告诉。她毕竟是我们的雇主，而且还是田静的朋友，更何况她之前付了全款。

我给田静打电话说了这件事，田静说她就不来了，免得刘瑶尴尬。

我和周庸顶着黑眼圈，在刘瑶家楼下的餐厅和她见了面。我们给她看了视频后，她不承认视频里的人是她："真有点像，但真的不

---

1 这里普及一下公共厕所中三种常见的偷拍手段，女性读者一定要注意。侧向偷拍：利用公厕底部的空间；背向偷拍：将伪装好的摄像头放置于纸篓处或固定于便池中；高级偷拍：用无线方式在门板设置针孔，开关门时将自动拍摄。

是我。"

我说成，那这个视频我就自己处理了。

刘瑶低下头，忽然哭了起来。她哽咽着、断断续续地哭诉："肯定是何西婷干的。我什么都和她分享，去和前男友约会也是用她的名义订的酒店。这事儿就我们三个人知道，肯定是她偷拍的，我就知道她和我前男友有一腿！"

我说："这不可能。这手法不是偷拍，角度不对，应该是你前男友拍的。"刘瑶听我说完沉默了，然后请求我把视频全部销毁并替她保密，之前付给我的钱就算封口费了。

刘瑶走后，周庸问我还继续查吗？我说查啊，为什么不查，既然她放弃了，现在这个案子就算完全属于我们了。我们不仅要接着查，还要连刘瑶一起查。

第二天我和周庸决定继续调查内衣店店员，并和她谈谈。到了门口，我们发现这家店关门了。我用手机登录那个直播更衣室的网页，也被关闭了。

周庸给警局里的熟人打了个电话后，告诉我："刘瑶报警了，说内衣店更衣室里有偷拍设备，那个店员也被抓了。"

我说看来刘瑶是真不想我们调查下去了。这事儿做得够绝的啊，一下就把我们的线索给断了。

周庸想了想："徐哥，要不咱等着吧。等警察从那店员嘴里问出点什么，咱再继续调查。"

我摇摇头："别等他们问啊，我们自己来。"

我打电话给田静，问她有没有朋友是律师。田静问我干什么，我和她说了一下现在的情况：内衣店的店员被抓了，现在只有给她找个代理律师，才能见到她。

田静"嗯"了一声："那不用找别人了，我有律师证。"

我说："你别闹，拿律师证不是得先过司法考试吗？"

田静不屑地说："没闹啊！学新闻的学点法律规避风险，不是应该的吗？我大四那年想着系统学一下，就报了个司考班，然后一考就过了。"

静姐真是神人，难倒无数人的司法考试，她随随便便就过了。

田静以店员代理律师的身份，探望了她，我和周庸等在警局外边。过了一个小时，田静出来了，周庸急忙上前："静姐，都问出点什么了？"

这个店员最开始守口如瓶，田静承诺会尽力让她取保候审，她才说出了实情。

她确实是盗摄者，在试衣间放针孔摄像机，偷拍来店里购买内衣的女性。其中有个摄像设备有无线功能，有时她会直播顾客换衣服。这个视频是给买家看的，算是"验货"。在拿到这些视频后，她会去一个专门的盗摄视频买卖的论坛上，卖给之前看过直播并感兴趣的买家，有时也和其他卖家交换一些视频。

田静问她刘瑶的那个视频

▲ 用来偷拍的摄像头总有各种不同造型

是不是交换来的，她说不是，刘瑶的视频是直播录下来的。

有一天，一个盗摄论坛上的朋友发给她一个网址，说这是一个流动的直播站，IP 总换，但特别刺激，现在正在直播。她点进去后，发现首页排名第一的直播间里播的就是刘瑶的直播。作为一个盗摄者，她的电脑里有许多视频制作剪辑之类的软件，当时她就用录像机录了屏，存到了电脑里。

田静问她那直播的网址还有吗，她说给了也没用，那网址第二天就打不开了。

听完田静问出的信息，我决定接下来去调查内衣店的老板。这时我的电话响了，我接起来，那边的声音特别大："是徐浪吗？"

我说是。那边说："这里是 ×× 区公安局，有人举报你传播淫秽信息，希望你来配合调查下，你什么时候能过来？"

我说："马上，我就在你们门口。"

刘瑶的视频不知道被谁曝光了。她举报我，说是我传播了她在酒店的视频，毁了她的名誉，要求赔偿二十万元。

警察问我是否做了这件事，我摊摊手，说没做过。警察翻遍了我的电脑，并没有找到如意酒店的视频——他们当然找不到。我还没来得及把那些小视频放到电脑里，我自己又没有网盘。那天的那些视频，我都转到了周庸的网盘里。

刘瑶的视频被曝光后，刷爆了网络。所有人都在扒女主是谁的时候，我查到了这个视频被传到网上的源头，是一个名叫 Slutty 的用户发布的。我开始追查这个叫 Slutty 的人，却没找到任何线索。

这时我忽然想起一个人，洋槐市场卖二手家电的小Z。他是深藏不露的黑客，在我认识的所有人里，大概只有他能解决这件事。我把我找到的Slutty的资料，以及内衣店员看直播的网址给了小Z，他让我第二天再去找他。

第二天，我和周庸来到洋槐市场。小Z见我来了，扔了根烟给我："徐哥，这事儿，我建议你别跟了。"

我说："跟不跟倒无所谓，你先跟我说说怎么回事。"

对于小Z这种级别的黑客来说，网络上的一切都是有迹可循的。他黑进了Slutty的电脑，发现这个Slutty只是一个有钱的赌徒，并不是刘瑶的前男友，也不是她的闺密。但他顺着Slutty的上网记录，追查到一个叫"人间实验舱"的网站。这是一个直播网站，同时也是一个赌博网站——赌的就是视频里的内容。

每一个直播都是一个任务，比如"睡眠计划"——主播连续十五天都不能睡觉。观众只能赌主播完不成十五天不睡觉这个任务，并为此下注。如果主播完成了，所有下注的钱都归主播所有。如果主播没完成，那他就要赔偿两倍的钱给下注的人。这些直播的任务奇奇怪怪，什么都有。

我让小Z打开网页给我看。我翻了翻，然后看见了刘瑶的照片——在一个直播任务里。资料显示主播为男性，直播对象共有一男两女。两女已婚，是闺密，并都是主播的前女友。主播必须在规定时间内完成相应的步骤：

1.直播分别诱使两女出轨。

2.直播绑架一个人，让另一人拿钱去救，上演姐妹情深。

3.直播另一个人来救人时，与男主播发生关系。

下面还有刘瑶以及何西婷的个人信息，身份证照、毕业证照、合影等证实情况属实的证据。

这个任务的完成期限是一个月。很多人都赌主播不能完成任务。从目前的赌本总额看，如果他完成了，就能拿到近五百万元人民币。

周庸看完感慨："徐哥，这哥们够损的呀！勾引有夫之妇，玩弄女友闺密，然后还直播！"

这个事情基本已经清晰了——刘瑶的前男友为了在直播赌博中获胜，设了一个局。

我转头问小 Z，为什么劝我放弃，危险来自哪儿。

小 Z 说："这个网站的所有直播都不允许别人干扰。如果我出面打断的话，可能第二天网站上就会多出几个直播追杀我的节目。"

我想了下，和周庸说，这案子我们不往下追了。

周庸很不理解："徐哥，我们都查到这儿了，太可惜了。"

我说什么都不如命重要。这时周庸手机响了，周庸低下头看了一眼："徐哥，那女的通过了我的好友申请，她警告我别调查她。你说这女的和刘瑶前男友是什么关系？"

我说不知道，但现在这事就只剩一个解决办法了。周庸问我什么办法，我说就是我一开始告诉刘瑶的方法，报警。周庸还是有点不甘心。

我拍了拍周庸的肩膀，告诉他真不能往下查了，这家直播网站的流水这么大，势力是可想而知的。再查下去，我们都会有危险！

我约了刘瑶，告诉了她我查到的消息，让她报警，否则自己会有危险。然后告诉她不要和警察提起我，我不会承认自己参与过这件事。接着，我开车把她送到了警局门口。

有了我查到的东西，警察很快就破了案，他们抓到了刘瑶的前男友以及——刘瑶的闺密何西婷。前男友的同伙就是何西婷，他们早就有染，为了赚直播赌局的钱，一起设了这个局。两人都是偷拍论坛的用户，何西婷换衣服之前，早就知道有人在这里偷拍。

我当时以为，这件事就此结束了。

三周后，我收到了小 Z 打来的电话："徐哥，上次我帮你追查的那个直播的网站，他们发布了一条消息，要直播杀死赌局作假的那对男女。"

我刚放下电话，周庸的电话就打过来了："徐哥，刘瑶的前男友和闺密不是被取保候审了吗，他们失踪了！"

她用裸条借了五千元，
然后死在了马路上

和许多人一样，我喜欢半夜吃小龙虾。2015 年 8 月 21 日凌晨 2 点多，我直接开车到周庸家楼下，叫起不情愿的他，去夜市吃小龙虾。刚从主路出来，我就看见路边有穿反光背心的人在拦车。我在他旁边停下车，是个年纪挺大的环卫工人。

▲ 环卫工人在夜晚工作时，常穿可以反光的工作服保护自己

周庸按开车窗："怎么

了，大爷？"环卫大爷放下手："慢点儿开，前边死了一个姑娘，注意点别轧着。"周庸问："报警了吗？"

大爷咳嗽两声："报了，一会儿就来。"

我在道边停下车，和周庸说下去看看。周庸迟疑一下："徐哥，看完死人还能吃进去小龙虾吗？"我被他气笑了，告诉他赶紧下车，别叨叨了。

姑娘躺在道路中间，浑身弥漫着血腥味，还夹杂一点儿酒味。身下全是血，看起来被车轧过，人已经完全不行了。

周庸一边递手套和口罩给我，一边嘀咕："一会儿你自己吃麻小吧，我是不吃了。你说现在这人，撞完就知道跑！"

我说应该是轧完跑，不是撞完跑。

周庸问我什么意思。我说："你看她的身上和地上，没有被汽车撞飞的痕迹，只有被车碾轧过的痕迹，证明车轧她时，她已经躺在路上了。"

周庸嘀咕："那说不定是被自行车撞死的呢！"我让他别瞎扯，自行车能撞死人吗？

周庸拿出手机给我看，还真找到一条自行车撞死人的新闻。

我问他是不是跟我抬杠呢，这种中彩票一样的小概率事件也能当真？

周庸问我："所以她是在附近喝多了，躺路上了，然后被车轧死了？"

我说概率小，这附近没夜店，也没什么饭店，住宅也很少。依我判断，这姑娘极有可能是被故意扔这儿的。

周庸："我觉得她被抢劫过。"

我问他为什么。周庸一脸得意："她有个包，但是空了，只剩下证件、卡和手机，完全没现金。"

我问周庸他身上有没有现金。周庸说没有，他现在就带个手机，每次都是用手机支付。

我问他，所以人家为什么要带现金呢？

周庸假装没听见，一脸尴尬地捡起学生证："竟然是我学妹！"我让他给学生证、身份证都拍了照，然后问他这姑娘的手机能打开吗？周庸摇摇头："有密码。"

这时远方响起了警笛的声音，我跟周庸说赶紧走，等警察来了还得解释我们为什么在这儿，太麻烦。我和周庸赶紧上了车。到了夜市，我们坐在街边边吃小龙虾边聊那个死在路上的姑娘。我说肯定不是喝多在路上被轧死那么简单。

周庸问我为什么。我说大概有四个疑点：

1.附近没有住宅、酒吧、饭店，一个喝多的人走这么远来到这儿不太可能。

2.这姑娘不只是被车轧了，刚才我检查尸体的时候，发现脑后有块凹陷处。这有两种可能，一是她仰面摔倒了，撞在了地面或什么硬物上导致；二是人为拿钝器打击的。这个我不能确定，不过警方那里应该很快就有结果了。

3.这姑娘穿的是一条黑色的连衣裙，背后的拉链夹到了头发。如果是她自己穿的，她会感觉不到疼吗？这说明衣服是别人给换的。有人给她穿上黑色的衣服，把她放在车多人少的路上。黑色衣服晚上不容易看清，所以很容易就会轧到她，造成人是被车轧死的假象。

4.这姑娘什么都没丢，还喝了这么多酒，说明可能是熟人作案。

周庸剥开一只龙虾："有道理。"吃完后，他把手伸进口袋去拿湿巾，忽然僵住了，苦笑着看着我："徐哥，你别骂我。"

我说怎么了。

他掏出一个套着粉壳的手机："刚才在案发现场，警察来得急，我一不小心把那姑娘手机拿回来了。"

我说："周庸，你快把手机卡拆了扔掉！一会儿被定位了咱俩谁也说不清。"

发生了这种事我们俩都有点吃不下去了，我让他把手机给我，我去找小Z把密码破解了。再让周庸关注一下他那学妹的事，问问学校老师。

第二天一早，周庸给我打电话："徐哥，昨晚那姑娘的死因出来了。颅内出血，死亡时间早于被汽车轧的时间，怀疑是被钝器砸死的，其他就没什么进展了。"

我问他人物关系摸清了吗。周庸说妥妥的。他有个同学毕业后留校，分在学生处，全打听明白了。我觉得行，约了一会儿在大学门口见。

死的姑娘叫王晓彤，大三。按照同学的说法，她平时为人挺浮夸的，明明是个小镇来的孩子，却总要装有钱人。据同学说，她平时有借贷购物的习惯，听说还借过高利贷的钱。

我问周庸能不能联系上她身边的人。周庸说他从同学那里搞到了王晓彤的闺密以及男友的联系方式。

我们先联系到了王晓彤的闺密张欣，自称是《法制晚报》的记者，想要就王晓彤的事情采访她一下，已经跟她们的导员打好了招呼。

　　张欣犹豫了一下就答应了。这是一个挺文静的姑娘，说起话来唯唯诺诺的："最近都没怎么见到晓彤，她也没怎么来上课。"问了半小时，基本上没什么有用的信息。这姑娘就是一个"傻白甜"，对自己闺密的事都不了解。

　　王晓彤的男友是她的学长，现在已经在外实习不住校了。我给他打电话，对方一听到王晓彤就很反感。"我跟她分手一个多月了，请不要再给我打电话了！"说完之后，他就挂了电话。我再拨，对方就不接。我换周庸的号打给他说王晓彤昨天死了。对方先是一愣，然后答应在大学里的咖啡厅见一面。

　　见到王晓彤的前男友时，他眼圈有点儿红。我问他王晓彤死的那天晚上他在哪里。他说加班，公司的人都能证明。

　　周庸忍不住问了一句："你们这么多人都加班啊？"

　　他点点头："我在创业公司实习。"我和周庸一起"哦"了一声。

　　之后我问了些他们俩的事。他说他们是高中同学，玩得很好，但大二才在一起。王晓彤家境一般，尤其是从县城来燕市后，更觉得手头拮据。那阵子学校流行卖面膜，他们俩管同学朋友借了三千元本钱。因为囤货八千元才有赠送，他当时就去申请了学生贷款，但审核没过。后来王晓彤在学校的论坛看到一家放贷中介的广告，就从这个平台上借了五千元。

　　周庸打岔："那你们俩卖面膜，日子应该不错吧？"他说根本没卖上，王晓彤转钱后，上家没发货就把她拉黑了。

我问他们分手是不是因为这事。"前男友"摇了摇头："我本来以为晓彤是在正规平台借的钱，后来她总躲着我接电话，我有点怀疑，就翻了她手机的聊天记录。没想到，她借钱竟然打的'裸条'。我们吵了一架，然后就分手了。"

周庸好奇："什么是'裸条'？"

我给他解释了一下，借款人用手持身份证的裸照作为借条，一旦不还钱，债主就会公布裸照。

周庸目瞪口呆："这也行！""前男友"点点头："现在好多女孩都这么借钱，她们都是在校园借贷之类的交流群谈好了，再通过一个借贷 App 交易，利息特别高，听说一个月就有 30%。"

周庸问他有没有这种群。"前男友"摇摇头，说他没有。他当时向家里骗了四千元给王晓彤还钱，然后就和她分手了，也算仁至义尽。

我问他后来和王晓彤还有联系吗。他摇摇头："她很快交了个新男友，好像叫熊剑桥，听说是个'富二代'，两人还同居了。"

离开后，周庸问我王晓彤的死和她打"裸条"借钱是否有关。我说还不清楚，我们先去拜访下和她同居的新男友。

周庸疑惑我怎么知道他们住哪儿，我拿出了那天他误拿的手机，告诉他我已经找小 Z 破解开密码了。我查了一下王晓彤的购物车，里面有地址——刘家庄小区 3 单元 302 室。这个小区很老，小区配套设施也很烂，很难想象富二代能住这里。

我和周庸两天来了六次，敲门都没人开。第三天，周庸还要敲

▲ 现在为了安全起见，老式电表不太常见了，大多换成这种新式电表

门，我拉住他，告诉他算了，电表都没走过，这几天根本就没人回来。周庸问我怎么办，我向他使了个眼色，他点点头，下楼去放风了。我从口袋里掏出准备好的铁丝，开始开门。

过了十分钟，我给周庸打电话让他上楼。屋内的桌子上有三副用过的碗筷、许多喝空的酒瓶、已经坏掉的剩菜，以及一个生日蛋糕。我让周庸拿出那天晚上拍到的王晓彤的证件图，发现出事的那天正好是她的生日。基本可以肯定这就是第一现场了。

周庸问我为什么。我说桌上有剩菜和三双筷子，说明有三人一起吃饭。王晓彤过生日，其中一个应该是王晓彤，另一个是她的男友。菜都坏了，说明他们走后就没再回来。我唯一没想到的是除了他们俩，第三个人是谁。

周庸点点头："这么说起来，王晓彤的男友和另一个人的嫌疑都很大。"我说，现在我们有两个线索，一是熊剑桥，二是"裸条"，我们一人选一个去查。

周庸嘿嘿一笑："那我选'裸条'。"

我说："行，那你就去查熊剑桥吧。"

周庸："我从何查起啊！"

我让周庸看他家里的几张招聘的传单，一般人是不会把这样的传单拿回家里的，这说明他想找工作。他的电脑的浏览记录里，都是招聘网站，也印证了这一点。

周庸："所以呢？"

我打开熊剑桥的电脑给他看，告诉周庸一个被收藏的打字员的工作，应该就是熊剑桥中意的工作。

周庸打算混进那家招聘打字员的公司，查查有没有熊剑桥这个人。我则去查"裸条"的事。实际上，这项工作已经展开几天了。小 Z 破解了王晓彤的手机后，我在她的手机里找到了校园借贷的交流群。通过这两天的观察，我基本摸清了这个群的套路。

大学生借贷须符合以下所有条件：

1. 在校大学生。

2. 专三本四信用积分五百八十分以上，其他在六百一十分以上。

3. 手机号码本人实名制，或用父母的身份证办理。

4. 年满十八周岁。

5. 无前科，不补条。

6. 专三本四欠款在六千元以内，成教网教在一万元以内，其他在一万五千元以内，不得逾期。

7. 审核简单，两分钟放款。

8. 另招代理，提成六十元到八十元一单。

群里成员分借款人和放款人，男女都有，女孩居多。在群里发布借款信息后，有人觉得合适就会抢单；如果没人抢单，借款人还可以加些好处，比如裸照、裸聊，或者开房。

这个群就像中介，两人一旦谈妥就去 App 交易，平台是逾期

30%的周息加复利。借款人提供的好处跟平台无关，直接私下发给放款人。有时放款人会放出违约女孩手持身份证的裸照或裸聊视频，并配有一段解释文字，提醒群里的借款人不要违约。

这么说可能体现不出利息有多高。假设借一元钱，逾期30%的周息，还复利，一年不还就能滚到八十四万元，如果借五百元就是四亿两千万元，五千元就是四十二亿元人民币。简单来说，借了五千元，一年不还的话，除非爸爸是股神巴菲特，否则借款人此生是还不起了。

但我还是借了五千元，以王晓彤的名义。我用王晓彤的账号在群里发了借款五千元的信息。

刚发出去就有好几人抢单，其中还有人主动提出降息！这个情况在我观察时从来没出现过。我正在想着如何引出王晓彤的放款人，这时有人给我发了条信息："老妹，来我这儿吧，咱还用上次拍的照片，而且给你熟人价，保证低息！"一个借款人一次只对接一个放款人。所以，这就是上次跟王晓彤交易的人！

之后我们各自登录了平台，我把王晓彤的身份证、学生证、家庭住址、父母和本人联系方式等信息填好后就算完成了交易。很快，钱到账了，不过不是五千元，而是扣除了手续费的四千五百元。

借完钱，我给周庸打了个电话，他已经联系上了那家招收"打字员"的公司，五天后面试。他问我这边怎么样，我说挺好的，正在等人上门追债。

五天后，王晓彤的账号收到了一条信息："晓彤，明天就是一周期限，千万注意还款！"

我赶紧去找田静，让田静把对方约出来。田静给对方发语音："哥，我钱有点紧，没凑上……再宽限我几天……"

对方回得很快："如果你做我的代理，我就再宽限你三天。"

田静问对方如何做，对方说："找你的同学朋友来贷款啊！"

田静回答："哥，我得考虑下……"

对方说："你每给我一张她们的照片我减你一百元，如果你能让她们露脸拍视频我减你五百元。"

田静说不太好吧。对方说："爱干不干，不干就赶紧还钱，不干马上还钱！"田静继续发语音诱惑："哥，电话里也说不明白，咱俩开房你给我详细讲讲呗。"

对方说："行吧，今晚你们学校后门的快捷酒店，房号我到时发你。"

收到房间号后，我和田静一起过去。田静敲门，我躲在旁边，放款人开门问田静她是谁，我从旁边一把将他推进了房间，田静在我身后关好了门。

我看墙上挂了几样情趣用品，笑着掏出弹簧刀："听说您在圈里混得很好，小弟想跟您取取经，这刀可不能跟您的小皮鞭比啊，我就是意思意思。"他想要喊，我说："您别喊，您要喊我说不定就干出什么来了。咱就是求财，我大哥听说您很会赚钱，让我来打听下，您要是给脸告诉我，我这儿万分感谢。您要是不愿说或者说漏了，也没事，我们就当和你交个朋友，以后天天见。"

他沉吟了一下："你大哥是谁？"

我说曲哥。

他点点头："我认栽了。"

他说他不仅放高利贷，还卖信息。得到裸照和视频后，有三个销路：一是直接卖掉，他们有专门的交易群，每张照片三十元，还可以打包买，有优惠。二是把身份证信息卖给办假证的公司，也有联络群，每个身份证信息能卖二百元，他们制作得好，每张至少卖四百五十元。视频他会直接卖给境外网。

出门时田静问我："他和王晓彤的死没关系？"

我说："早就知道他没关系了，他连王晓彤死了的事都不知道，还给王晓彤贷款呢。我就是想搞清他们的运作模式，整理出来交给你卖钱。"

至于王晓彤怎么死的，全靠周庸那边查到的信息了，也不知道他查得怎么样，一天也没消息。说着我开始给周庸打电话，但连打几个都关机。田静问我怎么了，我说周庸联系不上，肯定出事了。

田静问我会不会是手机没电了。我摇摇头，向她解释："我们夜行者有一个平时用的电话，还有一个紧急联络的电话，那个电话永远都有电，不会失联的。周庸当夜行者的第一天，我就教了他这个，他从那以后一直随身带两个电话。"

正在这时，我接到了一个陌生的来电号码，我接起来，是周庸。"徐哥，我在白云路这边，你来接我一下呗。最好快点，我现在又饿又渴！"

我在白云路接到了穿着一身不合体的破衣服、身无分文的周庸。

一上车他就破口大骂："那公司是搞传销的！"

周庸去应聘"打字员"工作的那天，对方叫他去白云路地铁口等着。他到了以后，一个女人在那儿等他，说是来接他去公司面试的。周庸被带上一辆面包车，车越开越远。最后，他身陷传销组织。两个手机、钱包、衣服都被没收了，给他发了套现在的衣服。周庸在见过几个所谓的"领导"后，被分到了一个十人宿舍。这十个人里，有一个是熊剑桥。

周庸在放风时找机会和熊剑桥聊了几句。熊剑桥在王晓彤生日的那天去面试"打字员"，然后被拐进了传销组织，还不知道王晓彤死亡的消息。周庸给他讲了来龙去脉后，他很痛苦，但决定帮周庸逃出去，查清王晓彤死亡的真相。他们放风时是三人互相监督。熊剑桥和周庸趁一次分到同组的机会，打晕了另一个人，熊剑桥做人肉梯子，帮周庸翻出了传销组织的高墙。

田静听到这儿，问："不用报警吗？"

我说不用，报警没用。他们发现周庸逃走了，马上就会转移地点。所有的传销组织都是这么做的，警察到那儿时肯定是个空巢。相比之下，我更感兴趣这个熊剑桥到底是什么人。

周庸说，熊剑桥不是大学生，也不是富二代，他是个送餐员。他给王晓彤送过几次餐，一来二去就聊上了，当他知道王晓彤欠了很多钱后就帮她还了钱，外加两人聊得不错，就在一起了。

田静这时在后面插了句："一个女大学生和一个送餐员，那熊剑桥是不是长得很帅？"

周庸沉默了一下："确实挺帅的。"

我问周庸熊剑桥帮王晓彤还了多少钱，周庸说十万元。

我说燕市送餐员平均月工资不到一万元，他哪有钱还啊？

周庸说："熊剑桥还债的钱也来自借贷。"

田静问："那他也拍裸照吗？"

周庸说："不仅如此，他还录视频。"

我让周庸继续说，他回想了下："熊剑桥为了延期还款，还做了'裸条'借款的代理，给别人放贷。徐哥，你手机借我一下，我的手机被那帮人收走了。"

周庸用我的手机登录了熊剑桥的网盘："这里是他线下的所有裸照跟视频，还没出手。他说被传销组织囚禁的那天，他约了个欠钱的人聊贷款的事，就约在家里。他说有可能是欠钱的人害了王晓彤。"说着周庸问我："徐哥，你能猜到熊剑桥约的人是谁吗？"

我猜不到，让他赶紧说。周庸嘿嘿一笑，把手机递给我。我靠边停了车，拿起手机看熊剑桥的"裸条"——一个戴眼镜的姑娘，长得很温顺，一丝不挂，拿着自己的身份证，她是王晓彤的闺密张欣！

周庸接着说："但有一点啊，王晓彤身高一米七左右，张欣很难抱动她，更别说从楼上拖到车里再扔到马路上。"

我说："你别忘了，那天他们用了三副碗筷。熊剑桥不在，也就是说，除了张欣外，还有一个人在场。"

周庸问我接下来怎么行动。我让他打听一下张欣上课的课表，我们还是采用老方法，跟踪。

我们赶到大学时，张欣刚上完下午最后一节课。她没和同学一起回寝室，好像在等人。大概过了半小时，张欣终于按捺不住，打车走了。我跟周庸开车跟着她，车停在学校后身一栋家属楼前。张欣下车后直接去了保安室，过了一会儿，她

▲ 保安标配的橡胶棍

挎着一个年轻的保安一起出来了。

周庸"嘀"一声："徐哥，这闺密俩都是颜控啊，一个找一送餐员，另一个找一保安，可一个比一个帅！"

我说："你看看那保安的腰间。"

周庸看了眼："橡胶棍！王晓彤的尸检说她被钝器重击过，但又没造成什么创口，证明不是金属等器具，如果是橡胶棍的话，就说得通了！"

很快，保安换好衣服，领着张欣去停车场，上了辆车。我们继续跟，最后他们把车停在了夜市一家小龙虾店门口。

周庸笑了："徐哥，这保安和你好一口啊！"

我说别扯犊子了，干活儿。我和周庸下了车，走到张欣的桌前坐下，张欣两口子惊讶地看着我们。

我对张欣笑笑："藏得挺深啊！"张欣听后筷子没拿住掉了。帅保安赶紧接过话："你们是不是认错人了？"

我问他知不知道张欣跟熊剑桥借"裸贷"的事情。帅保安点点头说知道："那个不用你们管，我会替她还上的。"

周庸笑了："你拿什么还啊，那是高利贷，都滚到五十多万了。"

我说："行了，我们找你不是还钱的事，是因为王晓彤被杀的事。相信我们只要查一下王晓彤出事路段的监控，就能看见你的车吧。"

帅保安喝了一杯酒，敲敲桌子："人是我杀的，和张欣没关系。"

我拿起他面前的小龙虾，剥开放进嘴里，让他讲讲那天都发生了什么。我坐下摊牌的一部分原因，是因为他们点了小龙虾。

张欣跟熊剑桥借了"裸贷"，一段时间没还，欠款已达到了三十万元。张欣为延期约熊剑桥见面。熊剑桥是个本分人，也没多想，觉得对方只是想聊贷款，就约在家里。但还没到约定时间，熊剑桥就意外被传销团伙囚禁了。张欣男友怕她去陌生男人家会发生不测，就一起去熊剑桥的家。哪知熊剑桥不在，开门的却是自己的闺密王晓彤！

王晓彤以为张欣是熊剑桥找来给自己过生日的，很高兴地邀请他们进门吃饭。张欣忍住了疑问，和男友一起给王晓彤庆祝生日。喝了点酒后，张欣觉得王晓彤跟熊剑桥合伙骗了自己，越想越生气就吵了起来。保安护女友心切，一棍子把王晓彤打昏了。清醒后的张欣发现王晓彤已经死了，怕事情暴露就把王晓彤换上黑衣服丢在马路上。那里光线本来就不足，希望可以伪装成车祸。

在警察局录完笔录出来后，周庸问我："徐哥，你说王晓彤知不知道闺密打'裸条'借款的事？"我说应该知道吧，但赚钱的是她男友，她就什么都没说。

周庸"嗯"了一声："这'裸条'也太赚钱了。"

我说："是，不过不仅他们赚。刚才你静姐给我打电话，说我们这次查的'裸条'的资料，卖了好多钱。"

周庸很高兴："太好了，又可以买东西了！"

我说："你一个富二代，说这种话不合适吧。你要是真没钱，可以给我打个'裸条'，我去管你妈要钱。"

周庸嘿嘿一笑："别闹，不过徐哥，我总觉得这事哪里不对。"

我说："你终于发现了，其实是那份打字员的工作不太对。这是一份很明显有问题的工作，只要不是智障，都不会认为这份工作能赚钱。"周庸蒙了："所以你早知道那工作不对，还让我去面试？"

我说："是啊，我早知道有问题，但不会有什么大危险。你出什么事，我去救你不就得了。"

周庸苦笑："徐哥，下次这事儿能不能提前说一声，让我有点心理准备。"我说："你要有心理准备，再露馅了，我们就找不到熊剑桥了，他也不会和你说这么多。"

周庸："你是说熊剑桥一早就知道这工作有问题？"

我点点头："有件事儿我没告诉你。我在王晓彤的手机里，发现了她和前男友的聊天记录。这两人直到王晓彤出事前，都还有一腿。"

周庸："熊剑桥知道了？"

我说："我觉得他知道，否则他后续这一系列行为实在太突兀了。你想，熊剑桥明知道张欣和王晓彤是闺密，还邀她上门谈债款的事。巧的是，同一天，他去面试了那么明显有问题的一个打字员的工作，在此之前，他还研究了这份工作很长时间。"

周庸："你觉得熊剑桥知道这是一传销组织，他之所以这么做，是为了人间蒸发？"

我点点头："我找王晓彤的借款人打听了一下，他帮王晓彤还钱时借的钱，已经翻到六十万了。"

周庸："太狠了，一箭双雕啊！"

我说："人因为感情的事做点什么都挺合理的，我不也跟傻子似的一直在找我的女朋友吗？"周庸拍拍我的肩膀，递给我根烟。

女人失踪后，
发现被装在快递里

2015年9月13日，线人大伟给了我一条线索——神通快递尚武路快递点的包裹里，发现了尸块！

我和周庸赶到时，包裹已被警察拿走了，我只好跟报案人聊了聊。

报案人是这家快递点的女老板。报案当日中午，她家的狗围着一个包裹不停地叫。她发现这个包裹发出臭味，并渗出暗红色的液体，就报了警。警察来了后打开查看，就发现了尸块。

我问她为什么确定是尸块，不是猪肉、牛肉时，她还有点干呕："错不了，那是一个女人的乳房！"

周庸奇怪："这件你们一直都没送？"她说打电话给收件人总是没空，后来说好有时间自提。

从她提供的电子信息看，收件人写的是郭博宇，电话1390××××××。发件人信息一看就是假的，写的是宋仲基。包裹的投递点是南门市场。南门市场是燕市的几个大型批发市场之一，每天的发货量巨大，外加同城邮寄，检查很松懈，怪不得投递时没人检查。

周庸有些不解："徐哥，国家不是有规定快递要检查投递物品吗？"我说："是，但很多快递公司都不认真执行——因为检查不仅会提高成本，还会降低效率、损失客源。尤其在收件多时，根本不会检查。"

周庸："他们不是有仪器吗？"

我告诉他是有仪器，但为了不影响效率，他们一般在检查空运快件时才用。我国的毒品有一部分是依靠快递运输的，看重的就是这一点。投递点一般简单确认无易燃易爆、危险化学品就放行了。基本上，快递实名制就是个虚设。

▲ 包裹安检仪器

周庸点点头："你说他大张旗鼓地快递尸块，是不是挑衅呢？觉得肯定不会被抓到！"

我说："这样的案件，凶手的任何行为都是有目的的，他肯定有下一步动作……"

我还没给周庸讲完，就又收到了一条大伟的信息："广通路神通快递点也发现了尸块！"

我跟周庸说："得，兵分两路吧。我估计你到了广通路，那包裹肯定也被警察提走了。如果想确认尸块信息估计要靠尸检，你到你表姐那儿旁敲侧击地问问。"

周庸去广通路神通快递点了解情况，我则按照快递点女老板给的信息，去找尸块的收件人郭博宇。

郭博宇是个结巴，我打电话问他在不在，自称是电视台"法制频道"的记者，想采访他。他犹豫了一下："在……在家！"

郭博宇家所在的小区很老旧，但家里的装修很豪华。见面后我发现他很憔悴，双眼通红，一看就是很久没睡好了。

我跟他客套了两句，他先开口了："是……是问问我儿子的事吧？"他儿子怎么了？我假装什么都知道："是的，您能再详细给我讲一遍吗？"郭博宇说话实在太磕巴了，为防止看着费劲，就由我代述一遍。

郭博宇和妻子共同经营着一家旅游公司。前天早上，郭博宇的妻子送儿子郭泽去上学，直到中午也没去公司。郭博宇有个账着急和妻子对一下，打电话没人接，家里也没人。后来老师给郭博宇打电话，说他儿子没去上学，他意识到有可能出事了。他开始想，是不是出了车祸之类的意外，就查了一些当天的事故信息，但是都没找到吻合的。于是，郭博宇急忙报了案。

警察在调查郭博宇妻子的通话记录时，发现她在送儿子上学的早上，曾接过一个电话。他们顺着电话找到了一个专车司机。据这个专车司机说，那天早上确实有个女人用叫车软件叫了他的车，他还打电话跟对方确认了位置。但随后就被放了鸽子，不仅人没在指定地点，打电话也不接了。根据专车司机手机里那个女人的打车路线，基本可以确定，那个女人就是郭博宇的妻子。

郭博宇问我是不是从警方那儿得到了什么消息，所以过来找他做采访的。我说暂时没什么线索，问能不能参观一下他的家，看看有没有可能发现点什么线索。他说可以。

这是一间四室两厅的房子，估计有二百五六十平方米，客厅展示柜上摆了一些文玩物件，其中不乏象牙、犀角这类的动物制品。我随手拿起一个红白相间的佛头摆件看了看，问郭博宇这是鹤顶红雕的吧。"鹤顶红"并不是毒药，而是盔犀鸟的头盖骨，在走私市场非常受欢迎。

郭博宇："我……我也不知道，朋友送……送的！"

郭博宇说房子还保持着妻儿失踪前的样子，他什么都没动。我拿起桌上的全家合影看了看，发现郭博宇的老婆长得一般，并不好看，儿子还好，戴副眼镜，白白净净。我在郭家儿子的床上找到了几根头发，装了起来。又转了一圈，和郭博宇说："郭哥，我直说了，冲嫂子的长相，劫色的可能性不大。你又说没仇家，所以劫财的可能性比较大，有人跟你要赎金吗？"

郭博宇还没回答，周庸电话来了。我问周庸广通路那儿什么情况。周庸说后来又分别在燕市的另外两处神通快递点发现了同样的包裹，情况差不多，都是从南门市场寄来的。

还有一个消息，尸检报告出来了。周庸说发现的尸块分别是女性左右两侧乳房、胸大肌和腹壁软组织。左侧乳房有一道因乳腺摘除而留下的伤疤，伤疤上文了老虎。尸块的分割面很整齐，经DNA鉴定为同一人。

周庸感慨："可把警方难坏了，软组织不比骨头，他们很难推断死者的身高、体重和年龄。DNA比对什么的他们忙活够呛，我表姐和我说话都带火。"

我问他还有什么消息。

周庸："法医说从尸块的切口来看，凶手应该是经常用刀的人，可能从事外科医生、厨师这类职业。"

我说："我知道了，现在说话不方便，一会儿打回去。"

郭博宇看我接了电话，问我是不是有什么消息。我说没有，不过估计马上警察就会来找他了。然后郭博宇的电话响了，他接完电话："他……他们说……有新线索，让我过去一趟。"

我知道应该是让他去指认尸体。我说："行，那我就先走了。"

我去找周庸，把在郭博宇儿子的床上找到的头发给他。

周庸："这谁的头发啊？"

我说："郭博宇儿子的，你去找你表姐，和她做个交易。现在的尸块基本可以肯定是郭博宇妻子的了，你把头发给她验DNA，说不定什么时候郭博宇儿子的尸体碎片就出现了。"

周庸点点头："我们要什么？"

我说："信息共享就行，你觉得我们还能谈什么条件？"

我饿了一天，特别想吃碗乌冬面，找了家日式料理，刚点完面和天妇罗，周庸就来消息了。有人给郭博宇打了电话，说儿子在他手里，要两千万元现金，交易时间另外通知。来电的是一张临时电话卡，网监没来得及追踪位置就挂了，周庸说警方也没什么其他线索，打算把精力投入到明天的交易上。

我问周庸能不能搞到那个电话号，周庸嘿嘿一笑："徐哥，我刚才偷偷拍照了。不过这案子基本上就是绑架了吧，我们查着有意义吗？"

我说这事有很多不正常的地方。凶手明明打电话给郭博宇求财，还杀了人并到人流密集处寄快递，这太反常了，肯定得接着查！

拿着电话号码，我们去找了私家侦探。你可能在大街小巷，看到过侦探事务所或私家侦探的字样。大多数私家侦探并不查案，他们只干一种没什么技术含量的活儿——出卖信息。他们能定位你女友的手机卡，也能查到你男友的开房记录。警务系统和通讯商能做的事，他们都能做。至于像福尔摩斯一样，亲身帮人查案什么的，就不用想了，他们不会。但对于我来说，这些人有时更有用，除了他们都很贪婪这一点。花了五千元，我知道了这张手机卡是从哪家站点卖出的。

我和周庸来到了这家南门市场附近的站点，店长在我和周庸问起时，坚决不承认自己卖过不记名手机卡。

出来后周庸问我："徐

▲ 出售不记名手机卡，属违法行为

哥，你用的就是没实名登记的手机卡吧？到底咋办的啊？"

我告诉他，手机店和一些通讯运营站点都能办。但现在不登记的手机卡越来越贵了，以前五十元一张带五十元的话费，现在一百多元一张不带话费。

周庸好奇："那要是那卡的话费贵咋办，就挺着？"

我摇摇头，说那都能改。卖卡的人会告知密码，去运营商那里直接改套餐就行。虽说是实名登记，但没那么严。说了两句我告诉他别扯了，接着调查。

周庸撇嘴："刚碰一壁，咋调查啊？"

我说："你傻啊，他不说不代表别人也不说。"

周庸："谁说啊？"

我指了指站点对面的金店，屋檐下一个360度摄像头紧紧地对着这边。我和周庸进到金店里，提出要看监控录像。店里的两个服务员岁数都不大，犹犹豫豫不能决定。我把周庸推上前，告诉她们如果能看录像，这位哥哥就会买条金链子，最粗的那种！她们可能想到了提成，商量了两句就决定给我们看，但要求先买金链子。周庸刷卡之后，我们看到了监控录像。

当天早晨 8:12，一名身高大概一米七，体型中等，上身穿黑色衬衣，戴着墨镜的中年男子来这里买了张不记名的手机卡。之后他

▲ 很多商店门口都装有监控录像

上了辆白色出租车。车牌贴了张光盘，从监控上看不清车牌号。

我用负十倍的速度一帧一帧地看嫌疑人出现的画面，两个小时后，我有了一点发现。嫌疑人开门上车的那一帧，画面放大十倍，隐约能看见车门上有三个字，后两个字看不太清，第一个字是"天"。

燕市一共有十几家出租公司，名字是三个字且第一个字是"天"字的只有天泉寺出租公司！天泉寺作为老牌出租公司，旗下出租车少说也有几千辆，白色汽车有几百辆，时间紧迫，根本没时间挨个排查！

没办法，我只好求助周庸的表姐。我给鞠优打电话，说想要看看那辆车牌贴了光盘的出租车，最后出现在哪儿。鞠优说可以帮我调天网，但如果查到了，我得立即通知警方。我说行，肯定尽好公民义务。

鞠优效率很高，这车当天把嫌疑人载到了湖滨路的一个小区。通过监控出租车的行程，我们找到了嫌疑人的下车地点。

我们到这个小区时，已经是晚上了，门卫大爷在门口浇花。田静问门卫这个楼哪家有从事厨师、医生之类职业的人，门卫大爷想了想："三单元五楼是个屠户。"

我们在三单元楼下犯了难，我可以敲门，也可以开锁。但如果里面真是嫌犯，势必会引起他的注意。

五楼的灯没亮，有可能人睡了，也有可能不在家。这个高度很少有人安防盗窗，夏天也都开着窗。我让周庸和田静守在单元里，我顺着水管爬到了五楼。水管对着的是厨房，窗户没锁，我慢慢推开窗，进了屋子。

屋里一点儿声音都没有，只有冰箱偶尔制冷的嗡嗡声。我站着听了一会儿，感觉屋里应该没人，踮着脚四处看了看，确定确实没人，我打开了手机的手电。

我在冰箱冷冻层里发现了一些尸体的残肢，然后开门放周庸和田静进了屋，他们俩看到尸体都快吐了，我说要吐别在这屋吐，会被发现的。

我们三个在屋里四处找线索，周庸拿起本《五年中考三年模拟》："徐哥，他家也有初中生，不会跟小泽是同学吧？"

这时田静有了新发现："抽屉里有个录音笔。"

我们走过去，田静戴上手套按下了播放键："我……我跟你讲，虎仔稀缺得很，你……你知道吧，一点也不……不能便宜啦！你……你怎么还录音啊！我……我跟你讲……"

周庸："这说啥呢，咋还磕巴呢。"

我说这是郭博宇的声音。

这件事情更有意思了，听录音的意思，郭博宇竟然干着走私野生动物的勾当，而且竟然涉及了老虎！我国法律对走私老虎身上的东西是最严的，抓到就是重刑。就连动物园里死去的老虎，也必须立即焚毁，身上的任何东西都不能流出。这也解释清了，为什么郭博宇家有那么多象牙、犀牛角、鹤顶红、玳瑁的摆件——他就是干这个的啊！

周庸听完我的分析："徐哥，那这可有点不好办了，他说没仇家，干走私这行最不缺仇家。郭博宇不说实话，我们怎么往下查啊！"

我说我们从郭博宇查起。我本来想咱仨在这儿蹲点，但这人是用刀高手，咱有可能应付不来，反正之前我也答应鞠优了，给她打电话出警吧。

警方接手这个房子，玩守株待兔的游戏，我觉得与他们一起等在这儿，比较好拿到第一手资料。

周庸："那我们都在这儿蹲点？"

我说不是，让他和田静去调查郭博宇。

田静找工商局的朋友咨询了一下郭博宇的财产跟人际关系。郭博宇名下有一家旅游公司，下边有几个员工，法人是他的妻子。那几年旅游刚开始平民化，前景一片大好。后来受到线上旅游网站的冲击，郭博宇的公司开始赔本，好几次差点破产。但郭博宇一家的名下资产将近一亿元，这些钱凭一家经营惨淡的旅游公司怎么可能赚到呢？根据田静查到的，郭博宇在郊区有一间厂房。旅游公司怎么会用厂房？她和周庸决定过去看看。

他们俩到厂房时已经是零点了，因为不清楚里面的情况，只好在门口蹲点。

凌晨1点左右，厂房的门开了，进了一辆盖着防雨布的大货车。看不到里面有什么，但能闻到有些腥臭味。过了一会儿，卡车又开出来了。周庸想了想："静姐，你开车跟着这车，看看它去哪儿。我留在这儿看能不能打探出点什么。"

田静点头："你小心点。"

周庸笑了："您也小心。得，您快跟上吧，一会儿那车开没了。"

田静远远地跟了货车一个小时，到了西郊的一个批发市场。田静想开进去，但这里只有登记过的车辆才能入内。田静记下了保安胸牌上的字——西郊综合批发市场。

田静到市场的同时，周庸翻墙进了郭博宇的厂房，而我则蹲在湖滨路小区的自行车棚里，忍受着蚊子的叮咬，克制着不看手机。单元里进了三个人了，但在屋里埋伏的警察没有反应，证明这不是嫌疑人。我只好继续蹲着。

田静在市场附近打听如何进入，终于在一个小卖部老板那儿得到了线索。他问田静想进去做什么，田静说有长辈过生日，想淘点特殊的"宝贝"。可能因为是美女，老板放松了警惕："那你来这儿就对了。咱这儿的东西，往滨河古玩城一倒腾，那就得翻几倍。而且他那儿假的多，咱这儿都是真的。"

田静："城南那些动物制品也都是这儿出去的？"

老板很骄傲："那当然！"

他带田静进了西郊市场，来到了自己家的店，说有新上的果子狸，都是用网套的，没有任何损伤。如果不想要，还有"地龙"（穿山甲）、"过山峰"（眼镜王蛇）或"饭铲头"（眼镜蛇）。

田静谢绝了老板的"好意"，去其他店看了看，发现了猪獾、黄鼠狼、穿山甲、豹猫、鳄鱼、鹰、雕鸮以及赤麂。有活的，有冻的，也有已经切割好直接卖肉的。还有一些店铺卖用蝾螈、蛇、蛤蚧制成的壮阳或滋补药酒。但并没有找到郭博宇家的店铺。

田静进入批发市场的时候，周庸正躲在厂房的角落里。屋里面亮着灯，有人声，周庸估计混不进去，就蹲在墙角的草丛里，看看能不能有什么机会。过一会儿又有大货车开进来，司机停好车，急忙下车进到屋里避雨，周庸趁机钻进了车斗的防雨布中。

防雨布里面是好几个铁笼子，里面一双双蓝色的眼睛盯着忽然进来的周庸。周庸吓了一跳，然后打开手电筒——并不是什么野生动物，而是奄奄一息的狗！周庸数了数，一共有四个笼子，每个笼子装了二三十条狗。本来空间就小，有体弱的狗被其他狗踩在下边，满身血跟毛胶合在一起，不知死活。

周庸又等了一会儿，屋里熄了灯，他跳下车，趁机四处转转。他发现这片厂房大概分为五个区域——屠宰区、分割区、分类区、制作区和冷冻区。

开始时，周庸以为这是个狗肉黑作坊，直到他在制作区发现了一盆盆半成品的狗骨、狗牙、狗皮还有狗的头胄部分，以及一箱箱贴有虎骨、狼牙、鹤顶红、麝鼠皮标签的纸箱！在远处一个柜子里，他还发现了成品虎仔，有白的和黄的，纹路清晰。

他终于明白了，这是一个造假的作坊，用狗为材料，制作各种珍贵动物制品，用来骗钱。

后来周庸和我说："以前听朋友说过，有人用小蜥蜴冒充蛤蚧卖，有的人能用牛角做虎爪，牛骨做豹骨，但没想到狗竟然能造假成虎！"

之后周庸又去了冷冻区，发现了大量用狗伪造的虎、豹制品！周庸给我打了电话，我在蹲点，静了音没接，他就给田静打了一个。他们俩交换了一下信息，田静给周庸讲了市场的事情。

周庸："那就对上了，郭博宇应该是做完假的动物制品，拿到西郊市场去销货。"

田静问他有没有和我说这些事。

周庸："没有，估计徐哥蹲点还没结束呢，刚才没接我电话。对了静姐，有个事。"

田静问他怎么了。

周庸："这地方太偏了，打不着车，你来接我一下呗。"

在田静开车去接周庸的时候，我终于等到了嫌疑人。

当时已经是凌晨3点多了，我打算再蹲半个小时就回家睡觉。这时，有个男人走进了三单元，我看着楼上的感应灯一层一层地亮起，然后他来到了屋里埋伏了警察的五楼，停下了。

我直起身，退到大门处继续观察，忽然听到楼上一声大吼，然后是杂乱的下楼声和喊声。

我装作一个正往家走的路人，向着三单元的方向走去。忽然三单元蹿出一个人，身后还追了几个警察，我假装惊慌地往旁边闪了闪，在那个人经过我身边时，伸脚绊倒了他。就这样，嫌疑人李伟落网。

我作为"见义勇为"的群众，跟警察一起回了警局。录完口供后，我在走廊看见了鞠优。她看我出来，约我一起走走。

我们向着出口走，鞠优问我："想不想知道审讯结果？"

我点点头，说："当然，费了那么大力气帮你们抓人，总得有点知情权吧。"

李伟对自己杀害郭博宇妻子的事实供认不讳，仇杀！

李伟的儿子得了白血病，换髓后三个月复发，变得更严重了——他没办法，只好四处打听什么能救命。

有人跟他说，虎仔入药可以救命，倾家荡产凑了七十万元从郭博宇手里买了俩，可儿子还是死了。后来李伟拿剩下的虎仔去找人鉴定，鉴定的人告诉他这是用狗做的假货，李伟愤怒之下决定报复郭博宇——从他的妻儿入手。

他每天开车在郭博宇家附近转，寻找报复的机会。终于有一天，他看到郭博宇的妻子领着孩子等在路边，还拿着手机。他猜测会不会是他们打了专车，于是开车过去，假装是专车司机。郭博宇的妻子还问了一句车牌怎么不对，他说怕罚款，所以换了车牌。郭博宇的老婆没一点怀疑地上了车。

李伟杀了郭博宇的妻子并邮寄尸块后，还打算诱骗郭博宇来赎自己的儿子，趁机杀死他，但还没实施就被抓了。

我问鞠优郭博宇的儿子怎么样了。她摇摇头："李伟说，郭博宇的儿子和自己的儿子差不多大，分尸下不去手，喂了敌敌畏，然后扔护城河边上了。我们已经找到他了，正在抢救，现在是死是活都不好说。"

离开警局，我和周庸、田静碰了一面，听他们讲述了郭博宇工厂以及批发市场的事情。

我摇摇头，郭博宇大概没想到，自己不仅家破人亡，过段时间也会因为造假和走私被逮捕。杀人分尸的李伟比较好判决，死刑应该是逃不掉了。郭博宇的定罪难坏了法院。他虽然贩卖珍贵动物制品，但都是假的。虽然在市场有店铺，但没有任何直接证据证明他参与过野生动物交易。

李伟就是知道，自己的那份录音没法给郭博宇定罪，才亲自动了手。

西郊综合批发市场消失了，但我去滨河古玩城转的时候，却发现他们的鹤顶红、犀牛角、象牙制品仍没有断货，大量的游客仍然购买着这些或真或假的"文玩"。

▲ 应有尽有的古玩城

前天我接到鞠优的电话，聊天时她提了郭博宇的儿子："虽然救回来了，但脑损伤很严重，以后智力可能会有问题。"

我忽然想起我假装成记者去郭博宇家采访的那次，郭博宇拿着他儿子的试卷给我看，说："我儿子学……学习特……特别好，他一定……不能有事！"

城市打工的女孩，
每年都有几个失踪（上）

2015年11月7日，我收到了一个叫"白小白"的线人给我的留言，说发现了"失踪女孩"的线索。可能怕我看不到，白小白一句话发了二十几遍。

我先解释一下，什么是"失踪女孩"。这不是一个人，而是一群人。

这两年我在检索、调查失踪案件时，注意到了一件事。在燕市的失踪人口里，有很多这样的女孩。她们是外来人口，和这个城市的大多数外来人口一样，住在环城的边缘地带，且基本都是与人合租。白天挤早高峰去上班，晚上挤晚高峰下班，到家后洗漱睡觉，周而复始。

根据我手里失踪女孩的统计信息，这些人的年纪在十八岁到三十岁之间，收入都不太高，不常与家人朋友联系。都是在失踪很久后，才有人报警。我有三十几个这类女孩的失踪记录——我不知道的，还没被发现的，一定更多。

我判断有人在专门对这类女孩下手。

我跟周庸说起时，他有点不信："巧合吧，就不能恰巧这两年失踪的外地女孩多点儿？"

我更相信有人在专门针对这些姑娘。她们每天都很累，到家后连句话也不想说，与朋友和家人很少联系，只偶尔在朋友圈点个赞。即使死在自己的房间里，也要发臭了才会有人知道。我手里近两年的失踪案例，证明了这一点。

说回来，收到和"失踪女孩"有关的线报，我有点兴奋。

我问线人白小白，能不能详细说说，回复说可以。然后给我发了语音——是一个姑娘。她说起自己经历的一件事，可能和"失踪女孩"有关系。

"11月2日那天，我去体育场看了我偶像木子的演唱会。我平时没什么朋友，是自己去的。邻座是几个一起来的人，两男一女。见我一个人，那女的就和我聊上了。问我是哪里人，又问我在这边上学还是工作。"

我打断白小白，说："那你还挺年轻的！"

白小白发了个白眼的表情："我本来就没毕业多久。哎呀，你先听我说完！那女的对我特别热情。整场演唱会，她一直和我聊些生

▲ 路边摊不卫生，最好不要吃

活琐事和明星八卦什么的，我都没看好。看完演唱会有点饿，我在路边点了份烤冷面，加肠加蛋的。"

我说我也吃过那家，加糖好吃。

白小白："对对对，加糖好吃。哎呀，你别打岔。那时有人在背后拍我一下，吓我一跳。我一回头，是演唱会时坐我旁边那女的。那女的看我在吃烤冷面，非拽我一起去吃饭。我这人脸皮挺薄的，她一直让我去，我推了几次，看那两个男的也不在，就跟着去了。"

我说："你这是脸皮薄吗？"

白小白又发了个白眼的表情："你不懂，她左拐右拐把我带到一家酒吧。我开始以为是酒托，吓一跳。后来看人还挺多，菜单也明码标价，就松了口气。我点了薯条，要了瓶啤酒。聊了一会儿，那女的忽然和我说，这酒吧有包间，她有几个朋友在这儿，让我一起去包间玩。我觉得不太安全，没答应，然后又冒出一个女的，硬要拽着我一起进去玩。我觉得有点不对，说想回家，往外走，门口正好有辆出租车。我上车就告诉师傅快走，车开了我回头看，和那两个女人一起追出来的，还有一男的。"

我问："然后你怎么办了？回家了？"

她说："是。但车开了一会儿，司机忽然跟我说，后面有辆白车，跟一道儿了，问是不是跟着我的。我当时吓疯了，问司机附近有没有派出所什么的，赶紧往那儿开！然后司机把我拉到了附近的派出所。"

我问白小白，为什么觉得这事和"失踪女孩"有关呢？

白小白冷静地给我分析："一听口音就知道我是外地人；我一个人听演唱会，一看就没什么朋友；她问了我许多个人问题，比如和家里是否经常联系之类的。我后来想想，她问的这些问题，和你之前说的'失踪女孩'的信息基本吻合；我给你发个东西，这是我今天搜到的。因为吓着了，这几天我一直在搜演唱会那天发生的事。"

她发来一个链接，我点进去，是一个帖子。

发帖人说自己隔壁屋的姑娘，最近几天都没回来过，发信息也不回，打电话一直关机。他和那姑娘也不太熟，问这种情况应不应该报警。他还截了一张那姑娘朋友圈的最后状态，在一个看起来像酒吧的地方。说这姑娘特别爱发朋友圈，天天刷屏的那种，这几天连朋友圈都没发。

我问白小白这个帖子能证明什么。

白小白说："这就是那女的带我去的酒吧，我私信了发帖人，他说这条朋友圈是11月2日发的，就是演唱会那天！我还问了一些他女邻居的信息，和'失踪女孩'特别吻合！"

我问她知不知道这酒吧在哪儿。白小白说不知道，她那天都被那女的带蒙了。

我问还有什么信息吗？她把11月2日失踪女孩的照片发给了

我。说是一东北姑娘，叫黄蕾，照片是她邻居从朋友圈里找的。

和白小白聊完，我觉得这事值得一查。但首先，我要找到那家酒吧。

体育场附近有上百家酒吧，我需要一个行家，恰巧我身边就有一个人对这上百家酒吧如数家珍。我把照片发给周庸，问他认不认识照片里的酒吧。周庸看过照片后，立马得出结论："这首先啊，不是一家 High 吧，体育场里面的 Club 基本都可以排除了。它也不是啤酒吧，'爱尔兰酒吧'和'牛啤堂'这类的 Pub 也可以排除了。"周庸把体育场 90% 的酒吧都排除掉了。

"它也不在我印象中的鸡尾酒吧里，体育场那边的鸡尾酒吧都没表演。有鸡尾酒，还有表演，灯光还没那么暗。在体育场，嘿嘿，就只有一种酒吧了。"

我点点头，懂了。

国外准确地把酒吧分为 Club、Bar 和 Pub。Club 的规模相对较大，经营更加商业化和专业，来这里的人主要是跳舞、喝酒、交友，会有许多的演出活动；Bar 更偏重酒的文化，不同的 Bar 有不同的招牌酒，每家店的酒文化也不相同；Pub 的消费与格调较低，客人一般都是学生和普通老百姓，主要就是喝喝啤酒聊聊天，许多人愿意在 Pub 和朋友聚会聊天看球。

在我国，不管是 Pub、Bar 还是 Club，都叫酒吧，体育场的许多家 Club 中文名都是某某酒吧。有些人喜欢把 Club 叫作 High 吧，把 Pub 和 Bar 叫作轻吧。但我们要找的那家，和这三种都不同。

体育场旁有一条酒吧街，晚上男性走在那儿，会有人不停上来招呼："大哥，去我们那儿吧，表演免费，小妹特带劲！"

一般这种"拉客"的酒吧，都会有些擦边的服务。这种酒吧看着热闹，但里面都是托儿，为了让客人有信任感，进门消费。这类酒吧白天一般不开门，调查得赶晚上。

我给周庸发消息说，择日不如撞日，正好现在就是晚上，我们开工吧。周庸回我："啥，我刚洗完澡！"

我住得近，等周庸到的时候，我已经用照片比对出了那家酒吧。

酒吧叫月亮港，橱窗内贴着暗示的广告，门边的墙上有"表演免费"的字样。我和周庸进了月亮港，一个熟妇立刻迎了上来："两位帅哥喝点什么？我们这儿什么酒都有，表演 9 点开始，要是想要姑娘陪的话，我们这儿还有包厢。"

我用眼神示意周庸上前应付，周庸一挺胸："姐，您先听我说，我们是在找姑娘，不过是在找特定一姑娘。"

周庸翻出手机里黄蕾的照片："这姑娘，您有印象吗？"熟妇看了眼照片，脸色一变："你们警察啊？"

周庸笑了："您看我像吗？这片儿我常混，维多利亚的王哥知道吧，那是我大哥。"

周庸又指我："您看他也不像吧，就他头发这么长，胡子也不爱刮，早被清出警察队伍了！"

熟妇明显放松了点："这姑娘我没什么印象，她几号来的，在大厅还是包间？大厅的话可以帮你们看一下监控，包间就没办法了。"

我说："应该是 11 月 2 号来的，麻烦您帮查一下。"

熟妇点点头，冲着周庸说："你加下我微信，把那女孩照片发我，我对着看。"过了一会儿，熟妇回来了，让我们跟着走："确实来过，走吧，我带你们去看。"

我和周庸跟她进了一个小暗间，里面有三张办公桌，每张桌上都有台一体机。她用电脑给我们看了 11 月 2 日的监控。黄蕾穿着白色连衣裙，坐在吧台。过了一会儿坐过来一男的，两人一直聊天，最后一起离开了。

除了黄蕾外，我还特意找了一下此案的起源——白小白，但没看见类似的人出现，我问熟妇这个监控能监测到整个大厅吗？她摇头："靠东墙或西墙的话，我们就监测不到了。"

我暂时不去管白小白的事，问熟妇知不知道和黄蕾坐一起的那人是谁。周庸奇怪："徐哥，你这问题失水准啊。每天客人那么多，她怎么记得住？"

我说："你问问她这是不是客人，你看他那细腿的裤子、尖头皮鞋、白西服，还有那发型，隔着监控我都能闻见古龙水味，如果我没猜错，这是一个牛郎。"

周庸对我竖了竖大拇指，转头问熟妇："姐，你们店还做这生意啊？"熟妇摇头："不是，他是串场少爷[1]。"

周庸恍然大悟地"哦"了一声。

---

1 串场少爷，指游走于各种场所，专门服务女性的男性。他们不固定属于某一家夜店，但在他们"搭活"的同时，一般会多点些酒水，促进消费。店家因为有利可图，一般选择默许这种行为。

我问她知不知道"少爷"叫什么名字，她点点头："王敏。"

周庸觍着笑脸："姐，还有别的信息吗？再多说点呗，下次保证来您这儿消费。"

她看了周庸一眼："听说他是音乐学院的高才生，好像还要出国留学了。"

周庸："姐，就您说这些，我啥也查不着啊，您这儿有会员卡吗？我现在办一张，以后常来消费还不行吗！"

熟妇点点头："他最喜欢尚文路上那家华庭酒店，说是所有快捷酒店里装修最有意境的。"

出了酒吧，我问周庸维多利亚的王哥是谁，周庸嘿嘿一笑："我也不认识，听别人说过，好像在这片挺管用的。"

尚文路上的华庭酒店坐落在一个胡同里，看着不太起眼，里面确实装修得古香古色，建材用的都是木头。周庸扫了几眼："下次我也来这儿住住试试。"前台小妹已经困得打哈欠了，我刚要上前，周庸拦住我："徐哥，这次我来吧。"我伸手示意可以。

周庸拿出一串钥匙，趴在前台，一只手搭着："我是黄蕾的朋友，她钥匙落我车上了，麻烦你帮我给她。"

前台查了查："您好，先生，今天没有叫黄蕾的人入住。"周庸说："不可能，我看着她进来的，你再帮我查查！"

前台赶紧在电脑上重新搜索"黄蕾"，之后说："先生，今天真的没有这个人入住，您能给她打个电话吗？问问她住哪个房间？"

周庸："那王敏呢？"

前台搜索之后说："他入住了，需要我帮您把东西转交给他吗？"

▲ 经过改装的偷拍手表

周庸收回戴着手表摄像机的手，说："算了，一会儿我给他打电话，自己给他吧。"

在前台看神经病的眼神中，周庸走出酒店，冲我抬了抬手："搜索记录都录下来了。"我点点头，让他快传电脑里看看。

近期没黄蕾入住的信息，但有王敏的，而且王敏在黄蕾失踪那晚开过房。我们在周庸录下来的信息里，找到了王敏的房间号。

按照熟妇给出的王敏信息，结合周庸拍到的身份证信息进行查询，还真搜到了这个人。王敏是音乐学院的学生，学流行音乐的，网上有他参加学校活动的照片，和身份证上的为同一个人。校园网的新闻还报道，说他 SAT 分数两千一百分，已经拿到了 BK 音乐学院的录取通知书，还拿到了一万美元的奖学金。

周庸目瞪口呆："这么好的学校，挺牛的，还拿奖学金，为什么要当牛郎呢？"

我说："是，你看看你，读个国内研究生都能退学。你再看看人家，这么比下来你连个牛郎都不如。"

周庸脸色变了："一万美元有什么用，BK 音乐学院是出了名的贵族学校，省吃俭用读下来，起码也得四十万美元。我虽然退学了，但我也不用浪费我爸我妈那么多钱了啊！"

我问他买车花他爸他妈多少钱了。周庸想了想，开始转移话题："徐哥，你说他出来当牛郎，是不是因为要攒去音乐学院的生活费啊？"

我说："不是个人爱好就是为了钱，还能有什么？"

王敏住的是二楼的一个价格四百七十七元的大床房。我趴在门上听，里面有水声和球赛声，听声音回放的是凌晨葡萄牙对威尔士的那场。

我敲了敲门，里面问是谁，我说外卖。王敏打开了门："这么快就……"我和周庸推着他进了房间，他吓一跳："两位大哥有什么事吗？"

我跟他说黄蕾失踪了。他问我黄蕾是谁。我说："就是前天跟你约的那个短发女孩。"他"哦"了一声，再未说话。

周庸乐了："一诈一准，你们还真约了！"

我示意周庸别说话，和王敏说："我就想了解一下情况，听说你考上了BK音乐学院，你要是不想我写信检举你当牛郎，影响你学业，你就什么都不用说。当然，美国人不太看重这个，非常有可能不会对你的学业有什么影响。不过我试试又没什么损失，你说是吧？"

这时洗手间有个女孩洗完澡出来，看屋里多了两个男人吓了一跳。王敏和女孩说："宝贝儿你先回去吧，我明天再约你。"

女孩悻悻地穿好衣服，刚要出门，王敏叫住了她："哎，礼物！"女孩愣了一下，回身抱起椅子上的一个大泰迪熊走了。

我踩了周庸一脚，用下巴示意他跟出去，打探打探消息，周庸站起身："我出去抽根烟，徐哥你聊。"

女孩走后王敏讲了一些黄蕾的事："我们俩是在网上认识的。那天我约她去酒吧喝酒，聊得不错，在网上也认识挺久了，自然而然就开房了。完事儿之后，她洗个澡就要走，说要回家。我说明早再走多好，她说公司电脑让她放家了，得回去拿。"

　　我问王敏，黄蕾走时他在干吗。王敏说他一直在酒店睡到第二天，没出过门。我和周庸下楼后，假装来酒店捉奸，要求看11月2日的监控。我和前台说，有人告诉我们，周庸的老婆11月2日和别的男人在这里开了房，我们要看一下监控。前台说她没这个权利。我威胁说当时酒店没登记她的身份证，这是不合规的，不给看监控我们就报警。

　　很快，我们就看到了监控。

　　王敏没说谎，他当天23∶35和黄蕾一起进入酒店，第二天下午13∶12才出来，中间未离开酒店。最后退房的是王敏本人，酒店没有其他出口。而黄蕾是凌晨1∶23离开酒店的。

　　看完监控后，周庸问我怎么办，我说我得好好思考下，"你一直盯着王敏，注意点别让他发现，明天我替你。"

　　第二天起床后我还是没有头绪，然后我接到了周庸的电话："徐哥，昨晚跟王敏开房那姑娘也失踪了！"

　　我问他怎么回事。周庸说："你昨儿不是让我跟那姑娘打探消息吗，我就留了她的联系方式。今天我盯着王敏无聊，就联系那姑娘，但怎么也找不到人了。打电话关机，发消息不回。我就拜托静姐去了一下她们学校。

　　"结果你猜怎么着，学校也在找她！她们学校今天有场独唱音乐会，她是主唱，几十人的交响乐团在等她，都准备了两个月了，眼看要开始，人找不到了！"

我没说话。

"徐哥，这事肯定和王敏有关系，哪儿就这么巧。"

我说："确实有关系，那姑娘走的时候，王敏让她拿着一个泰迪熊，泰迪熊还挺大，放不到包里。我们昨晚看监控，黄蕾手里也拿着个娃娃，也是很大，放不进包里，我怀疑也是王敏送的。正常开房哪有送礼物的？我怀疑这是一个暗号——给他同伙的。"

周庸："这家伙的不在场证明太充分了，凭这个什么也确定不了。不过徐哥你说，他一个牛郎，最近却总在外面约姑娘，谁都会觉得不正常吧？"

我说："是，所以我们要一直盯紧他，我现在就过去替你。"

周庸："不用，我来吧。"

我说："你别和我客气，以后我白班你晚班。"

周庸："不是，徐哥，我没客气！现在必须我来了，王敏出学校了。"

周庸的跟踪行动开始很顺利。王敏也没发现有人跟踪，他先上了地铁，在尚文路换乘了地铁线。他站在门口，周庸从其他门上车后，站在了两节车厢中间的地方，远远地盯着王敏。王敏一直没什么异常，周庸就放松了警惕。到天台路时，在车门马上就要关闭的那一刻，王敏跳下了车。周庸从反方向坐回来以后，王敏已经不知所踪了。

之后周庸给我打电话说："徐哥，跟丢了！"

我说："你别急，既然他在天台路下车，你就去天台路站找找吧。说不定他是刻意放烟幕弹呢，实际他就应该在天台路下车。我在开车往那边走，快到了，等到了再说。"

周庸挂了电话，从天台路地铁站出来，就见不远的地方有一男一女在吵架，男的正是王敏！两人不欢而散，王敏看女孩走了，自己也打车走了。周庸跟在女孩后面想上去问问情况，还没等周庸上去，一辆金杯忽然停在女孩身边，一个光头跳出车将女孩拖进了车里。

周庸没车，赶紧拍了张照片发给我，给我打电话："徐哥，刚才一金杯劫走了和王敏吵架的姑娘，现在往芳草路方向开了，照片我给你发过去了。"

我在芳草路末端追上了金杯，把车开到金杯前试图逼停他，司机大概没想到会有人追他，慌乱中开到了芳草地公园。之后光头跟司机弃车逃窜。

我追着光头翻进了芳草地公园，光头走投无路进了公园。我喊了声："有变态，抓色魔啊！"

周围有几个年轻的男子加入抓捕行列，最后光头无奈跳进了芳草湖。我给周庸打电话，告诉他还有一个司机。发现我去追光头后，司机很可能返回金杯开车走。我让周庸去那里盯着，不要让他发现，如果司机开车走一定要跟上。周庸找到金杯时，车门开着，司机没在车里。周庸上了金杯，在里面发现了一个很大的旅行箱。打开后里面有个女孩，正是和王敏吵架的女孩。女孩处于昏迷状态。周庸拍了拍她的脸，看她没反应，把她抱了出来。

这时我也赶过来了，周庸问我："徐哥，光头呢？"

我说："那傻子不会游泳，不知道为什么还跳水逃跑，现在昏迷送附近医院了。"我又给鞠优打电话，说这应该是个人贩子。她已经派人去医院守着了。

周庸："徐哥，这姑娘怎么办？"

我说："我先送她去公园管理处。看样子这面包车司机是不会回来了，不过你在这儿再蹲会儿，死马当活马医吧。"

我抱着姑娘去公园管理处，周庸上了面包车，躲进了最后一排座椅后的空当处。周庸蹲了一会儿，觉得腿有点麻。刚想起身活动下，忽然听见了远处跑来的脚步声——面包车司机回来了。他没检查后面，急急忙忙打着了火，开车就走。周庸躲在座椅后，把手机消了音，给我发消息说明现在的情况，并共享了位置。我让他见机行事，我现在就开车跟上。

司机开车奔着城东的方向去了，周庸心很大地给我发消息："这是要出城啊！"果然让这乌鸦嘴说中了，司机上了高速。

四十千米后，面包车在一家加油站停了下来。加油时司机下车去便利店买东西，周庸趁机赶紧溜了下来。他跑到停在加油站后面的我的车里："徐哥，快给根烟。太憋了，太紧张了，我连咽唾沫都不敢正经咽了，就那一口唾沫分两口咽下去的！"我说："你等会儿再抽，这是加油站！"

正扯着，面包车司机出来了，他把一塑料袋的补给放在副驾驶座上，打着火开走了。

我们等他开出一小段距离后，赶紧跟上。这时天色已经完全暗了，我看了下时间，9：12。

我把烟递给周庸，说："得了，你肯定没事儿，说话还是这么恶心。"

周庸用点烟器点着烟："徐哥，我刚才蹲在面包车后面时，想到一件事。"

我问他什么事。

周庸说："那个线人白小白，我们在酒吧监控里没看见她。她对我们的了解，比我们对她的多多了。"

我说是。

周庸吸了口烟："那你说，她要是设局故意针对我们，我们现在是不是已经入了套了。"

我点点头，说是。虽然我觉得概率不大，但确实存在这样的可能。

接着我和周庸都没说话，就这样匆忙地行驶在高速上，前方的面包车时隐时现，我们不敢靠太近，也不敢离太远。我们不知道前方等着我们的是什么，但我们知道，只要这样跟住，总能收获到某种结果。

有一瞬间，我觉得自己身处某部公路电影中。

城市打工的女孩，
每年都有几个失踪（下）

我不喜欢晚上开车，尤其不喜欢晚上跑高速，不安全。夜晚的高速公路是犯罪的最佳场所之一，你随时有可能遭遇以下三种情况：

1.抛石：在高速行驶的过程中，对车主抛石块，致使停车，车主下车查看时，对车主进行偷盗甚至是抢劫。犯罪成本极低，不少嫌疑人都会以此方法作案。

2.路障：在高速路上撒下图钉、树枝、保险杠——能逼停车辆的基本都用。如果轮胎不慎破裂，不少人都会立即停靠在应急车道，下车检查并更换轮胎，这时，犯罪团伙便会出现，偷盗或是强行拿

▲ 开车时注意路面情况，出事了及时报警
求助

走车主的财物。

3. 碰瓷："碰瓷党"们利用租来的高档轿车，在车辆较少的路段，寻找高档轿车作案——尾随目标车辆后，寻求机会让对方超车，利用弹弓将石子等物品打到目标车尾部，然后再紧急制动，让对方以为发生了事故。随后，打开双闪并逼停对方实施敲诈。

虽然不喜欢，但我不得不行驶在夜晚的高速上，因为我在追踪"失踪女孩"案的嫌犯。

根据我手里的失踪人口资料，我十分确定有人在对这类女孩下手。11月7日，我得到了线报，开始追查。11月8日晚，我跟踪着绑架女孩的嫌疑人——一个面包车司机，上了高速。

我讨厌晚上跑高速，但它还是有好处的——方便跟踪。因为大灯晃着，前车根本看不清后车的样子。像现在跟踪这台面包车，司机从后视镜只能看见车灯，看不清我开的什么车。但我要注意保持车距。有的时候需要放慢速度，离它远点，让司机逐渐看不见我，等有几台车超过去后再重新跟上——他会以为跟在他后面的是台新车。他下高速时，我们跟着下也不会引起怀疑，因为出口就那么几个，在同出口下高速太正常了。

周庸打着哈欠："徐哥，费这么大劲跟他干吗？为什么不直接截住他，速战速决呗！"

我说如果几十个女孩的失踪案都与他有关，那他肯定有不少同伙。跟住他，找到窝点之类的地方，就能一网打尽。

周庸点头："那我先睡会儿，你等下叫我。"

我们没引起面包车任何的怀疑，跟着它下了高速，进入了天琼市。面包车开进了一片看起来很繁华的地带，在一栋楼前停了下来，司机下车上了楼。

我也熄了火，观察了一下四周。

这里高楼耸立，街道整洁，路灯明亮，但诡异的是——这里没人，街上一个行人都没有，楼里都很少有亮灯，一栋大楼只亮着两三处。不仅如此，越过眼前的建筑物向后看，还能看见许多不亮灯，甚至未竣工的大楼。像一个繁华的城市，一夜间所有人都人间蒸发了。

我早就知道这个地方，但这是第一次亲眼见到，它看起来有些——魔幻现实。如果没亲眼看见，很难想象离燕市不到三百千米、经济发展还可以的天琼市，竟有这样的地方。

我叫醒周庸，他看见四周吓了一跳："徐哥，咱这是——穿越了？这要演《行尸走肉》还是《我是传奇》啊？"

我告诉他这是香河湾，他"哦"了一声："怪不得，鬼城啊！"

香河湾是天琼市开发的一个项目，投资超过六百亿元。十年过去了，部分建筑物及设施已经完工，但仍然人烟稀少，被人们称作"鬼城"。

周庸揉了下眼睛："太困了，咱跟踪的面包车怎么样了？"我说停了，人已经上楼了。

周庸:"怎么不跟着他呢？"

我说:"你傻啊，这大街上一个人也没有，我开车跟着他连大灯都不敢开。下车跟他进一个楼，不一下就被发现了吗！"

周庸点头:"也是，那咱在这儿蹲点？"

我说蹲个屁，然后指给他看:"整栋楼刚才只有一家亮灯，那司机上楼后又亮了一个。我已经拍了照，明天对比一下就知道他住哪儿了。"

周庸:"那咱现在干吗？"

我说找个地方睡觉。我们开车到了香河湾最北边的酒店，办理入住后，周庸一阵感慨:"这儿的五星酒店比燕市的快捷酒店都便宜，商务标间三百元，还赠了两张景区门票！"我点点头，确实，因为没什么人。

第二天中午，我和周庸来到昨晚跟踪到的地方。

周庸一下车:"热死了！徐哥，快对下昨晚拍的照，看看几单元几楼，赶紧进去，太晒了！"

我呲他:"进什么进。万一上面二十来人，上来就把咱俩按那儿了，咱俩就也成失踪人口了！"

周庸:"那咋办？"

我说:"找售楼处。看看他住的屋是什么户型，多大面积，就能大致猜一下他们多少人。要是就两三个人，咱俩就上，要是人多，就报警。"

周庸点头:"不错，就这么定了！"

售楼处非常冷清，里面只有三个售楼小姐和一名保安，我进门时四个人都在玩手机。看到我和周庸，一名售楼小姐迎上来："先生您好，看住宅还是底商？"

我说住宅。

她把我带到大厅的沙盘处，开始给我介绍住宅的户型、价位。我问她哪栋楼有现房，她很诚实："哪栋都有。"

周庸在旁边嚷道："嗬，这入住率够低的啊！"

我指着面包车司机住的那栋，问她这栋都有什么户型，怎么卖。

她看了一眼："先生，这栋是公寓楼，里面都是精装好的公寓，拎包入住，有开间，也有两室一厅，一平一万一。"

我说："那你带我看下房吧。"

售楼小姐拿了钥匙和门卡，带我们去看了几间房，都是简单的欧式风格，装修还可以，床之类的家具也都配全了。看完房出来后，售楼小姐问我怎么样，我给周庸使了个眼色。

周庸心领神会："徐哥，我觉得啊，房子不错，但入住率是不是有点太低了？"

我假装犹豫一下，和售楼小姐说："我挺想住这边的，安静，但怕人太少会有治安问题。"

售楼小姐向我保证人不少，我提出看一下这栋楼的入户信息，她想了想答应了。她拿出一个平板电脑，打开文档给我，说已入户的信息都在这里。这栋楼有六个单元，三十三层。总共一百来个入户，入住率连十分之一都不到，但在"鬼城"已属入住率奇高的了。

昨晚司机上楼后亮灯的房间，应该是二单元或三单元的二十七楼。

我在"入户信息"里，找到了户主的信息——二单元二十七楼没人，三单元2701有一户，朱晨岭，男，三十六岁，天琼市人，身份证号××××××××。我说再考虑下，拿着售楼小姐的名片，和周庸出了售楼中心。

出了门，我和周庸说："2701是个四十平方米的开间，装修是单身公寓风格的，同楼层就这一间卖出去了——他与同伙一起住的概率不大。"

我们之前的想法错了，他出事后的第一选择不是找同伙，而是躲起来。

周庸："徐哥，你说这房子是租的还是买的？"

我说查一下就知道了。

周庸奇怪："怎么查，上网搜？"

我说昨晚面包车司机上楼前，换了次车牌，应该是用真牌换了假牌，原来一直用假牌防止被拍到。我们手里现在有车牌号和朱晨岭的信息，可以在车管所网站查询车辆违章情况，如果对上了，就证明车是朱晨岭的，楼上住的也是他。

周庸："网上查违章得用发动机序号，我们去哪儿搞啊？"

我说这个好办，我知道一后门，只要前边信息对，发动机序号处填这组代码就能查询。

周庸"唉"了一声："徐哥，你咋啥都懂呢？！"我让他好好学吧，我当年也这么问过老金。

朱晨岭的信息与车牌号相吻合，他就是我们要找的人。

周庸："徐哥，你肯定已经有计划了吧？"

我说："直接去他家敲门，把他堵在家里。不过他家二十七楼，没有门卡刷电梯，咱俩得爬二十七层。"

周庸嘿嘿一笑，我问他怎么了，周庸掏出一张卡："售楼小姐的门禁卡'不小心掉了'。"

我说："行啊，周庸，都学会偷东西了。"

周庸摇头："徐哥，可不能瞎说，她自己不小心掉的，对吧，我只是没来得及还给她！"

到了门口，我趴门上听了下，里面有电视的声音。周庸看我一眼，我点点头，周庸抬手，敲了四五下门。敲完门，电视声音忽然停了，里面的人问是谁。我说朱晨岭的快递。里面沉默了一会儿："我没买过东西。"

周庸笑了："徐哥，这招也有不灵的时候啊，早知道说查水表了，这句台词我一直想说。"

我说："哥们儿，我们从燕市一路跟着你到天琼市，就不请我们进去坐坐？"

朱晨岭当然不开门："你们是警察吗？"

我说："要是警察就不这么客气了，我们就想和你聊聊。你要不聊，我们就报警了，你自己看着办吧。"

朱晨岭语气很平淡："你们是不是来杀我的呢？"

周庸好奇："有人要杀你？"

朱晨岭没回答，我替他答了。

我说："肯定的。你想啊，不是为了躲事，不是为了提前投资——谁会在什么外卖软件都搜不到的地方买房子。"

　　而且房子是他实名买的，肯定不是为了躲警察——警察能查到他名下的所有房产。他是预见了自己可能会有其他危险，在这没什么人的地儿，买了个避难所。

　　我给周庸解释完，又敲了两下门："朱兄，我说得对吗？"

　　里面还是没反应。我说："朱兄这样吧，我们就站在门口，也不进去串门了。你隔着门，把你知道的讲一下，讲完我们就走，绝不报警！"

　　周庸也劝他："你想想你那同伙，都已经落警察手里了，你跟我们藏着掖着有什么用呢？"

　　我和周庸不断保证，不报警，不透露信息。十分钟后，他开了口。

　　"我打小就不学好，高中没读完就辍学，在社会上混。我爸觉得我这样下去不行，就把我送到燕市，寄住在表舅的家中，让表舅看着我。我表舅做编曲的，在行内很有名气，赚了挺多钱，我爸觉得他是成功人士，就把我硬塞到了他身边。我一到燕市，表舅就把我送去了驾校，学完后就一直给他开车。平时我们俩什么都聊，我还给他讲了一些我混社会的事，主要就是吹牛皮，但他还挺爱听的。有天他忽然问我，敢不敢绑架，我之前吹了那么多牛皮，当然说敢了。结果，他真让我去绑一个人，我硬着头皮就去了。"

　　周庸："让你绑你就去啊！"

　　朱晨岭没理周庸，接着说："第一次是在一个酒店，有个人和我一起去的——不是那个被抓的光头。我们互相不知道名字，也不问，这样能防止被捕后出卖对方。"

我问朱晨岭，他们行动的流程是什么。

"我一般是负责开车，每次都有一个人和我配合，负责抓人。表舅会告诉我，去哪儿绑人。一般都是夜深人静的时候动手，在酒店门口或什么地方。奇怪的是，每个被绑的女孩都是晚上出来，手里都拿着点什么，就像她们刻意想要被绑似的。把女孩拽到车上后，我们就弄晕她，把她塞进行李箱，然后在约定好的地点，把她交给另一个人。"

我问朱晨岭，他表舅每次给多少钱。他说五万元。

周庸："哥们儿，你爸要知道，你表舅带你一起干人贩子，得多后悔把你送到燕市。"

朱晨岭："我表舅不是人贩子，他已经很有钱了，犯不着去贩卖人口，那不是有病吗？"

我说："那你知道，那些被绑的姑娘最后都怎样了吗？"

朱晨岭明显迟疑了一下，我能听出他也有点困惑："有一次，就那一次，没有接头人。我表舅让我把装着女孩的行李箱，送到郊区的一个别墅。我拖着行李箱，按了门铃。过一会儿，我表舅打开门，我把行李箱递给他时，往屋里瞄了几眼。里面，好像在开派对。放着奇怪的音乐，每个人都戴着面具，动物的面具。"

周庸："什么鬼！然后呢？"

朱晨岭："我就知道这么多了。"

周庸："就知道这么点，你还担心被灭口？"

朱晨岭没说话。

我问他不是都深夜动手吗，为什么被我堵芳草地公园那天，白天动手了？

朱晨岭说他也不知道："那天我表舅突然给我打电话，让我去天台路，绑架和王敏一起的姑娘。"

周庸："你认识王敏？"

朱晨岭"嗯"了一声："认识，我表舅在音乐学院兼职，王敏是他的学生。"

我问他知不知道王敏也是绑架女孩的参与者，朱晨岭说不知道。下了楼，坐进车里，周庸问我："徐哥，真不报警吗？"

我说："答应了，就先不报警，等把整件事解决了，再报警。"

周庸："所以接下来得回去查王敏？"

我说先去找被我们救下的那个姑娘。其他女孩都是在夜深人静时被绑架，为什么只有绑她是白天？违反常态肯定有特殊原因，这个原因可能就是我们的突破点。

周庸："那咱打道回府？"

我点头。路上依然没什么人，周庸一脚油门车窜了出去。

回燕市后，我给鞠优打了个电话，问能不能帮我联系下在芳草湖救出的那姑娘。她说行，但不保证那姑娘会答应。我让鞠优提一嘴，我是救她的人。鞠优答应了。

可能因为对救命恩人抹不开面，她答应与我见面。在刑侦支队，我管鞠优借了间空屋，跟周庸一起和她聊。她的状态不错，一上来就直入正题："谢谢你们那天救了我，有什么就问，我知无不言。"

我说："能问下你和王敏是什么关系吗？"

她说："我是王敏的前女友。"

我又问被绑之前，她和王敏发生了什么。

她沉吟下："我们俩谈了三年了，他开始时特别好，不花心，还暖，但慢慢就变了。"

周庸在旁边插话："男的不都这样！"我让他闭嘴，示意她接着说。

"他在校的时间开始变少，什么时候找他他都在外面，晚上也不回校住。平时一起出去，也不让我动他的手机。他把手机换了一个新密码，为此我们吵了好几架。我怀疑他出轨了。"

周庸嗤笑一声："可不止……"我踩了他一脚，示意姑娘继续。

"后来他输手机密码时，我就盯着，把新密码记下了。有天晚上趁他睡觉，我把他的手机拿到卫生间，偷偷打开，翻他的通话记录和消息。"

我和周庸都浑身一哆嗦。

我问他手机里有什么反常的东西吗？

"有，他约了好多姑娘。"

"然后呢？"

"然后我又翻他的相册，翻到了一些戴着动物面具的人，在聚会还是干什么。我最后检查的微信，倒是没约姑娘，但有个特怪的群，在聊一些死藤水之类的。我一头雾水，刚打算仔细看，他忽然出现在我身后，问我干吗呢？差点没吓死我。见我翻他的手机，他就开始骂我。我刚掌握他出轨的证据，他还骂我，我就和他分手

▲ 捕梦网，现在基本用作装饰

了。过了两天，他忽然找我，说想和我聊聊。毕竟好几年的感情，我就答应了。后边的事，你们都知道了。"

我问她手上戴着的东西，是王敏送的吗？

她很吃惊："你怎么知道？"

我说猜的。

回去的路上，周庸问我："徐哥，戴动物面具的人到底怎么回事啊？"我说："我有一点想法，你看见她手上戴着的东西了吗？"

周庸点头："王敏送她那个手环？我见过，捕梦网，我去菲律宾玩的时候买过。"

我说："是，那是捕梦网，但和菲律宾没关系，菲律宾的是用来骗游客的。"

捕梦网是美洲印第安人用来捕捉噩梦的。在美国很常见，原住民人手一个。

周庸很疑惑："可这和面具人有什么关系？"

我问他记不记得，王敏的女友说王敏手机里有个奇怪的群，里面在聊死藤水什么的。

周庸点头："有印象，但和面具人有什么关系？"

我说："你能不能先听我说完——死藤水是亚马孙的一种药用植物及其制成的汤药，是神圣的象征，每个部落只有萨满掌握勾兑死藤水的方法。和毒品一样，死藤水有致幻作用，很受一些萨满教教徒和喜欢巫文化的人的欢迎。

"还有你一直问的动物面具，动物面具和萨满文化以及巫文化都是相关的。死藤水、动物面具、捕梦网，应该与某个巫文化的宗教有关。"

周庸目瞪口呆："巫文化那不早亡了吗？"

我说："还没有，之前和你说的那些都是老金给我讲的。算了，我直接给他打个电话，让他给你讲！"

周庸："真打吗？他从南边儿回来后脾气可不太好，说了好几次让咱少烦他！"

我说他虽然更年期了，但该问也得问。我掏出电话打给老金。老金情绪不高，但听我讲完前情，还是给我们解释了下。

"巫文化还没全灭，一些北方少数民族尤其是通古斯语系的，现在还信奉萨满教。道教也继承了巫文化的一些东西，占卜、符箓之类的，和巫没什么区别。你们这次查到的，应该是某个与'巫'有关的教派，还是集体狂热型的。"

我问老金这种情况好对付吗？

老金说："狂热信徒分两种，聪明的疯子和愚昧的傻子——要是一群傻子还好，要是一群疯子，你们很容易被逼成傻子！"老金的声音有些沙哑，应该是最近没太睡好。

周庸："他们绑架女孩干吗？"

老金说："不知道，干啥都有可能。根据你们现在得到的信息，这极可能是一个新形成的多元化教派。在历史上，这种教派最不可预估和控制。"

周庸："金叔，还用说吗？关键是从哪儿查起啊？"

老金："如果是我，会试着从王敏口中套点东西。"

我说："好，周庸你去盯着朱晨岭的表舅，我去看看能不能和王敏聊聊。"周庸说行。

我给鞠优打了电话，问能不能见王敏，鞠优沉默了一下："我告诉你一件事，千万别透露出去，王敏死了，服毒。"

我问她刑拘不是搜身吗？鞠优说："搜了，但前天让他见了一次律师，回去就死了。现在已经在查那名律师了。"

王敏的线索断了，只剩监视朱晨岭的表舅一条路。

朱晨岭表舅的家在繁华商业街上的一栋公寓里。我和周庸盯了四天，他每天就在商业街附近的公园转转，然后就回家宅着。11月16日，星期一。终于，他离开了家，开车往北去了。

我让周庸跟住他，然后上楼到了朱晨岭表舅家，花了一点儿时间打开门锁，戴上准备好的鞋套和手套，进了屋。屋里有许多他和明星的合影，看来人脉很广。我打开电脑检索了一圈，什么也没发现，抽屉、衣柜里也没什么有用的东西，家里也没有保险箱。我坐在沙发上琢磨了一会儿，然后站起身，挨个掀起墙上他和明星的合影，在他和某大咖合影的照片后面，发现了一块硬盘。

▲ 常见的移动硬盘

把硬盘插在电脑上，刚要点开，周庸打来了电话："徐哥，他进了城北的卧龙山庄，我跟进来了。他们拉着窗帘，但他进去的时候，我看见屋里有戴着动物面具的人。"

我让他有什么消息立刻通知我，然后我点开硬盘，里面是一些视频文件和一个文本文档。我打开文本文档，里面是朱晨岭表舅的日记，零碎地记了一些生活事件和感悟。我快速翻了一遍，大致明白他都写了些什么。

朱晨岭的表舅有抽大麻的习惯，文艺圈尤其是搞音乐的，吸大麻的不在少数。他们经常有一些私密的小沙龙，一起聊天吸大麻之类的。在参加一个私密活动时，他接触了死藤水。喝了后，他看到一些幻觉，这些幻觉让他感悟了很多，他带着这些感悟写了首歌，结果大获成功。

他迷上了死藤水，并接触了提供死藤水的人，那个人给他讲了许多巫文化的东西，并推荐他加入了一个教派。随着资历越来越深，他开始参与到教派一些更深层的活动——献祭仪式。

有个老资历成员，在亚马孙部落待过，掌握了一种死藤水至高无上的配方，可以通过仪式把少女的灵魂融入死藤水中，喝下去，就能看见祖先和自己的灵魂。

看完日记，我觉得老金说得没错，这些人不是傻就是疯。

我在视频里挑了一个点开，画面里是一群戴着动物面具的人在屋内狂欢，桌子上摆满了唐·培里侬[1]，他们随着奇怪的音乐声跳动

---

1 唐·培里侬，指唐·培里侬干型香槟王，只有老葡萄藤的饱满葡萄才能拿来酿制此款香槟，以"香槟之父"唐·培里侬修士的名字命名，俗称"香槟王"。

着，喝着酒。过了一会儿，毫无预兆地，音乐停了。

人们往两边散开，一个戴着鹿头面具的人推出了一个女孩，女孩坐在轮椅上，穿白色的裙子，头戴藤草编织的环状物，不停地抽噎。戴鹿头面具的人从桌上端起一碗水，我猜是死藤水，给女孩灌了下去。过了几分钟，女孩开始浑身抽搐。戴着动物面具围观的禽兽们开始鼓掌，然后他们强暴了女孩。之后，鹿头人口中念念有词，割开了女孩的喉咙……

我颤抖着手关上了视频，给周庸打电话让他快报警，我知道现在不是最好的时机，但我怕别墅里还有另一个女孩，正在遭受相同的遭遇。

警察到得很快，走得也很快——什么都没有，他们说自己是在举办一场化装舞会，连这栋别墅都是租的。

我把朱晨岭表舅的硬盘给了鞠优，她说警方会调查这件事。但我清楚，日记里没提到任何人名，视频里的人也都没露脸，这件事很棘手，短时间内不会有结果。

第二天上午，我打开手机看新闻时，发现了一条商业街公寓死人的消息。带着不好的预感，我点开看——死者是朱晨岭的表舅，和王敏一样，都是服用了氰化物自杀。

我叫上周庸，开车去了香河湾，敲了很久朱晨岭的门都没反应。我撬开了锁进去，朱晨岭不在屋里，地板上有几道淡淡的血痕。

我们开车往回走时，天色暗了下来。我不喜欢夜里跑高速，就让周庸开车，自己坐在副驾驶座上。

一路上我们俩没怎么说话，快进燕市时，周庸忽然问我："徐哥，这案子算结了吗？"

我说没结，只是时间线拉长了而已。

周庸转头看我一眼："我们算一无所获吗？"

我说："当然不是，知道被盯上了，短时间内他们不敢露头，也不会有人受到伤害了。"

周庸："这帮人躲过风头还会出来？"

我点点头："再出现时，就是一网打尽他们的时候。"

她失踪四周后，
工地多出个臭油桶

我有熬夜的习惯，所以每次睡觉前，都会把常用的手机调成静音，防止有人在上午找我。

为了应对突发事件，我还有另一个手机，在睡觉的时候打开——只有老金和周庸知道号码。

对在燕市生活的人而言，这种方法几乎万无一失——这个城市从哪儿到哪儿都远，没什么要紧事，没人会去别人家里找人。但总有些精力旺盛的人是防不住的，比如说周庸。

他非常听话，没有紧急的事，从来不打备用电话，他直接上门敲门。

2016年3月的一天早上，我睡得正香，忽然被"咚咚咚"的敲门声吵醒："徐哥，醒了醒了，快开门快开门！"

我骂骂咧咧地爬起来给他开了门。周庸拽着一个短发姑娘冲了进来："这是我朋友，陈二桶，混影视圈的。"

我克制住打他的冲动，给陈二桶倒了杯水，客套了几句，然后问周庸一早来有什么事。

周庸："二桶昨晚卷进了挺特别的一件案子里。哎，你给徐哥讲一遍！"

陈二桶点点头："是这样的，徐哥，我是搞电影美术的，就是给电影布布景、弄弄道具什么的。"

周庸在旁边搭茬："网络电影，徐哥，他们可搞笑了，网络电影就网络电影呗，还非管自己叫网络大电影，也不知道到底哪儿大！"

陈二桶瞪了他一眼："网络大电影怎么了？网络大电影现在最火了！"

我说："别跑题，你接着说。"

陈二桶最近在给一部叫《大脚怪谋杀案》的网络电影做美术指导。3月11日晚，她带着美术组的几个人和场务，在郊区一处废弃工地做提前布景。布景的时候，陈二桶忽然闻到了一股恶臭。她问其他人时，大家都说闻到了。

开始，他们以为是有人在这儿随地大便产生的味道——这种事在废弃工地里不算新奇，就没管，继续做布景的工作。直到一个负责道具的姑娘发现，恶臭来自一个废弃的圆柱油桶。她叫来了陈二桶，问怎么办，是否要处理。

陈二桶拿着手电，向油桶里照了照，发现油桶里浇筑了水泥。她叫来场务研究能否将油桶弄走，怕臭味会影响拍戏。场务的哥们儿试着抬了一下，没抬动，于是决定把桶蹁倒，滚着走。蹁倒油桶后，里面的水泥碎了很多，露出了一撮头发。陈二桶和场务吓傻了，赶紧报了警。

　　我问陈二桶看见里面的尸体了吗。

　　陈二桶摇头："不敢看啊。但场务那哥们儿看了，说尸体弄出来后，外面全烂了，连男女都分不清。"

　　周庸："不能根据头发分辨吗？长发是女性的概率高，短发基本就是男性。"

　　我说："头发肯定不短，要不然也不能先从水泥里露出来。"

　　陈二桶看着我："据场务说，是中长发，应该和徐哥你的差不多长。"

　　我问周庸，他的朋友怎么这么会说话。

　　周庸笑："二桶的情商出了名的高。"

　　陈二桶瞪了周庸一眼，跟我说："周庸天天在微信群里吹牛，说自己又参与了什么案子，直面凶手还救了人什么的。我第二天一缓过来就把这事告诉他了。"

　　周庸点头："然后我就带她来你家了。徐哥，你记不记得上次去电影院看的那部韩国电影？"

　　我问哪次啊？

　　周庸："就那次，出来还在路口吃了那家挺一般的生煎包。"

　　我点点头："《新世界》。"

周庸："对，《新世界》。里面的黑帮杀人，也是把尸体用水泥浇注在油桶里，你说这是不是黑帮杀人？或者模仿这部电影犯罪？"

我说都不排除。要是模仿犯罪还好办一点儿，说不定有迹可循。要是黑帮抛尸的话，就会比较难搞，一是查起来危险性高，二是行为会更随机、没规律。

我问陈二桶："场务那哥们儿还看到什么了？"

陈二桶："他说尸体是蜷缩在油桶里的，双手被绑在身后，脚也被绑着。"

这挺残忍的。尸体手脚被绑，很可能是被水泥活埋了，人当时还活着，所以需要捆绑来固定。当然，也可能是死者在死后的很短时间内，就被水泥浇注了——死后两小时尸体就会出现尸僵[1]，极难卷曲，更别说是蜷缩的姿势了。但如果是死后才被浇注的话，这次杀人很可能预谋了很久，水泥、油桶等工具都提前准备好了。

周庸看着我："这么个大工程一个人能做到吗？"我说够呛，除非他有超能力。

二桶走后，我和周庸说，就我们现在手里的资料，基本无法进行后续的调查。

周庸："那怎么办啊？"

---

1 尸僵，尸体现象之一。指生物死后躯体逐渐变硬而僵直的过程。生物死后一般大约经过一到三个小时，肌肉轻度收缩，关节不能屈曲，开始出现尸僵；经过十二到十六个小时，尸僵遍及全身。尸僵可因外界温度高低、尸体体质情况、死因不同而出现得有早有晚。尸僵出现的顺序，可作为判断死后经过时间长短的一个参考。

我让他找鞠优探探口风，就当闲聊，问问警方对比失踪人口后，是否知道了死者的身份。这种事不涉及什么机密，我们又没问具体的，她应该能说。要是警方知道线索，就看看能不能打听出死者的资料。

周庸："要是警察也没判断出死者的身份呢？"

我告诉他，那样的话，必须看到尸体，才可能找到继续进行的线索。

周庸："徐哥你做梦呢吧？警方凭啥告诉咱查到什么了，还让咱看尸体。"

我说："咱和他们合作啊，之前有过警察和公民合作查案的先例。我们又不要执法权。和鞠优谈谈，她了解我的能力。"

然而警方也没有什么线索，但和鞠优聊过后，她同意让我们看一眼尸体。她说："事先说好了，戴手套，别乱碰，绝对不许拍照！有什么线索，第一时间告知警方。"

周庸向我眨眨眼："知道了，姐！"

我们跟着鞠优去了法医鉴定中心，鞠优把我们交给了一个叫彦彤的女法医，说："看着他们点儿，别让他们拍照乱碰。"

周庸在我旁边小声说话："徐哥，这法医长得还行啊！"

我说："你能关注点儿年龄和你差不多的吗？这可是你姐的朋友。"

周庸："怎么着吧，我就喜欢姐姐！"

"长得还行的"女法医彦彤，让我们换了衣服、戴上口罩和手套，带我们往冷藏室走。

周庸一直盯着人家手看，我让他注意点。周庸说："不是，徐哥，她手上有文身。按理说法医也属于公检法机关，在这种地方上班的人一般都不会文身。"

解释完没等我回答，周庸直接就问："彦彤姐，你为啥文身啊？"

女法医回答得很干脆："无法辨认的尸体我见得太多了。有文身出了事儿好辨认点。"

我觉得这只是她为文身找的借口。

女法医把我们带进冷藏室："这尸体送来时，面部已经看不清了，身体去掉水泥之后，皮也几乎被撕烂了，只能通过第一性征判断出是具女尸。"

周庸瞄了眼差点吐出来："徐哥，你先自己看吧，我缓缓。"

女法医给我们介绍完女尸的情况后，就按照鞠优告诉她的，一直在旁边盯着我，搞得我有点发毛。我假装关心不敢看尸体的周庸，小声让他去搞定女法医，我要仔细检查尸体，她在旁边有点碍手碍脚。

周庸点头示意懂了。过了一会儿，他凑到女法医旁边："彦彤姐，你跟我表姐是好朋友啊？当法医的女生多吗？哦，不多就对了。"

女法医彦彤碍于周庸表姐的面子，不好意思不理他，有一搭没一搭地回答着周庸的问题。

趁周庸缠住她，我快速仔细地检查这具尸体。

我强忍着恶心，从面部一点一点向下检查。尸体表面的皮肤基本都没了，有的地方甚至露出了骨头。检查到胸部的时候，我发现有个小缺口，里面露出白色微透明的物体。我拿镊子拨开了缺口，发现是硅胶——死者曾经做过隆胸。

老金曾教过我，大部分正规的硅胶都有固定编号，根据这个，说不定能查出死者的身份。我把开口拨大一点，小心检查硅胶，果然发现了一个细小的编号，IMGXT-XX-L-554。因为进来前，手机手表什么的都上交了，我只好从裤子里掏出中性笔，把编号记在了胳膊上。

又检查了一下尸体，没有其他发现，我示意周庸可以了。周庸嬉皮笑脸地留下了女法医的电话，和我一起出了门。

硅胶上的编号是产品批号。我们根据批号，查到死者隆胸的硅胶来自南方的一家硅胶品牌。

第二天早上，我们联系了这家硅胶的总经销商。对方说这批硅胶是去年10月16号从德国进的货，一共三十六个，都发往了全国的整形医院。有二十一个女性使用了这批号的硅胶，其中十一个是在燕市的美好整形医院做的。

我和周庸下午就开车去了美好整形医院。这家医院地处城西，非常偏僻，一般人都是开车来的，因为这里基本打不到出租车。周庸用打车软件看了一眼，即使是最近的专车，也得在五公里开外。

在排查这十一个人时，我和周庸遇到了一些困难。我们没法直接拿到这些隆胸者的资料，医院不给，说涉及隐私。

我和周庸没办法，只好挂了看隆胸的号，排了一个多小时的队，见到了这家医院隆胸的主刀医生。见我和周庸进门，医生有点发蒙："你们俩进错屋了吧？来找我的一般都是隆胸的！"

周庸："没有，就是找您，我旁边这哥想要做隆胸！"

我让他闭嘴，然后和主刀医生说，有个在他这儿隆过胸的女孩可能遇害了，问他能不能逐一回访一下这些隆胸的姑娘，看有没有人联系不上。

主刀医生以为我们疯了，我们把事情讲了一遍。他听完答应了，然后花了半个小时，与我和周庸一起做了一次电话回访。回访结束后，只剩下一个叫陈怡的女孩，电话一直关机，怎么也联系不上。

我和主刀医生商量："哥，您看，这姑娘现在联系不上，也不知道是不是死者。报警的话，您很麻烦，还得解释一堆事。可要不报警，这姑娘可能就死不瞑目了。"

周庸："对，您就把联系方式给我们，我们去处理就好，有结果了我们及时通知您。"

主刀医生想了一会儿，答应了我和周庸的请求，让我们拍下了陈怡登记的电话号码和地址等信息。

出了整形医院，周庸问我："徐哥，你说这医生就没嫌疑吗？"

我说："你电影看多了吧，哪可能是个人都有嫌疑。"

陈怡住在城东的宏福苑小区，我和周庸马不停蹄地赶向了那里。晚上7点多，我们到了小区门口。三四个青年在门口围在一起聊着天，见我和周庸走过，凑上来问："租房吗？"周庸说不租，他们就没再搭理我们。

找到陈怡住的地方，周庸敲了敲门。里面一个姑娘问是谁，很谨慎，我说找陈怡。她说陈怡搬走了，问我是干吗的。我掏出驾照和身份证通过猫眼给她看，告诉她我们是记者，陈怡出事了，问她能不能问点陈怡的事。

一个穿红T恤的姑娘开了门，让我和周庸进门。周庸先进的门，吓了一跳："你拎把菜刀干吗？"

"红 T"把菜刀往身后藏了藏："我以为你们俩是黑社会的。"

周庸笑了："燕市哪儿来那么多黑社会？"

"红 T"没说话。

我问她陈怡什么时候搬走的。"红 T"敲了敲一间卧室的门，一个穿着睡衣的姑娘开了门，"红 T"指了指她："陈怡之前住这间屋，大概一个月前吧。我看见她搬进来，才知道陈怡搬走了，走也没打声招呼。"

我点点头，燕市的合租房就这样，很多人基本不交流，仅在碰面时打个招呼。

周庸问穿着睡衣的姑娘："这位妹妹，你跟哪家中介租的房？"

"睡衣姑娘"说是在小区门口的中介那儿租来的。

我说："行，那我们就去找中介问问，不打扰了。"

"红 T"拦住我和周庸："你们俩真是记者？"

周庸："真真儿的，自由记者！"

"红 T"："没有证的？"

周庸不高兴了："嘿，姑娘怎么说话呢？有没有证什么区别啊！"

"红 T"姑娘说："我想举报租我房的这家中介公司，他们是黑中介。你能帮我曝光他们吗？"

我问怎么了。"红 T"姑娘开始倒苦水，"睡衣"姑娘也感同身受地加入了进来。两人说了半天，我和周庸理清了大概是怎么一回事儿。

她们碰上黑中介了。找房时说是免中介费，等到合同签了，钱也交了，中介却不给钥匙和合同，耍赖说免中介费是房东给免的，但给中介的那份不能免。她们只好给了中介费。这还没完，租期还没到一半中介就开始找茬，找些看起来像黑社会的人堵钥匙眼，言语辱骂恐吓，想把她们提前赶出去。"红T"姑娘说，陈怡在时也和中介发生过口角，经常争吵。

周庸："为啥不报警啊？"

"睡衣"姑娘无奈："怎么没报？民警来了跟我说，这是合同纠纷，他们没有管辖权，只能调解。"

我点头："这事还是去法院告比较好。"

"红T"姑娘苦笑："我们都是外地人，哪有那个钱和精力啊。"

燕市的中介之黑，多年以来让外来人苦不堪言——他们针对警察、工商和法院形成了一套自己的方法：

1.公安机关不能直接介入合同纠纷，只能进行一般性调解，因此黑中介对报警肆无忌惮。要是去法院起诉，民事诉讼需要一定的程序，黑中介早就更换公司，或者拒不履行法院判决。

2.黑中介经营一段时间后，会在网上被大量投诉，为了继续诱骗租户，他们会不断更换公司名称、法定代表人来掩盖信息。实际上，还是那伙人。

3.黑中介诱骗租户，通常都是看中那些没多少钱、外来人、想找好房子又要省钱的人，这怎么可能？他们打着低廉的租金、房东直租、中介费打折，甚至免中介费的幌子，在互联网上推广手中的房源。等签约后，再加收卫生费、管理费等额外的费用。

4.房子租到了一半，黑中介就以各种借口清走租户，但仅退还部分租金。如果不撤离，黑中介就会采取更换门锁、拆除隔断、扔出物品、言语威胁等野蛮方式。

周庸看我："徐哥，这烂事就没人管管吗？"

我摇头："这事还真没什么好办法，只能租房时选个大点的中介公司。大公司最多在押金上占些小便宜，不会搞什么大幺蛾子。"

穿睡衣的姑娘越说越伤心："他们经常晚上来恐吓，我还担心被强奸呢。"周庸心软："徐哥，找静姐帮她们曝光下黑中介吧。"

我点头："这事儿我可以帮你们曝光，但需要你们帮我个忙。"

我让她们带我去了物业管理处，假装房间失窃了要求调看监控。一个穿中山装的大爷不耐烦地打开电脑，问她们什么时候丢的东西。我说一个月前，不知道具体哪天，那几天没人在家。

大爷调出一个月前的监控视频，我们倒着看了几天，一直没发现陈怡搬家的监控，忽然"红T"姑娘"啊"了一声："暂停下！"

我问她怎么了，她指着监控里几个抱着东西的男人："这几个人就是黑中介找来威胁我们的，他们手上抱着的那个蓝箱子，还有那个蒙奇奇，都是陈怡的！"

怪不得监控里没有陈怡——陈怡根本就没搬过家，是黑中介搬的！两个事件合为了一个事件。

周庸："徐哥，这几个人怎么这么眼熟啊？"

我说："不就是小区门口，问咱租不租房的那几个人吗。"

周庸问我："不会真是黑社会杀人事件吧？"

我说："应该不至于，为了点租金就杀人，代价也太大了。"

我和周庸出了小区，打算跟踪一下那几个中介，但他们已经不在了。第二天，我和周庸一早就去了小区蹲守，暗中观察那几个黑中介。他们一整天就在附近闲逛，见人就问租不租房，顺便贴一些"房东直租""免中介费"之类的小卡片。晚上8点多，他们收工了。我和周庸一路跟着，走到了一片平房区。

▲ 电线杆上的租房广告不要轻易相信

这一片有很多小平房，房屋分布零散，我跟着他们走到一间稍大的平房，只见门口写着："老四合院，十万元出售。"

他们生活得很不错，搬了烤架在院里烧烤，还拿手机放着音乐。

我和周庸就躲在旁边的房子后面看着。

过了一会儿，他们吃饱喝足了。一个年纪较大，看起来像是"带头大哥"的人出来把门关了。我和周庸走过去，扒着大门的门缝偷看，他们从一个小铁盒里，拿出烟丝卷着抽。烟味很浓，我和周庸隔着大门也能清晰地闻到。

我看着周庸，小声告诉他拿手机录下来："他们抽的是大麻！"

我和周庸第二天又赶早过来蹲点。10点多时，"带头大哥"开门出来，走向一辆私家车。我在背后叫住了他，给他看了昨天我和周庸透过门缝录下的抽大麻视频。

"带头大哥"笑了："这也算证据？能看清个屁啊！"

我说是不太能看得清，但不还有尿检呢吗？我只要报警，屋里面估计没人能过尿检。

"带头大哥"皱了皱眉："你们到底想干吗？"我说我想知道陈怡的事。

"带头大哥"一脸疑惑："谁？"

我感觉他是真不知道，就把陈怡住的房间和东西被他们搬走的事情告诉了他。"带头大哥"叫出了一个小弟，问了几句，转头和我说："他什么都知道，你问他吧。"

小弟告诉我，他们一个月前恐吓陈怡搬出去，但后来好几天都联系不到她，去看了房间也没人。他们就把房屋给清空了，重新租给了别人。

我问他陈怡的东西还在不在，我想带走。

小弟看着"带头大哥"，"带头大哥"点了点头："让他们拿走吧。"

我和周庸带着陈怡的"遗物"回到了家。我们开始在一堆衣服玩具和杂物中，找有用的东西。周庸找到了一个劳务合同，日期是2015年1月4日。这是一份演员合同，上面写着陈怡将出演一部名为《囚禁之罪》的网络电影，拍摄周期是一个月，片酬是五万元。剧组的联系地址是 CBD 附近的一家酒店。

我和周庸前往该酒店，寻找这个剧组。敲了门却发现，里面并不是《囚禁之罪》剧组，而是一个叫《爸爸你在哪儿》的剧组，也是拍网络电影的。我和周庸下了楼，向酒店的前台小妹打听消息。她摇摇头，说："不记得你说的那个剧组，我们这儿每天都有十几个组进来，太多了实在记不住。"周庸不死心："一点儿印象也没有？"

前台小妹看他一眼："这么跟您说吧，现在我们酒店要是炸了，明年各个视频平台，至少得少一百多部网络电影和十多部网剧。"

周庸："这事儿靠谱，为国家做贡献啊！"

我拉着周庸走："别闹了，这事交给静姐吧，她在广电有些朋友。"

我给田静打电话，让她找朋友帮忙查一下《囚禁之罪》的立项信息。没多久，田静给我回了电话："我朋友说查不到。你说的这部电影根本就没立项，广电这边完全没有备案。"

我说："知道了，帮我谢谢这位朋友。"

田静说："好，你最好找网络电影圈内的人问问。他们那圈子不大，基本都互相认识，应该能知道点信儿。"

我说行，然后让周庸打给他的朋友陈二桶，让她帮忙打听一下《囚禁之罪》。

周庸点点头，开始给陈二桶打电话，没说两句，周庸转头看我："徐哥，二桶说她知道这个片子。"

我说："快问她从哪儿知道的。"

做网络电影的人，一般都会加几个网络电影圈的交流群，里面都是这个行业的从业者，他们需要相关人才时，会在群里发布招聘消息。陈二桶就是在一个网络电影的群里，看见了《囚禁之罪》招女演员的消息。

周庸让她赶紧转发过来看看。

陈二桶给周庸转发的《囚禁之罪》的招人信息上，有对应聘女演员的要求和电影的大致介绍。剧情方面没讲，就说是根据一个日本的真实事件"绫濑杀人案"[1]改编的。

我用手机检索了"绫濑杀人案"。

周庸看完傻了:"和陈怡的死法一模一样啊!"

这时候陈二桶又来电话了:"发招聘信息那个人,我认识!还记得我和你们说,和我一起发现油桶里有尸体的那个场务吗?就是他!"

周庸挂了电话问我:"徐哥,是不是有一个说法,犯罪嫌疑人会回到案发现场,因为这样会让他们很爽。"

我点头。确实有这种情况,但不是因为觉得爽,而是因为他们想观察警方的反应,和有没有残留证据之类的,以做出应对。

周庸"哦"了一声。

我没理他。现在事情的线索甚至真相就在那个场务身上。但陈二桶除了知道他的微信号外,对这个人一无所知。

周庸问我怎么办,我说报警吧。警方根据我们提供的信息,找到了所有和场务有过接触的人。通过盘查得到的信息,两天后,警察找到了他在燕市的住址,并逮捕了他。

审讯结束后,鞠优给我打了个电话,我问她有结果了吗,她"嗯"了一声。

我问她能跟我透露一下吗,她思考了一会儿,问我:"你知道真人电影吗?"

---

1 绫濑杀人案,1989年,日本埼玉县17岁女高中生古田顺子的遗体,在东京都江东区若洲内被人发现用水泥密封在圆柱油桶内,凶手是四名16到18岁的高中辍学生。

我知道什么是真人电影。还在美国时，我曾经跟着 Discovery 探索纪录片组，采访过一个做地下影视的人。他说美国的地下影视圈有这样一种产业，有人专门拍摄指定的真人电影，卖给有特殊癖好的富豪。

这里的真人电影，不是我们常说的由真人参演的电影，因为怎么演都不可能达到最真实。他们所指的真人电影，就是对演员做出各种真实的事，拍摄出最真实的电影，这种"犯罪案件重演"就是真人电影中的一种。那个地下影视的从业人员，还给我看了一个真人电影的片段。一个男的骗女演员在床上亲热，快到高潮时，男的拿出刀子对不知情的女演员割喉。

尼古拉斯·凯奇拍过一部叫《八毫米》的电影，讲的就是追踪"真人电影"的事情，很真实，也很可怕。他在里面扮演的角色，实际也是夜行者的一个分支，只不过不以调查新闻为主，而更多是受人委托，帮人解决问题罢了。简单来讲，他们那种夜行者更偏侦探一些，基本靠帮有钱人解决问题来赚钱，比我这种更赚钱。我和老金、周庸，主要靠贩卖真相生存，虽然不能说绝对干净，但基本的底线还是有的。

▲ 《八毫米》由尼古拉斯·凯奇主演，讲述私家侦探汤姆·威勒调查案件、发现真相的冒险故事

我问鞠优警方会怎么处理这件事。

鞠优让我放心："如果还有其他人，就全都找出来；如果有产业链，就连根拔掉。"

我说："行，那我就不掺和了，之前查到的事情也会保密，不会影响警方调查。"去法医中心看尸体时，我就签了保密协议。

就像我之前说的，我们这种"卖真相"的夜行者还是有底线的，不会为了赚一点儿钱，影响到正确的事，所以——我们这次又要赔钱了。

挂了电话，周庸问我："怎么样，有结果了没？"

我点点头："就是个变态而已。"

周庸："切，没劲，我还以为有什么地下组织、产业链之类的呢。没意思，我走了！"

我问他干吗去。

周庸嘿嘿一笑："今晚约了彦彤姐一起吃饭。"

独居姑娘回到家，
屋里多出仨烟头

在燕市生活，除了调查和写稿，还有一项烦恼——租房。

2016年4月14日，我的房东找到我，赔付我违约金，让我在一个月内搬走——燕市房价今年翻了一倍，他把房子卖掉了，只等过户手续办完。

在燕市租房，是件麻烦事。

燕市市委、市政协社法委联合发布过一份《燕市青年人才住房状况调研报告》——在燕市，有43.8%的青年人遭遇过黑中介。

这些黑中介不止骗钱，有时也骗些其他的，比如色。

除黑中介外，邻居是租房另一个可能的麻烦。

因为燕市房价高，租金贵，90%的人都会选择与人合租——与完全不认识的陌生人合租，肯定会有安全隐患。谁也不知道，一墙之隔的邻居是否品行端正。甚至，住了很久后，才发现隔壁的邻居是一具尸体。

我认识一姑娘，她通过 App 租了一间卧室，却从没见过同屋的邻居。二十多天后，风把邻居的门吹开，她发现了一具尸体。

即使是我，对在燕市租房这事也很头疼。

接到房东通知后，我琢磨着打电话约田静——我想让她陪我挑房子。

刚要拨号，她先给我打了过来。

我接起电话："心有灵犀啊，静姐，正想给你打呢。"

田静说："你别贫，有点事想找你帮忙。"

我说："客气，我也有事想找你帮忙，你先说吧。"

田静的堂妹田蕊，是燕大法学院的大四学生，现在白云寺附近的律所实习。为了工作方便，她在玄寺嘉园租了间房。13号晚上，田蕊下班回家，洗了个澡，给床边窗台上的花浇水。浇水时，她发现花盆里有点东西，仔细看了看，是两个烟头——她吓坏了，自己从不抽烟，花也是亲手刚种的。她仔细观察，又发现了一些反常的事——房间里有泥土，牙刷被人用过……

最后她确定，自己不在家时，卧室进了人，并在床边抽了两根烟。

她很害怕，但不愿和父母说，怕他们担心。然后她想起了自己的堂姐，田静——她曾是个资深记者，于是她打电话给田静，寻求帮助。

我看了看表，还不到 7 点："你妹妹现在在哪儿呢？"

田静："在我家。"

我让田静把她妹在玄寺嘉园的住址发我，让她俩到那儿等我，然后我给周庸打了个电话，让他来汇合。

我和周庸在玄寺嘉园西南门进了小区，向田蕊住的十三号楼走，迎面过来一姑娘，短裙黑丝高跟鞋，穿得花枝招展的，周庸忍不住多看了几眼。

周庸："嘿，徐哥，质量不错啊，你说我是不是去要个微信？"

我说："你去要吧，她肯定给你，因为这姑娘十有八九是一楼凤。"

周庸："徐哥，你这揣测也太恶意了，看人小姑娘穿得前卫点，就猜测人家是失足妇女！"

我没和他争论："你知道这什么小区吗？"

周庸："玄寺嘉园啊，你让我来的。"

我说："这小区还有个名字，叫玄寺区。"

周庸："是我知道的那个玄寺区吗？"

我说应该是。

玄寺区，是燕市很传奇的一个小区。曾经是最知名的二奶村，以前许多有钱人包了情人后，都会在这里给她买套房。后来许多失足妇女觉得，这里有钱又有欲望的男人多，商机很大，就也纷纷跑到这边来租住，当起了楼凤。于是这里变成了失足妇女的聚集地。

周庸感慨："我上高中时听朋友说过，每天大奶楼下骂二奶，冬天最冷时，这小区里仍然都是黑丝和大白腿。一直想来看看，今天可算来了。"

我说："你别感慨了，咱先去帮你静姐解决问题。"

我和周庸上了楼，田静和田蕊已经在楼上等着了。田蕊和她姐一样，个儿高，长得很白净。

田静给我们互相介绍了一下，田蕊说："我姐跟我说过你俩，你们写的东西我也看过。"

田蕊住的是套两室一厅，我问她整租还是合租。

田蕊："本来是和同学合租的，前段时间她搬男朋友那儿去了，就变成我自己住了。"

我问她丢东西了吗，田蕊说没有，电脑和 iPad 就放在桌子上，都没丢。

我点点头："先看看你的房间吧。"

田蕊的房间大概有二十平方米，收拾得很干净，屋里有一个衣柜和一个架子，床靠着窗边，床单和被褥都是素色的。

窗台上摆着那盆发现烟头的花，烟头还在花盆里。周庸戴上手套，伸手把烟头拿出来，摆在窗台上，转过头："徐哥。"

我问怎么了。

周庸："这俩烟头不是一个牌子的，一个是黄金叶，一个是南京。"

我过去检查了一下，一个烟头是二十六元一包的南京十二钗，另一个是二十元一包的黄金叶大金圆。

周庸："可能进来的不是一个人，是两个，然后抽的都是自己的烟。"

我点点头，确实有这种可能。

我问田蕊，是第一次发现有人进她屋吗？她说是。

"我是个处女座，对屋里东西的摆放特敏感，不只是烟头，纸巾盒的位置也变了。地上有土，我的电动牙刷早上走之前换的头，不知道为什么是湿的。厨房电热壶里的水是温的——可我今天根本就没烧水！"

我说："你能判断烟头是哪天出现的吗？"

田蕊点点头："我花盆里养的是雨林植物，特缺水，燕市天干，我每天都给它浇一次水，烟头是昨天才出现的，之前一直没有。"

我说："你平时锁卧室门吗？"她摇摇头："这房子就我和我同学住，锁卧室门干吗？"

周庸："有没有可能是你同学回来了，这些都是她做的。"

田蕊说："不可能，我同学不抽烟，而且我问她了，她没回来。"

有很大的可能，昨天以前，田蕊的房间并没进过人。而昨天她发现家里进过人后，直接就去了田静的家里。那个进了她屋却没偷东西的人，即便想对她做什么，也无从下手。

田静把我拉到一边："徐浪，现在怎么办？"

我说："可能需要你表妹在这儿住一晚。"

田静皱了下眉："那她有危险怎么办？"

我说："没事儿，我就在楼下蹲点，你也可以在这儿陪她，但得和周庸在她同学那屋待着，不能开灯出声，免得被发现屋里还有其他人。"

田静点点头："行。"

我回到楼下，假装在小区溜达，一直注视着楼上的动静——田蕊按我的指示开灯在窗口站了会儿，提示可能有犯罪意图的人今晚她在家。

直到田蕊第二天早上睡醒，什么事都没发生。

我上楼和他们汇合："咱出去吃饭吧。"

周庸："徐哥，这屋蚊子可多了，我都要被咬死了。"

田静点头："我也被咬了。"

这时田蕊穿着无袖睡衣出来了，胳膊上也是红肿一片。

我看着有点不对："给我看看你们身上被咬的地方。"

田静、田蕊、周庸身上被咬的地方，都是一个一个硬硬的小红点。

我说："这不是蚊子叮的，这是跳蚤咬的。"

周庸："田蕊，你们是不是养过宠物啊？怎么还有跳蚤？"

田蕊说："没有啊，之前从没有过跳蚤，徐哥你是不是认错了？"

我说："就是跳蚤，这玩意儿挺难杀死的，何况屋里还进人了，这房子别住了，提前解约吧，咱吃点亏，赔点违约金得了。"

田蕊郁闷地点头："好吧。"

下午时，田蕊又打来电话，她和同学去找中介提前解约，出了麻烦——中介不同意提前解约和退钱。

我让她等一会儿："我现在过去。"

我开车到了白云嘉园南门的房产公司，田蕊正站在门口等我："徐哥。"

我说："咱进去说。"

我们进了房产公司，和中介协商解约，我说："我妹妹不愿住这边了，我们现在愿意赔违约金，能不能提前解约？"

中介开始打太极："我们负责违约的同事出差了，也不知道什么时候能回来。这样吧，等他回来我通知你们。"

我说："你把他电话给我，我给他打。"

中介给了我一个电话，我打过去，关机。

我故意和田蕊说："行了，咱不退了，回去收拾收拾，转租给别人。"

中介马上说："先生，我们签的合同里是不允许转租的，否则我们有权利收回房屋。"

敷衍、不退钱、不负责、不让转租——这是碰上黑中介了。

我没和他纠缠，带着田蕊出了门，中介的门上贴着一张招聘启事，我拿起电话打给周庸："干吗呢？"

周庸："我去医院看一下被跳蚤咬的包。"

我说："你可真娇气，别看了，赶紧再来玄寺区一趟。"

周庸："干吗啊，徐哥，这么着急？"

"应聘。"

4月15日下午，周庸应聘到了房产公司，成为一名房产中介。

之所以让周庸卧底到中介公司，是因为我怀疑，进田蕊房间的就是中介公司的某个人——房子是从他们手里租到的，他们有钥匙，能轻易进入田蕊的房间。

周庸卧底到了18号下午，给我打电话："徐哥，门儿清了。"

周庸有钱、大方、会说话，花了两天时间就和房产公司的人都成了"朋友"。加上周庸以行业新人的姿态，连续两晚请前辈们吃饭唱歌，立刻被当成了自己人，教了他别的新人不可能学到的套路。

　　我和周庸见了面，说："做得不错，请吃饭唱歌的钱可以给你报了。"

　　周庸："嗨，要什么钱？都是给静姐帮忙。"

　　我点点头，让他说说。

　　周庸："这帮人真是黑心肠啊！他们收房的时候给房东高价，比市面价格高一大截，房东当然租给他们了，那些正规的中介公司根本抢不过！

　　"他们一般会签个两三年的长约，自己把房子弄一弄，再租出去，然后找各种理由让租客合同没到期就搬走，让手中的房源轮转起来，继续吃下一个租客。

　　"然后押金、违约金甚至租金他们都要，一分都不还你，每干成一个，具体经手的那个人就能拿 20%–30% 的提成。"

　　我说："没人告他们吗？"

　　周庸说："当然有，但他们不怕啊！有个顾客来要求退钱，说要告。经理直接告诉他：'要钱没有，我们就这样，都不退钱，愿意去哪儿告就去哪儿告，熬的就是你们的时间和精力。我还告诉你了，就算胜诉，但我们不履行，你也白玩。'"

　　我说："这时间长了不都知道了吗？房子还能租出去吗？"

　　周庸摇头："名字臭了他们就换个名，人还是那拨人。徐哥，你说燕市的租房市场，是不是就被这帮人搞臭了。"

　　我问周庸，除了搞清他们的盈利模式，还有没有什么收获。

　　周庸嘿嘿一笑："当然，我发现有个叫刘哥的中介，只抽二十元的黄金叶大金圆。我今晚单独约了他吃饭，所以打电话叫你过来。"

我点点头："直接来硬的？"

周庸狂摇头："徐哥，你别坑我，他们可复印我身份证了。"

▲ 白天清冷的酒吧，一到夜晚就变得热闹起来

我说："行吧，今晚你尽量把他带到个人少点的地方。"

周庸说："好，我带他去马忠路的智叟酒吧，把他灌多了，然后出来交给你，马忠路晚上人少。"

晚上9点多，周庸带着中介刘哥去了智叟酒吧，我开车在街的路边等着，11：20，周庸给我发微信："准备出去了。"

我开着车，到了路边，周庸和刘哥互相扶着从智叟酒吧走了出来，然后周庸借口上厕所，返回了酒吧。

我看看路两边没什么人，把车停在路边，拿着一个袋子下车，从他身后把袋子套在了他脑袋上，给了他两下，把他塞进了车后座上，关上门，绑上了他的手。

确认绳子绑好后，我开车往前走，到了前面不远处的一执政府旧址。

执政府旧址里有几栋民宅，所以门卫没有拦我。我把车停在二层小楼与执政府主楼之间，把刘哥拽下了车，推进了执政府旧址。

这栋建筑正在进行维修和修复，里面没有任何人。

建筑里一片黑暗，我不怕他看见我的脸，摘下了他头上的袋子："问你点儿事，我有个妹妹从你那儿租了套房，没俩月，房间里就又有人留下的烟头又有跳蚤的。你知不知道怎么回事？"

摘了头套仍然什么也看不见的刘哥，吓坏了——人类对黑暗永远是最恐惧的，我深知这一点。

不需要多说什么，刘哥就全招了。

他进了田蕊的屋子，黄金叶也是他抽的，两个卧室里的跳蚤都是他人为放的——因为他想尽快赶走田蕊她们，继续租给别人骗钱。

但还是有点不对的地方，我说："那和你一起去的人是谁？"

刘哥说："没人跟我去啊，就我自己。"

我说那南京是谁抽的，水是谁烧的，牙刷谁弄湿的。

刘哥懵了："什么南京？我平时只抽黄金叶啊。"

他没必要撒谎，是另一个人抽了南京、烧了水、弄湿了牙刷——最可怕的是，这个人和中介不是一伙儿的，连中介也不知道这个人的存在。

从刘哥嘴里套出了所有有用信息后，我就放他走，然后给周庸打了个电话。

周庸："怎么样，徐哥，查清了吗？"

我说："没查清，事情变得更复杂了，不过你的中介生涯结束了。"

我去田静家拿了田蕊的钥匙，然后和周庸又回到了玄寺嘉园，田蕊的住处。

周庸特意穿了一身紧身的长衣，说不能给跳蚤任何可乘之机。

开门进屋，周庸按了两下开关："徐哥，怎么没电呢？"

我说："上次我陪田蕊来收拾东西时，就没电了，因为短时间内不打算回来住，田蕊就没交电费——不过没关系，我带着手电呢。"

四处检查了一下，和上次一样，没什么收获。我靠在桌子上，忽然想起田蕊说过纸巾盒被动过，就拿起来随手看了一眼。然后我发现了一个不太对的圆孔。

我叫周庸："你来看看这个！"

拿手机给周庸照着亮，周庸看了两眼："这是……针孔摄像？"

我点点头："是个伪装成纸巾盒的针孔，你下楼一趟，把后备厢里的工具箱拿上来。"

周庸下楼把工具箱取了上来，我打开，拿出了三样东西。

周庸："徐哥，这都什么啊？"

我给他解释了一下："镜头扫描器、热成像仪和手持金属检测器，都是用来反偷拍反窃听的。"

我和周庸把整间屋子检查了一遍。

在插板、插座、门把手、挂钩甚至洗手间的沐浴液上，算上纸巾盒总共检查到了十个针孔摄像，其中四个在浴室，两个在田蕊朋友的房间，还有四个在田蕊的卧室。

这十个针孔摄像里，有六个插电的，四个不插电的，插电的全都在插板和插座里。不插电的分别在纸巾盒、门把手、挂钩和沐浴露里。

周庸拿着热成像仪，说："徐哥，就这玩意儿不好使啊，镜

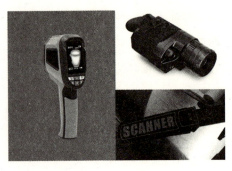

▲ 镜头扫描器（左）、热成像仪（右上）、手持金属检测器（右下）

头扫描仪和金属探测器都检测出东西来了，只有它什么都没检测出来，太弱了吧？"

我说："不是它弱。热成像仪只能检测出有热量的东西，它什么都没检测到，说明所有的针孔摄像都不在运行状态。

"一般不插电的针孔摄像运行时间最长也就八个小时，正常只有三到五个小时，现在它们的电都用光了。至于插电的针孔，这屋子都断电了，自然就没用了。"

周庸拿着一堆针孔摄像："徐哥，这堆东西挺贵吧？"

我说："加起来得有个大几万块吧。那四个不插电的不值钱，三四百块钱一个。但那六个插电的，都是 Wi-Fi 实时传送画面的精品。应该是日本一家不出名的小工厂产的，很贵，不是专业玩器材的人，不可能知道这牌子。"

周庸："谁会花这么大的价钱偷拍田蕊啊？虽然她长得还可以，但也不至于花大几万偷拍她吧，难道有个特别迷恋她的变态？"

我说："有可能，我们看看那几个不插电带内存卡的针孔摄像都拍到了什么。"

拿出了伪装成沐浴露的针孔摄像，它有一个 U 口，可以直接插在电脑上。我用电脑打开了里面的视频文件，镜头正对着浴室。我往后倒了倒，过了一会儿，终于出现了人影——田蕊进了浴室，开始脱衣服。我急忙把视频关了。

周庸："徐哥，不往下看吗？万一后面有什么关键线索呢。"

我说："别扯犊子，非礼勿视。咱现在把所有的摄像都放回原位，然后让田蕊把电费交上。"

周庸："守株待兔？"

我说："是，而且还得给他们来点反侦察。"

我和周庸在对着田蕊卧室门的地方，安装了两个针孔摄像，然后让田蕊交了电费。

19日、20日，我和周庸一直在玄寺嘉园附近晃着，两人轮流守夜，二十四小时看着手机上针孔摄像传过来的画面。

21日凌晨3点，周庸推醒了我："徐哥，你看看，我不确定有没有人，我感觉有个人进了田蕊的卧室。"

我仔细看了会儿，田蕊的卧室里好像有微弱的光晃了一下。我说："走，有人来了。"

我和周庸拿上准备好的钢管防身，不坐电梯，放慢脚步，尽量不发出声音，走防火梯到了田蕊家门口，迅速用钥匙打开门，然后打开了客厅的灯。

一个一米七五左右的长发男人，站在田蕊卧室的门口，头上戴着一个微型防爆头灯，背对着我和周庸。

我让他把双手举起来，然后转过身。

他没按我说的做，双手仍然放在下面，但是缓缓地转过身，冲我无奈地一笑："徐浪。"

▲ 微型防爆头灯

周庸："徐哥你认识他？"

我说："把钢管放下吧，这是老孔，你管他叫孔哥就行。"

老孔伸手过来和僵硬的周庸握了握："这就是你这两年新带的小兄弟？你好，我是孔大志。"

周庸："徐哥，到底怎么回事？"

我说："老孔是燕市最棒的私家侦探，也是器材大师，有几次咱追踪手机什么的，都是老孔帮忙解决的。"

然后我转向老孔："你怎么接了偷拍小姑娘的活儿了？"

老孔："哪儿啊，我接的就不是这活儿，白干这么长时间了。一个富商的媳妇，正跟她老公闹离婚，找上我，让我帮她拿到她老公婚内出轨的证据，好多分点钱。然后她给了我个地址，就是咱现在这屋，说这房子是她老公给二奶买的。"

周庸："田蕊是二奶，不可能吧！"

我说："你别打岔，听他接着说。"

老孔一拍手："然后我就趁没人，开锁进来，安了几个针孔。结果啊，一个月过去了，她老公没来，你来了！

"然后我就意识到不对了。我一查，这房子被那二奶租出去了，里面住的人根本就不是二奶。我正琢磨着把设备收回去呢，结果第二天全灭了。我还以为你给我点了呢，寻思着哪天找你要。结果过了两天，针孔摄像又有画面了。

"我上楼看了下电表，接近整数。我判断之前应该是没电了，电费才交上，然后我就趁晚上没人来取设备了，结果中了你的套了。"

周庸："真是一场误会！"

我点点头："老孔，你什么时候这么不上道儿了，连几百块的电池针孔也用。"

老孔一愣："我没用过啊，我就装了六个实时传输的摄像。"

我说："你别吓唬我，你抽南京十二钗吗？你在这屋里抽烟了吗？你是不是不小心把人小姑娘牙刷弄湿了？"

老孔没听明白："什么十二钗和牙刷？我怎么可能干活儿时在这屋抽烟？那也太不专业了。"

周庸："徐哥，我感觉后背有点发凉。"

我说："我也是，可能还有第三个人。"

我给老孔解释了一下花盆里的烟头和多出来的针孔摄像，老孔点点头："你说那中介抽烟放跳蚤，我看见了，就 13 号下午。那天下午，还有个男的进了屋。但他俩都不是那富商，我就没在意。"

我说："你这偷摄录像还在吗？"老孔点点头："都在我家硬盘里存着，还没删。"

我问方便去那儿看看吗？老孔笑了："别人不太方便，你还是挺方便的，毕竟咱行业类似。"

老孔住在胡家庄附近的万红小区，他住的是一个大开间，床靠着窗户，屋子中间的桌上，十一台电脑拼在一起，其中有三台放着一些监控画面。

周庸感慨："孔哥，我觉得和你一比我们档次好低啊。你这儿就跟中情局似的，徐哥住的地方，就一块小黑板，一台笔记本。"

我说："咱要那么多设备干吗？有病啊？还费钱，有这些有的没的还不如吃点好的。"

老孔坐在他的"情报中心"前，说："冰箱里有水有烟，自己拿，我调一下录像。"

我和周庸抽完一支烟后，老孔找到了13日的录像，把电脑屏幕转向我和周庸："看吧。"

我和周庸站到电脑前，慢慢地向后倒，先是中介刘哥进来，把塑料袋里的东西往床上洒，然后打开窗户抽了支烟，又把烟掐灭在花盆里。

刘哥走了大概半小时后，一个长发的青年男子抽着烟，走进田蕊屋里。吸完烟后，他四处找了找，大概看见花盆里有烟头，将自己的烟也掐灭在花盆里。

然后他四处看了看，从口袋里掏出一些东西，摆弄了一会儿纸巾盒和门把手，从田蕊的衣柜里，翻出田蕊的内衣放在脸上闻。

接着，他又去洗手间弄了弄沐浴露，然后他看见田蕊的牙刷，拿起来给自己刷了牙。

老孔站在我身后瞧了瞧："就是他安的吧？"

我点点头，这时候天已经亮了，我打电话给田蕊："醒醒。"

田蕊还在睡觉，迷迷糊糊地问我干吗。我说："你看一眼微信。"

我拍下了安装针孔摄像的男人的脸，发给她："这人你认识吗？"

田蕊很快回复："这是我同学的男朋友，是他在我屋里抽烟了？"

我说："是，他还在你屋里和卧室安了针孔摄像。你洗澡的过程全被拍了，好在他没来得及看，我就删了。"

田蕊立刻打了电话过来："你和周庸看见我洗澡了？我不活了，我要告诉我姐！"

"我发毒誓，你刚要脱我俩就关了，撒谎全家死光。"

我挂了电话，周庸开始复盘："怪不得那四个破针孔，两个安在田蕊卧室，两个安在洗手间，田蕊同学那屋却没有，原来是她男朋友干的。"

我说："是，女孩在外租房确实要小心点，最好在网上买个镜头扫描仪，二百来块钱，每次租新房时都用扫描仪检查一遍。"

10点多，我和田静一起带着田蕊去派出所报了警，说有人对田蕊进行偷拍和盗摄，我手里有证据。

警察听完，说："我可以立案调查，但你们要有心理准备，偷拍盗摄一般不构成犯罪，最多刑拘他两天。"

我说不止偷拍和盗摄，还得加上非法侵入住宅罪。

警察点点头："那差不多够判了。"

至于黑中介刘哥，田蕊没告发他非法侵入住宅，因为他的行为没那么严重，不够刑事处罚的，最多就是个拘留。

但我拿着录像找上门，逼他退了田蕊的押金和租金。

从警察局出来，田静对我表示了感谢："那天我给你打电话，你说你也有事要找我帮忙，是什么事儿？"

　　我想想这几天查到的黑中介和监控，觉得最近不应该着急找房，应该慢慢找，就说："没事了。"

　　我把东西都搬到了周庸家，暂时借住一段时间。

就因为吐口痰，
投资人被创业者推下地铁

我在看守所见到李楷时，他已经被刑拘四天了。我们对坐在看守所的律师会见室里。他面容蜡黄、双眼浮肿，整个人没什么精神。我递给他烟和打火机，他低头点烟时，我看见他脑后的头发剃秃了一块。

他深吸口烟，见我盯着他的头发看，自嘲地一笑："我从小就护头，一直都留长发，我爸咋打我骂我，我都不剪，没想到才进来两天就给剃成寸头了，看来是要判了。"

代理此案的包律师让他乐观点儿，说现在情况还不明朗，而且也没造成什么严重的后果。李楷摇摇头："我听狱友说了，只有要判

▲ 没装护栏的地铁很危险，一定要站在黄线以外

的才给剃头，不起诉的都不剃。哈哈，没事儿，要判就判吧，在外边也没什么劲！"

调查李楷这件事纯属机缘巧合，那天周庸在看新闻，忽然说了一声："徐哥，地铁上有人被推下去了。"

我问死人了吗？周庸说没有，被推下去那人又爬上来了。我问到底因为什么啊，这么大仇恨。周庸又翻了两下内容，笑了："这也太扯了，竟然是因为随地吐痰！"

2016 年 5 月 15 日，李楷在等地铁时，一把将旁边的人推下了铁轨，就因为对方往地上吐了口痰。因为随地吐痰，就将一个完全不认识的人推下地铁，我觉得这不成立——这里面一定有什么隐情。

我决定调查这件事。

许多人对夜行者有误会，认为我们只调查一些奇诡的刑事案件——连周庸都这么想。

我跟他说这次就调查这个"地铁推人事件"，他抱怨："徐哥，咱经费也不紧张啊，查这也太没意思了吧？"我告诉他我们是以调查暴力犯罪为主，但偶尔也得换换口味，要不然人会变态的。周庸"切"了一声："没意思。"

我说这人说不定是蓄意谋杀呢。周庸立马来劲了："那别等了，赶紧啊，这么慢肯定已经有人抢先了！"

开始调查前，已经有媒体采访到了当事人，并还原了事发的经过。我打电话给田静，问能不能找找该媒体的熟人，问一下推人者的联系方式。没多久田静回了电话，说没要到联系方式，只了解到推人的名叫李楷。我让她找媒体圈的朋友，帮我联系下被推下地铁的那个人，问能不能和他聊聊。田静说好，然后挂了电话。

我和周庸在网上按"李楷、燕市"之类的关键词检索信息，发现了一个人，他曾供职过一家叫"小电报"的创业公司。我打电话给这家公司，说我是李楷的朋友，他现在出了点事，管对方要了李楷以及他的紧急联系人的联系方式。李楷的电话打不通，但我很高兴——这增大了这个李楷就是推人那位的可能性。

李楷的紧急联系人是他的父亲。我打电话给他，说自己是名记者，想和他的儿子聊聊，问问地铁推人的事，如有隐情，说不定能起到些帮助。电话那头确实是推人者的父亲。但他对我说，这事他不管了，他已经给李楷请了律师，算是仁至义尽，剩下的就让他自生自灭吧。

难道是家庭教育问题，造就了一个把人推下铁轨的李楷？我带着这个疑问，打给了李楷的律师包浩。包律师很好说话，听说要采访李楷立即就答应了："可以。他也挺可怜的，他爸都不想管他了，要能报道出去说不定会在舆论上加点分。"

两天后，我作为包律师的助理，在看守所见到了李楷。

李楷看起来烟瘾很大，很快抽完一支，从桌子上拿起烟，又点燃了一支。这时他终于有点放松了，略微调整了一下姿势："想问点什么就问吧。"

我问他就这么讨厌别人随地吐痰吗？

他短促地点下头："非常讨厌，我觉得公共场合吐痰和公共场合随地大小便差不多，但从没见过这些人被制止。我真觉得恶心，不仅没素质，那一口痰里得有多少细菌啊！"说这些话时，李楷脸上带着明显的厌恶。

我问他以前是否因为吐痰跟人起过争执。他摇头："这是第一次。"如此一鸣惊人的第一次，一定有不寻常的隐情。

来看守所之前，我和代理此案的包律师聊了很久，讨论李楷为什么会做出这样的事。包律师也很头疼："这小伙子不太爱说自己的事。你说你平时不爱说也就算了，都这时候还不爱说怎么能行呢，这可是吃官司的事！"不过包律师想起，李楷曾提过一次前女友："好像当初是和前女友一起来的燕市，我问信息的时候他提过一嘴。"

我觉得这是个切入点，问李楷能不能聊聊前女友。

李锴："没什么可说的。我们是老乡，大学情侣，毕业一年后一起来了燕市。"问起分手的原因时，他笑笑："她就不太想来燕市，是我想来，后来遇到点事，就回家了。我不想回去，就成了异地恋，再过两个月就分手了。"

我问他的前女友遇到了什么事，李楷不愿多谈："被不认识的人打了，觉得在这边不太安全。"

谈起为什么不回家乡，李楷忽然变得健谈起来。

"就是想混出头！我爸不想我来燕市，就想让我在家考个公务员。我毕业的时候，考上了我们那儿的地税局，我爸那段时间特别高兴，天天请亲戚朋友吃饭。我在地税局上了半年班。领导交代写材料就写写，不写材料就喝喝茶看看报纸。因为年纪最小，还主动打扫打扫办公室，其他就没了。就是那种一眼能看见三十年后自己的生活。"

我能想象出，李楷做出辞职来燕市这个决定的艰难，以及他遭受的阻力。

"我爸要和我断绝父子关系。我说法律不允许断绝父子关系，他拿着一个电蚊拍就把我打了出来。我这几年过年也没回过家，给我妈打过几个电话，问我都说挺好的。

"2010 年年末，我拿着攒下的工资和女朋友一起来了这里，在行云桥地铁附近租了一个房间，一个月一千八，和另外两户人共用一个盥洗室。

"隔壁屋的女孩是做销售的，洗澡特爱掉头发，每次洗完澡都把下水道堵上了。我和女朋友每次洗澡都得先把地漏里的头发挑起来扔垃圾桶里，要不然就会积水。每次我们都觉得会从地漏里挑出一个贞子。但不觉得苦，我就想活出点不一样的，功成名就的那种。"

到燕市前三年，李楷辗转了两家大公司和一家创业公司，然后做出了一个决定。

"在燕市，有点能力的人，早晚都得自己创业。"李楷这样说着，点燃了最后一支烟："你这外国烟有点抽不惯，我还是爱抽烤烟。中国的烤烟技术国外根本比不了！"

我说那聊聊创业的事吧，从创业开始到把人推下地铁，这之间到底经历了什么。李楷告诉我："可以聊，但是你得先去看看，按照我告诉你的路线走一遍，拍点照片回来，再给我带盒烤烟，红塔山就行。"

即使李楷不说，我也要去看看，从行云桥到科技村，李楷在燕市的生活轨迹。

他现在说的话毫无漏洞，几乎没留任何疑点——除了那个不愿提起的前女友。第二天上午，我叫上周庸，让他和我一起去李楷住的地方看看。

我们打车到了行云桥。李楷住在行云桥地铁口附近的公寓，步行大概四百米就能进小区。

李楷告诉我，他从来燕市开始就住在这里。开始是合租，后来跳了两次槽，工资一度涨到了近两万元每个月。再加上女友在 4S 店找到了一份销售的活儿，每月也有七千元左右的收入，两个人就换了间近五十平方米的独居，一个月租金四千多元。

我和周庸站在李楷租住的公寓楼下时，周庸还在纠结："他女朋友到底为什么被打了？报警了吗？有照片吗？"

我说："他前女友确实可能是个突破口，今天我拍完照片，你去找一下和他前女友有关的信息。"

周庸蒙了："怎么找啊？没名字没照片的，徐哥你别闹！"

我说："如果他说的是真话，他女朋友在 4S 店工作，那一定在行云桥地铁站附近的某家 4S 店。"因为李楷自己在科技村上班，住在行云桥路途太远了，一定是为了方便女友，才在这儿居住。我让周庸绕着地铁沿线，找员工月薪在七千元左右的 4S 店。周庸满脸怨念地走了。

　　我则顺着李楷上班的路线，一路拍下了行云桥地铁口的早点摊、相隔二百米的公交站，然后在公交站坐上李楷每天都会坐的公交车，到科技村站下车。走了五分钟，到达了李楷的创业地点——科技村民营科技创业园。

　　李楷和我说他们的创业地点是在科技村民营科技创业园时，我不自觉地就联想到了科技村创业大厦、中银广场等高大明亮的写字楼。可到了科技村民营科技创业园，却发现这里和我想象的完全不同——这也太破了！它的样子让我联想到圆明园被八国联军烧毁后的模样。

　　李楷抽着红塔山，看着我拍的照片，笑了："还拍得挺全，连早点摊都拍上了。"

　　他指着自己住的那栋楼："女朋友回老家后，这房子我也没换。按理说我在科技村创业，住行云桥，远了点，每天得有俩小时扔在通勤上。但我就是不想换这房子。五年了，打来燕市就住这边。"

　　李楷的创业内容，是在微信和微博上做条漫[1]。

　　我问他做漫画为什么不在漫画网站上做。李楷摇摇头："竞争太激烈了，好坑都占满了，而且一上来就要我们的影视改编权和游戏改编权。现在不管是做漫画还是小说，都指着改编权赚钱，都给他们了，我们还创个啥业啊，不又成变相给人打工了吗？而且像《整容液》这种奇奇怪怪系列的条漫，都是通过微信微博火起来的，这证

---

1 条漫，一种小漫画，是由四格漫画衍生出的一种新的漫画体裁，是一条横的或竖的且没有限制格子数的漫画。

2 《整容液》，韩国漫画家吴城堡的漫画作品。

明不需要依靠漫画网站也能有流量。"

谈起条漫，他侃侃而谈："外国这方面做得特别好，有很多值得我们学习的地方。我要把我们的系列条漫做成IP，就像《整容液》那样，然后开发IP价值，再开发新IP，逐渐把摊子铺大！做成《鬼吹灯》和《盗墓笔记》这种。《烧脑》你知道吧，那国产漫画，听说影视改编权卖了一千万！"

然后李楷问我平时看不看公众号，我说看。他点点头："像午夜故事、人世间，都是故事类IP。说真的，我觉得他们做得不如我。只不过因为前段时间，那篇《太平洋大逃杀》的特稿，卖了一百多万，把这种非虚构写作类IP炒热了。"

借着《太平洋大逃杀》，我问李楷对杀人这种事怎么看。他没答话，接着翻照片，并指给我看："我基本不会在行云桥地铁口的早餐摊买吃的，在地铁上吃东西不文明，等下车吃又怕凉了。你知道为什么地铁上不能吃东西吗？不止是因为有气味，影响别人，还因为怕老鼠。所以我一般都是在上风站的出口买个煎饼，等公交车时吃，或者到科技村那边再吃。没创业时，我天天累到懒得吃早餐，创业之后，发现不吃早餐挺不住累。"

▲ 地铁附近通常有这种早点摊，为赶早班车的人们提供方便

再往后看，看见燕市民营科技创业园那栋破旧的楼，李楷笑了："我们最辉煌时，就是拿到一笔种子资金搬进这儿的时候。就2015年开始的那几个月，创业形势特别好。当时的科技村有个想法、做个PPT，就有人给你投钱。

"我们当时花两周做了两篇条漫和一个PPT，见了几个投资人，很快就拿了笔几十万的种子资金。哪像现在，见投资人第一件事就是问你，你的创意如何赚取现金。"

聊到这里，探访时间又到了。我离开看守所后，接到了田静的电话。她说被推下地铁的人愿意和我聊聊。

被推下地铁的是名壮年男子，三十多岁，已婚，有个五岁的女儿，媳妇不上班，是个全职主妇。而他自己，是个天使投资人，专门投资内容创业的。他身上唯一能和李楷沾边的，也就是专门给创业者投资的天使投资人这个身份了。可当我问起时，他说他完全不认识李楷。我带着这个疑问，隔天又去了看守所，听李楷讲他的创业故事。

李楷和他的两个合伙人，拿着六十五万元的种子资金，开始招兵买马，租办公地点加上买电脑、招人，第一个月就花出去十几万。

"我们那时候想尽快拿这几十万做出好内容，然后马上启动天使轮融资，拿笔更大的钱，起码得是五百万到一千万量级的。但事情不像我们想的那么简单，遇到了很多问题。"

我问他都有什么问题，李楷掸了掸烟灰，皱紧了眉。

"方方面面吧，首先是招人。开始招了六个人，三个在招聘网站上招的，两个在论坛招的，还有一个是在分类信息网招的。

▲ 很多公司采用指纹机打卡

"分类信息网上找的那哥们儿，面试时有点磕巴，开始我们都不想要。但他说对我们要做的特别感兴趣，求我们让他试试，我们心一软就答应了。结果呢，来上了一天班，第二天就联系不上了，网上真是啥都有。论坛上招的那两个画师也有问题，画得慢，也画得不好，搞得我们当时对重点大学的教学质量极度怀疑。后来一查才知道，全是简历造假！怪不得来我们这种创业公司，还说是因为喜欢不打卡和弹性工作。招聘网站上招的新媒体运营还行，有一把刷子，口头禅是：标题取好点，刷爆朋友圈。但后来我发现，真就一把刷子，他除了起标题什么也不会。这让我想起了网吧的网管，不管电脑怎么了，永远就是一句：重启试试。

"其他方面也都停滞了，我们开始很快就做到了一万人粉丝。而且每篇的阅读量都能达到六千多次，当时还有人说我们刷流量，说正常打开率就10%。但打开率高也没用啊，用户基数不怎么增长，其他平台导流也导不过来了。当时什么方法都试了，但社交平台已经过了红利期，就是不涨粉。听认识的大号、大 V 们说，原来发出一篇，就能涨个几千上万粉，现在不行了。天使轮的融资也不怎么顺利，那时民营创业园里的好多公司都清算了，虽说基本都是 O2O 公司，但看着也挺瘆得慌。后来还出了一个 O2O 公司死亡名单，我们都不敢看，就怕两个月后再出个内容公司死亡名单，我们在里面。后来知道了，这叫资本寒冬。

"赚不到钱，拿不到投资，我们把员工都开了，就留下三个合伙人，我们三个开了个会，决定剩下的钱省着点花。像所有资本快花光的创业公司一样，我们仨都降了工资，并把民营创业园的大办公室转租出去，在附近租了一个两室的民居，他们俩在那儿连工作带住。他们画画，我写脚本，其余的时间就是出去谈融资。我们算了算，就我们仨人的话，这钱能花到 2016 年年末。创业特别容易上火，嘴里最多的时候溃疡了十几处，都不敢张嘴笑。我一笑就感觉里面的小嘴都跟着笑，抻着疼，又疼又恶心。"

我问他都到这种程度了，为什么还坚持创业。

李楷很坚定："内容创业一定有出路，你看前段时间的 Paprika，不也是顶着资本寒冬做起来的吗？"

我问那钱的问题怎么解决？

他说："没什么好办法，大家都一样，就是不停地见投资人呗！"问了几个问题后，我终于把李楷的话头引向了投资人。

"那段时间我像个疯狗一样，不停地见投资人和投资机构，平均一天见四家。出让 40% 甚至 50% 的股权，都没有人愿意投资我们。有次我跟着投我们种子资金那投资人，混进了一个投资人的饭局。他说这次来聚会的都是圈里人，有内容行业的投资人，有跨境孵化

器的创始人，还有房地产土豪转型的投资人，让我把握好机会，争取拿一笔天使投资。我知道他什么意思，其实就是不想自己投的那几十万种子资金打水漂。

"吃饭的时候，我跟坐我右手边的哥们儿聊天，他说他在斯坦福大学读的本科，其间在 Apple 实习，见过活的乔布斯，跟着乔布斯一起开发 iOS，接着去了 Google，在大搜索组。回国以后，进了腾讯，跟着张小龙的团队一起开发了微信。然后他开始创业，做了个项目之后没做成，就来做基金了，募资了五千万美元，现在是某某资本的合伙人，他叫什么名字我就不说了，和一个明星同名。"

李楷说的这个投资人和一个明星同名，正好被他推下地铁的那个投资人，也是和一个明星同名。但我没打断李楷，听他接着往下说。

"我当时心想要抓住机会啊，赶紧跟他说了我们的条漫。他听完很感兴趣，天天拽着我出来聊，说有意向给我投天使资金，要 25% 的股权，给我四百五十万元。他还给我介绍一些其他的天使投资人，说可以几家合投，每人投一点，分散风险。

"但只要他一找我，就是泡吧吃饭唱 K，大部分时间都是我花钱——我也不能让投资人花钱啊，万一他不想投我了呢？连他有两次找小姐，都是我花的钱。来燕市这几年的积蓄，基本都在那段时间花光了。当时我女朋友给我打电话，说家里的洗发水没了，让我买一瓶，我都没钱买，得让她转钱给我买。后来实在挺不住了，让他给我个准信，到底什么时候投，我 PPT 都改了五版了。他说快了，然后就联系不上了。我找了他一周，然后就放弃了。后来我听说，投资人圈里出了一个禽兽，每天耍得创业者团团转，骗吃骗喝。我仔细一打听，果然是他。他就是一骗子。不仅创业者，投资人也有好多被他骗的，他管好多人借了钱都没还。"

员工简历造假、错过内容平台红利期、赶上资本寒冬、遭遇禽兽投资人，我问李楷这创业经历算是传奇了吧？

李楷摇头："这就是正常经历，创业圈这种事多了。都说最长见识的就是创业，什么人都能见到，什么事都能遇见。"

我问李楷，那创业者蓄意谋杀常见吗？他抬起头，问我什么意思。

我说："我昨天见了那个被你推下地铁的人。他是个投资人，年龄和长相都与你给我描述的大致相同，而且也和一个明星同名。我能不能这样推测，那个骗了你的投资人，就是被你推下地铁的那个人。你跟踪并质问对方，对方恼羞成怒，对你脚下吐痰——你一时激动就把对方推下了地铁。"

李楷听完表情很奇怪："那人是个投资人？你想象力也太丰富了，他不是我说的那个人。你去投资圈打听下就知道，我说的那个人是谁。"

李楷既然这么说了，就一定不怕我去查。但我还是不相信，就因为对方随地吐痰，能把一个毫不认识的人推向铁轨。

李楷递了根烟给我："那天我往家走，等公交时前边有人插队，我看不惯，问他为什么插队，那个人就骂骂咧咧地过来打我。我心里也憋了很长时间的火，就跟他动了手。我们两个在公交站厮打，两个人都打得满脸是血，但旁边没一个人劝阻。直到公交

▲ 夜晚的公交车站

都开走了两趟，我们俩打得实在太累了，都没劲了才停下。

"我说不出当时心里的感觉，反正就是很难受。鼻青脸肿地回到家，想起两个人一起生活的时候，想起自己多累，想起我爸连话都不愿和我说，就更难受，我那天洗脸的时候哭了。然后我想起，我要去东城见一个投资机构，他们有给我投资的意向，赶紧穿上衣服就往那儿赶。等地铁时，旁边站着的人往地上吐了口痰，正好吐在我前边，我特别生气，伸手就把他推下去了。"

我沉默地和他一起抽了会儿烟，问他女朋友到底遇到什么事，才回的老家。

李楷皱皱眉，把烟捻灭，开了口："有个泼妇带着一堆人到她工作的 4S 店，打她还扒她衣服，说她是小三。但其实是认错人了，当小三的是她一个同事。警察调解后，那家人赔了点钱，还写了道歉书。但她觉得在燕市混不下去了，就回去了。"

我说："当时你什么反应，相信她不是小三吗？"

他低下头，又点了根烟："我当时工作太忙了，也没法判断发生了什么。"我开始质疑自己的猜测。这一系列的打击和磨难，完全可以使一个正常人做出不理智的事——比如把人推下地铁，而且没有其他线索，我打算结案了。

出来后我打电话告诉周庸，李楷的女朋友为什么被打后离开燕市。周庸的好奇心满足了，说："切，遭遇这事儿，还被男朋友怀疑，怪不得走呢。但也不全怪那哥们儿，这事儿搁谁都得多想！"

事情至此，我开始回家整理李楷的故事，准备卖个好价钱。正整理时，包律师给我打了个电话，问我和李楷聊得怎么样，我大致给他讲了一下。

包律师听完很感慨："看来这小伙子还是不错，就是一时冲动，估计最后也就是个故意伤害罪从轻的处罚，很可能会缓刑。和他一起开公司的一个小伙子今天还打电话问我他怎么样，状态还不错嘛。你查到的这些东西，我会提交给法院的，争取缓刑。"

抱着最后试一试的心态，我管包律师要了李楷合伙人的电话，然后打给了他，为了核实李楷说过的话。然而李楷所有说过的话都对得上。

临挂电话的时候，我祝他们早日融资成功。他奇怪地问我："我们已经融资成功了，就在李楷推人的那天上午签的协议，他没告诉你？"

我问他谁去谈的，他说他和李楷去谈的。地点和李楷告诉我的一样。也就是说，李楷和我撒了谎。其他的全是实话，只有这一句撒了谎，所以我根本感觉不出来有任何漏洞。他并不需要去见投资人，他是特意跟踪，然后把那个人推下了地铁。

他之所以答应和我谈谈，是因为很自信动机不会被发现，我调查完后，可以帮他没有故意伤人倾向作证。

这时周庸打来电话:"徐哥,我好像找到李楷女朋友工作的 4S 店了,在行云桥地铁站南边一点儿,他们有几个员工的月薪加提成都在七千元左右。"我急忙赶到了这家 4S 店,向店里的工作人员询问,有没有人来过这家店打小三。他说有。我问有没有视频。他说打人那天店里的员工都上去帮忙拉着了,没人录像。但那一家人来道歉时,他们录了视频,他手机里就有。

　　说完他打开视频给我看。一对夫妇正对着一个穿 4S 店工作服的女孩道歉,说认错了人,让她受委屈了,我看着丈夫的脸——他就是我那天去见的、被李楷推下地铁的那个人。

三个白领收到请帖，
一周后全都猝死

因为工作的关系，我认识许多媒体行业的从业人员，但搞娱乐新闻的人认识得很少。"狗仔"就更少，只认识一个，平时也不联系，直到他最近出了些事。

"狗仔"干的是辛苦活儿，平时没日没夜地蹲点、跟拍明星，吃喝睡基本都在车里解决。小便就拿个瓶接着，除非是实在没办法的大号，才会去厕所。有个挺有名的"狗仔"说过，为了拍到某明星出轨的照片，他足足跟了八个月。这么辛苦，偶尔有一个人过劳死也很正常。

我认识的这个"狗仔"，岙哥，倒是没过劳死。但他开在地处

CBD 的远见大厦的工作室，从 6 月 18 日到 6 月 23 日六天内，连死了三个员工——都是突发性脑溢血。

其他员工都吓坏了，虽然奢哥承诺工资上涨 50%，大部分人还是辞职了。本来挺热闹的工作室，除了奢哥以外就剩下两个毕业没多久的小姑娘。

"估计也在找下家呢，暂时没找到，找到肯定马上就辞职。"在远见大厦楼下的肉夹馍店，奢哥喝了口豆花，这么告诉我和周庸。

他比我印象里胖了很多，头发粗糙而且稀疏，眼镜片好像也变厚了。我问他怎么这么沧桑。奢哥笑笑："不抗折腾了，老金不也够呛吗？听说腿都差点瘫了。"

说起我和奢哥的关系，那是一点也不熟。我们只见过几面，平时完全不联系——年三十都不发祝福信息的那种，最多算有个见面之情。他是老金的朋友。因为吃饭时总借口换了裤子没带钱，或包落在家里没带卡，从不买单，所以老金叫他奢哥。

奢哥原来也是个夜行者。"后来觉得追踪都市案件没追踪明星有趣，就转行开了一家工作室，当起了'狗仔'，跟踪、偷拍，挖掘一些明星的丑闻、绯闻，然后卖给各大媒体。"我问他为什么转行时，他这么告诉我。

我这次过来帮忙，一是看老金的面子，二是这事确实有点意思。三个人，六天之内都死于突发性的脑溢血，要是这家公司的员工都是七八十岁的大爷，我还能理解。可死的都是二三十岁的小伙子，就实在太可疑了。

一般来说，短时间内，连续有人死于某种固定的死法，只有三种可能。一是屠杀，二是传染病，三是连环谋杀。前两种是不太可能了，可谁会谋杀三个"狗仔"呢？难道真是意外？

我问齐哥最近是否得罪什么人了。"当'狗仔'哪有不得罪人的？得罪的多了！不过都是明星，也不至于报复什么的。"

周庸："那可不一定，你看他们一个个都溜光水滑的。一个个小白脸儿，没有好心眼儿，报复你也正常！"

齐哥摇摇头："不是，真要报复也是冲我来吧，我连死了三个员工算怎么回事。"

我说："能不能把你们最近追踪的明星以及他们做了什么，都和我说说。"

齐哥说行，然后给我说了一堆："M女星回京，我那天去晚了，却在机场发现了戴口罩的N男星，我怀疑是去接机了，拍了几张照片；Y女星的婚姻形同虚设，夫妇两人只是为了孩子在维持。我9号那天跟了一天，全程两个人都没怎么说过话，一直在玩手机。"

我和齐哥说："您也算是前辈，既然找我来，肯定是有什么事觉得不太对。有什么想法直说就行，别掖着了。"

齐哥点点头："成，那我就说了。"

齐哥偶然间得知，某当红组合的几个成员都在参加一个神秘的培训班。他本来想混进这个培训班，然后偷拍偷听一些该组合的秘密。结果对这个培训班进行背景调查后，齐哥吓了一跳——这是一个谭崔班。

周庸听到这儿有点疑惑："什么是谭崔？"

我说："谭崔是印度的一个教派，叫纵乐派，在美国流行过很久。直到我回国的时候，美国还有许多谭崔班。"齐哥补充："这个教派相信男女能通过性行为获取力量。"

周庸眼睛一亮："齐哥，这班在哪儿，还招人不？"

齐哥没理他，接着往下讲："国内的谭崔都是一个叫秦铭远的人带起来的。这人是奥修教[1]的信徒，搞得和美国谭崔的那套不太一样。"

周庸："齐哥你是混进去了吗？"

齐哥点头："混进去简单，但想要混到核心很难。他们举办的一些特别活动，只有资深成员才能参与，想要拍到那个组合的猛料，就必须混成资深成员。我回公司后，找了四个员工开会。这四个人算是我的亲信，从我做这个工作室开始就一直跟着我了。我让他们把大部分时间都花在卧底上，以获取更多的信任，得到参加特别活动的资格。他们在那里潜伏了两个月。终于在 6 月 15 日收到了邀请，让他们参加两周后的派对。

"为了庆祝胜利在望，我们当晚还特意去吃了顿大餐。然后，其中三个人就相继出事了。"

我说："这三个人都去卧底了？"

齐哥说："是，就剩一个叫赵童节的小姑娘没出事，剩下三个人都死了。"我点点头。这么说起来，那个培训班和所谓的特别活动确实极有可能有问题。我问能和赵童节聊聊吗。齐哥说："行，她应该

---

1 奥修教，是印度人奥修（本名为拉杰尼希）创办的邪教组织，其最大特点是鼓吹淫乱。奥修教在印度、美国等地受到了打击，并被定义为邪教。

就在楼上。"

赵童节是还没离职的两个员工之一。从大三开始，她就一直在吝哥的公司实习。虽然刚毕业一年，她却是吝哥工作室里资历最老的员工之一。

我和周庸上楼，到了吝哥的工作室。进屋之后，赵童节正在逛淘宝，看见吝哥进来，急忙关了页面。吝哥给我们相互介绍了一下："小徐是想了解下那个培训班的事，我琢磨着这事就让他接手吧。"

我和赵童节进了他们的小会议室。她要给我倒杯水，我说不用麻烦，她还是坚持倒了："没事，原来公司里烧水倒水啊什么的也都我来。"

我问起那个培训班的事，她有点不愿意回忆："那群人精神都不太正常，男的看女的、女的看男的，全眼冒绿光。"

我说："你收到那个派对的邀请了吗？"她摇摇头："没有，但冯哥、杨哥和敬哥收到了。"

我问她想没想过为什么自己没收到请柬。她说："想过，可能是我不够漂亮吧，有些漂亮的女学员，一来就收到了邀请。至于冯哥他们三个，应该是私底下和班里那些资深的女学员有点关系了，所以才收到的。"

我问那就没人约她吗？她说有，但自己没答应。我说收到邀请能不能带人去。赵童节说能带一个，但只能带班里的学员。

和赵童节聊完，周庸和吝哥还在聊娱乐圈的八卦。见我从会议室出来，周庸凑上来："徐哥，聊出点什么啊？"我说得去一下那个培训班，并想办法拿到邀请。

周庸激动了:"咱什么时候去?"我说这次不带他了,我需要一个美女。周庸不愿意了:"徐哥,怎么每次有好事都没我,实在不行,我可以戴个假发扮美女啊!"我让他别扯犊子。

我和周庸正闲扯,峇哥拿来一副眼镜,递给我,我看了眼:"THANKO 的摄像眼镜。"

峇哥笑了:"行家啊!"

周庸:"徐哥平时就爱研究这些,跟偷窥狂似的。"

峇哥:"这是今年的新款,大概能拍摄一个小时左右。你要是能混进那个派对,就带上吧。"我点点头。

这家培训机构有自己的网站。我登录了该网站,发现要先交五千元购买会员才能观看内容,并且需要手机号注册。转了五千元给网站上留下的账号,我的注册申请很快就通过了。

网站上有两个大版块,一个是新手入门教学,就是教一些"修行"的花样玩法,其中不乏实拍图。另一个是换伴侣,我点开后发现有许多尺度很大的艳照。

除此之外还有聊天版块和论坛,里面的人经常自己攒局,有很多人点赞、回复。官方每个月有次大聚会,门票是三千元每次,情侣用一张票。最上方显示的是开课的时间及地址。我看了一下,明天在远见大厦北面的东园上课,如果要上课,需提前预约。

我拿起电话打给田静:"静姐,想拜托你件事儿。"田静:"是好事吗?"

我说有个谭崔班的派对,我想混进去调查下,但我需要个美女……田静没听我说完,直接把电话挂断了。

我稍微等了一会儿，觉得田静可能冷静点儿了，又给她打电话，把整件事先讲清楚，求她跟我去卧底调查："静姐，我需要个美女才有可能拿到派对的邀请。你要是不跟我去，我只能去找失足妇女了！"

田静考虑了会儿，没好气地答应了。

第二天，我和田静来到了东园。培训班在三号楼，我和田静敲门，对方问我的手机号，我说了之后，一个女人打开了门："不用脱鞋了，直接进吧。"

这间房子的客厅很大，虽然里面坐着二十几个人，但也不显得拥挤。我和田静进去后，中间站起来一个像是导师一样的人："让我们鼓掌欢迎一下新同学，新同学自我介绍一下吧。"

我说："大家好，我叫徐浪，这是我女朋友田静，我之前参加过几次秦铭远老师办的培训班，这次来也是希望能续上前缘。"

那个"导师"看了我一眼，大概没想到我还是个熟手，就让我坐下加入他们的课程中。其实我说的那些是前一晚查资料查的。

整个课程其实就是在宣扬性的好处，什么净化灵魂之类的。如果刨除宗教元素，你还会以为这是个性解放团体。讲课结束后，就开始了仪式环节。所有的人躺成一个圈，前面的人躺在后面的人的小腹上，后面的人用手抚摸前面人的脸。我看见田静脸色铁青，急忙拽着她躺到了一个女人怀里，自己躺在了她的小腹上。在揉我的脸时，田静连指甲都用上了。做了一系列"净化心灵的仪式"后，今天的课程就结束了。

我和田静离开时，那个"导师"过来拦住了我们，说后天有个聚会，在城东，情侣可以去参加，问我们有没有时间。

我说应该有。"导师"点点头，看了田静一眼："一定要两个人一起去。"

我说能问下这是个什么聚会吗？"导师"隐晦地解释了几句。我大致听懂了，这是个派对。说派对也不太准确，因为这实际上是个交换伴侣的聚会。

田静气坏了："这帮人应该被判刑。"

但这事在我国法律还属于空白状态，只能以"聚众淫乱"问责。有些有性心理问题的人，会有这样的情结，这种聚会能给他们带来极大的满足感。有些没结婚的人为了体验这种乐趣，甚至花钱雇佣失足女性带去派对与人交换。

老金曾经在一些这种培训班最先兴起的地方，做过调查。一些人甚至通过这种培训班寻找伴侣，其中不乏律师、商人、经纪人、经理等受过良好教育、有中等以上收入的人。虽然前两年被国家打掉了一批，但还是有少量组织存活了下来。

第三天晚上，我和田静按照网站给的地址来到了城东海边一栋三层的别墅，在门口确认了身份后，上交手机进了屋。

一楼中间是舞池，外围是自助餐，所有人都盛装打扮，俨然一次上层聚会。人们在楼下四处寻找猎物，然后聊天，如果看对眼了就领到二楼单间。二楼只有十几个单间，都没有门锁，所以有的屋里就会有好几对人。我观察了会儿，发现只要不出这栋别墅，在凌晨5点散场前，随便参与的人怎么折腾。

我戴上了吝哥给的摄像眼镜，开始寻找一些可能知道内情的人。

我和田静分别拒绝了几个邀请的人。这时，我看见畬哥正在舞池中间跟一个少妇在一起，畬哥看到我后并不打招呼，他假装没看见，带着少妇上了楼。

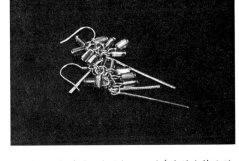

▲ 被坏人纠缠时，女孩们可以用身上的小饰品脱身，这种方法不容易被注意，但很有用

我也没管畬哥，跟田静到舞池跳舞，趁着转圈的工夫近距离观察。我趴在田静耳边说："这屋里的十来个安保，穿的都是一样的黑西服，我想知道管事的人是谁，待会儿你弄点动静把他引出来。"

我和田静分开，她找了个大腹便便的胖子跳舞。过了一会儿，田静忽然大吵说耳环丢了一只，并且咬定被对方拿走了。四周的人和安保都围了过来，一个和其他安保穿着一样黑西服的人推开人群进来，问发生了什么。

这应该就是主管了。我把田静的另一只耳环扔到地上，混在人群里叫了一声地上有耳环，田静捡起耳环对那胖子道歉。主管看没什么事就走了。

我跟在他的身后，做出要上楼加入某个游戏的样子，在经过一间还没被人"占用"的房间时，我一把将他推进屋里，锁上了门。

我用一根刚才在楼下自助餐吧拿的餐刀，顶住了他的腰，问他这家培训机构的背景。他说他们原来是一个传销团伙，但因为这几年国家打击传销打得特别严，于是转行做了现在的培训班。没想到传销组织也知道玩"转型"。然后我又问起了吝哥那几个死去的同事，问他知不知道什么。

他听后很蒙，说只知道那几个人之前总来玩，最近一直没来。按照他的说法，他已经是这个机构的合伙人之一，如果他都不知道，那别人肯定也不知道。

我又问那个"当红组合"的事，吝哥的员工就是追踪他们最后出了事。他不太想说，我握着餐刀的手加了点力。他害怕了："他们是 VVIP，在三楼，得我带着你才能上去。"

我"搂着"主管上了三楼，楼梯口站着的两个人直接放行了。主管带我到了靠近里面的一间房。我推开门，两个"当红组合"的成员正坐在沙发上抽烟斗，身边各有两个衣着暴露的姑娘。我吸了吸鼻子，一股大麻味。

▲ 大麻卷，禁销品

看见"主管"进来，其中一个笑了："Roll 一根不？这次的货还可以，来两口来两口。"

主管没搭话，我将他推到窗边，用领带将他的双手绑在窗口的铁艺上，然后回身反锁上了门。我从主管的口袋里掏出他的手机，对着屋里拍照并录像，那两个"当红组合"的成员蒙了，问我要干吗。

我说："你们回答我几个问题，手机就还给你们。"

他们想了想说行。我问他们认不认识吝哥的那几个员工，其中一个摇摇头："不认识，都没听过。"

另一个人忽然打断他："哎，是不是总跟赵童节一起来的那几个啊？我记得其中有一个叫敬哥，这姓还挺少见的！"

第一个人也想起来了："哦，对，知道了。你想问什么？我们都没说过话。"

我问他和赵童节很熟吗？其中一个嘿嘿笑："挺熟的。"我问他怎么个熟法，他拍了拍旁边的姑娘："和她一样的熟法，我还邀请她今天来参加派对来着，她没来吗？"

赵童节撒了谎。她说她没收到邀请，但"当红组合"的成员说他们邀请了赵童节。

我把手机扔还给他们，打开门冲下楼，叫田静快走，田静摆脱了几个男人的纠缠，我们在门口快速取了手机，出门上车走了。

回燕市的路上，我和田静正在讨论这个培训班和派对做成新闻能不能卖个好价钱时，周庸打来电话："徐哥，赵童节也出事了。"

我问周庸赵童节死了没。周庸说："没有，但是也够呛了，听说是被人抓着头发撞桌角，脑袋哗哗淌血，现在住院呢。医生说是脑震荡，级别还不低。"

我挂了电话，打给吝哥，问他知不知道这件事。吝哥说："知道，一个多小时前她给我打电话，说有事要和我说，让我来工作室找她。到了工作室，我推门进去后，吓了一跳，一地血！赵童节和一个男人倒在地上，身下都是血。刚才问我做笔录那警察，赵童节没死，那哥们儿挂了。然后我赶紧报警了，现在刚做完笔录出来。"

和赵童节一起倒在血泊里的男人，正是那个"当红组合"的经纪人。

我在医院见到赵童节时，她已经可以正常说话了。

我说自己去参加了那个培训班办的派对，知道她在骗我，知道她收到了邀请，也知道她还发生了什么。

赵童节笑了："你有证据吗？我听说你的手机可是还给了他们。"我说还真有，然后我拿出摄像眼镜拍摄的东西给她看。赵童节的脸色有点泛白，握着拳头不说话。

我说："死的那人是你们调查的'当红组合'的经纪人，之前你和警察说不认识他，不知道为什么他冲进来抓住你的头发撞桌角。但这视频可以证明，你认识他的艺人，你要是真不认识他，那我就把这视频交给警方了。"

赵童节："我都不认识你，你到底想要什么？"

我说："我就想问几个问题。"

赵童节点头："那你就问啊！"

"那个经纪人怎么死的？"

"他抓着我的头发往桌角撞时，我抓住桌子上的水果刀给了他几刀。"

"他为什么这么做？"

"我录下了我和他旗下艺人在一起的视频，管他要五百万元。他之前给我转了五十万元的订金，那天本来打算一手交钱一手交货，他却忽然要杀我。"赵童节说完拿出手机给我看，十天之前确实有一笔五十万元的钱进了她的卡。

我说："远见大厦的出入口和电梯都有摄像头，明目张胆杀人，他就不怕被拍到吗？"

"他的经纪公司就在我们楼上的五层，对方是走防火梯下来的，电梯视频完全没有记录。"

我点点头："明白了，他想赖账。那你的三个同事是怎么死的？"赵童节看我一眼："过度劳累造成的脑溢血。"

我说："我查了一下你大学的专业，你大学是学兽医的，为什么来做'狗仔'呢？这行女性本来就少。"

赵童节："因为喜欢。"

我说："因为喜欢那个当红组合吧？"

赵童节让我别瞎说。

我真没瞎说。在和田静去参加派对的时候，我让周庸对赵童节做了背景调查。但赵童节对周庸避而不见，周庸只好从她的朋友圈和微博了解这个人。我问周庸有没有什么收获时，周庸叹气："没有，我把她这两年的微博内容都看了，唯一发现的是，她原来不怎么发微博，今年忽然变成了微博的重度用户。"

我想起岑哥说过，她一直都特别爱玩微博。"有没有可能，她之前就是微博的重度用户，只是之前发的一些东西，她不想留了？"

周庸："她要是都删了我们跟哪儿看去啊？"

我说小Z能恢复，我之前查另一个案子时找他干过这事。我和周庸赶往了洋槐市场，找小Z恢复可能被赵童节删除的内容。赵童节真的删除了很多信息，而且每一条都是关于那个当红组合的。她是这个组合的粉丝。听我说完，赵童节沉默了："那又怎么样呢？"

我说："你崇拜这个组合，所以当你的同事有可能要曝光他们参加谭崔班派对的事情时，你很不安。于是你趁给他们倒水时，在水里加入了适量的安眠药。当他们在公司睡觉时，你偷偷给他们注射了兽用的盐酸肾上腺素注射液，只要你扎在腿上或其他不显眼的地方，法医也很难发现尸体上的针眼。"

赵童节蒙了："你是怎么知道的？"

我说："我一直在找如何让人脑溢血而死的方法，然后在网上检索时搜到了一篇兽医杀妻的新闻，他用的方法和你的一模一样。"

赵童节被警察带走时，周庸问我："她喜欢那组合，还拿视频勒索他们？"

我说不是勒索他们，是勒索他们的经纪公司。赵童节很聪明，把视频卖给他们的经纪公司，对方不会暴露出去，自己还能拿到钱。

事情过后，吝哥一直在找我。我知道，他是想拿到我用THANKO 摄像眼镜拍到的视频。

▲ 摄像眼镜，跟普通墨镜看起来没什么区别

但在此之前，我得先找老金聊聊。我去了老金家，坐在院子里，老金给我洗了盆葡萄："自己种的，你今天找我来是什么事？"我把整件事再从头到尾给他讲

了一遍，我讲完之后，老金沉思了一会儿。

老金："我没和你说过，咨哥为什么不当夜行者了？"

我将葡萄籽吐在手里："没说过。"

老金点点头，点着一支烟："他混不下去了，在行内的名声不太好，同行、线人都不爱和他合作。据说他原来的徒弟下落不明，和他脱不开关系。"

我说："明白了，那赵童节的话就可信了。"老金问赵童节说什么了。我说，赵童节最后跟我说，死的那三个人，她只杀了两个，敬哥平时跟她的关系很好，她没打算动手。还有，他们去培训班卧底之前，签了一个分成协议，这条新闻如果卖出去了，他们四个和咨哥平分利润。

老金点点头，我们俩都没说话。

有人高空扔狗，
砸在夜跑姑娘的脚边（上）

夜行者做久了之后，常会有人来向我求助，比如王津。

2016 年 7 月 17 日晚 10 点，家住燕市祥龙区温馨家园的王津在小区里跑步，跑过十三号楼时，一团黑影从空中掉下来，差点砸在她身上。吓坏了的姑娘回过神，借着路灯看清掉下来的是一只泰迪，身下有一小摊血，躺在地上已经不动了。她打开手机的手电晃了晃楼上的窗户，想看看是从哪家窗户掉出来的，然后她发现——所有窗户都紧闭着。王津给物业打了个电话，物业很快来了两个人拿着袋子把狗装走了，并告诉她前几天也有一只泰迪从十三号楼掉下来。王津怀疑这是人为的。

"你怎么确定是人扔下来的，不是自己掉下来的？"

王津回得很快："小区的阳台不矮，以一只泰迪的弹跳力，根本跳不出来。"

我假装业主打电话给物业，确定了这件事是真的，并得到了另一个消息——物业告诉我，如果家里有狗，一定看好了，两只被摔死的泰迪都是附近居民丢失的狗。

巧的是，另外一个人也因为相似的事找到了我。

吴悠住在离王津一街之隔的方圆小区。7 月 19 日，她去市中心参加闺密的生日派对，喝到很晚才回家。刷卡上楼时，她没发现有个人在后面远远地跟着。到家后吴悠没关紧门，喝得有点晕。过了一会儿，听见客厅里有声音，她起身查看，发现客厅里有个陌生男人，她急忙关上并反锁卧室门。吴悠是个情商很高的姑娘。她隔着门与那个男人聊了很久，成功将他劝走了。男人走后，她马上报了警，现在那个男人已经被派出所逮捕了。

我问她为什么没关紧门，给了那个男人可乘之机。

她告诉我："我有只养了两年的罗威纳，市区内不让养，为了它才住在这边的。前几天出去跑步，我把它拴在路边，回来时发现狗没了。我总下意识把门给它留着，总想着它能找回来。拜托你了徐哥，如果有可能一定帮我把它找回来。"

我给周庸讲了后，周庸很激动："徐哥，我觉得偷狗和摔狗实在太残忍，我们应该查一下。再说了，都求上门了，我们义不容辞啊！"

我挺赞成周庸所说的，而且我怀疑这两件事怎么这么巧发生在离得不远的地方，还都和狗有关。

▲ 我们通常会在小区及其周边看到此类寻狗启事

第二天下午，我接上周庸，开到了温馨家园，把车停在路边。然后我们俩下了车，步行前往小区正门。这里的房子都有五六层高，有点破旧，街道地砖也挺脏的，外面的栅栏上贴着一些单间出租的广告，还有一堆寻狗启事——其中就有吴悠的罗威纳。

周庸凑上去看了看："嘀，这狗丢的还不少。这七张寻狗启事，都没有重复的，总不至于都跑丢了吧？"

我说是。祥龙区号称是亚洲第一大社区，好多拆迁补房的老人都迁到这边来了。年纪大喜欢养狗的人多，狗多人少，被偷狗的盯上也是正常。

我和周庸走到小区的正门。一个穿着连衣裙的卷发姑娘正站在门口张望，看见我和周庸走过来，她迟疑地叫了声："浪哥？周庸？"

周庸听见姑娘叫他抬了抬手："Hello，王津！"姑娘激动地向我们冲来，给了我和周庸一人一个拥抱。我说："咱先别寒暄了，带我们去看看狗掉下来的那个地方。"

王津把我们带到十三号楼："那天我就是在这儿，差点儿被泰迪砸到。"我点点头，水泥地上隐约还能看见一些血迹。

我问王津，出事后有谁处理了。

王津："物业调取了小区里的监控，没看见有人带狗进十三号楼。挨家做电话访问，没人承认养狗，也没人听见过狗叫。后来报了警，但虐狗不算违法行为，不归警察管，所以就彻底没办法了。"

我说："我来之前做了一些调查，被丢下来的那两只泰迪好像都是附近居民丢失的狗。"

王津点点头："现在小区里的爱狗人士建了一个交流群，大家会互通有无，希望早点找到偷狗和扔狗的人。"

我在小区里转了转，看能不能找到什么线索，结果没有任何头绪。王津玩着手机，忽然叫了一声："徐哥！"

我问她怎么了。她拿起手机让我看。在"温馨家园狗狗群"里，一个网名叫"野孩子"的人说，他在小区旁边的体育公园碰到一只被虐得很惨的狗，吓坏了，急忙跑回了家，希望能有人去帮帮那只狗。

我说去看看。王津带着我们穿过小区，出了西门，到了体育公园，在靠北比较偏的一个角落，找到了那只被虐得很惨的狗。

这是只普通的黄色土狗，脖子和后脚被人用铁丝捆在一起，铁丝打了死结，嵌在肉里，后腿血肉模糊。狗特别瘦，看起来饿了很久，舌头无力地搭在嘴外，能看见嘴里也有血。

周庸："这也太变态了！"

我蹲下身尝试拆下铁丝，可一碰到铁丝它就哀叫。我问王津附近有没有超市，让她带着周庸去超市买把钳子。周庸和王津买完钳子回来时，后面还跟着两个年轻的小伙，骑着电动车，胳膊上戴着袖标，写的是"燕市小动物保护协会"。

王津说他们是"燕市小动物保护协会"的志愿者，也在社区的爱狗群里，看见信息就过来了。"燕市小动物保护协会"是个半官方的组织，在燕市西山有一大片犬舍和完整的配套设施，算是中国最早、最有名的动物保护协会之一了。

我点头表示了解，然后从周庸手里接过钳子，剪断了脖子和后腿之间的铁丝。但是脖子上和脚上的铁丝拧得很紧，血肉包着铁丝，如果想剪断，就要把钳子伸到肉里面去剪。

我告诉周庸不行了："你把车开过来，后备厢那条擦车的大毛巾拿来，我们送它去医院吧。"

周庸拿毛巾过来后，我把狗包上，开车送到了最近的动物医院。我们把狗交给医生，说明了情况，医生直接带狗进了手术室。我看了周庸一眼，他自觉站起来去交钱了。

我坐在医院大厅的沙发想着虐狗的事，周庸交完钱凑了过来："徐哥，你说这狗和从楼上被扔下来那两只，是一个人干的吗？"

我不能确定。因为之前死的两只都是小型犬，这只体型大了很多，还不是纯种犬，虐待的方法也不一样。

周庸："我琢磨着，不太像是宠物狗。燕市很少有人养这种土狗做宠物。"

我说："是，但我刚才给它剪铁丝时，发现它已经被阉割过了，流浪狗不会有人给它做绝育。所以很大的可能，这狗来自某个宠物救助中心[1]。"

---

1 宠物救助中心，为了保障流浪动物的健康，以及有效控制流浪动物的数量，动物保护组织会对组织内保护的流浪动物实施绝育手术。

我和周庸正说着话，那两个志愿者过来打招呼，说有事要先走，他们要回小区周围去转转，看能不能抓到那个虐狗的人。周庸跟他们客套了两句，然后留了个电话，说以后有这种事还要互相多帮忙。

送王津回家后，我们也要离开小区。没开出去多远，我一脚急刹，吓了周庸一跳："干吗呢？"我说有人抓狗。

▲ 捕狗网

马路的对面，一个男人在跑，肩上扛着一个捕狗网，网里有只白色的小狗。后边跟着个大妈，在疯狂地追他，但是腿脚不利索，一直追不上。

周庸有点气："真不是人，光天化日之下抢狗，这盗狗的也太猖狂了吧！"

我和周庸下了车，横穿过马路，追向那个扛着狗跑的人。周庸年轻力壮，跑得飞快，几大步追上那个人，借着冲力就是一个飞脚："去你的！"

男人被周庸踹倒了，在地上打了个滚，捕狗网也掉了。我捡起捕狗网，把小白狗拿出来递给后面追过来的老太太："阿姨，您的狗。"

老太太跑得上气不接下气："小伙子，谢谢你，这孙子，不得好死！"这时被踹倒在地的男人也缓过来了，站起身来，看着我和周庸："你们傻了吧！"

周庸上前就要动手："你怎么说话呢！"

我伸手拦住他："偷狗属于盗窃行为，最近这一片丢了许多狗，我们怀疑和你有关系，正打算报警。"

"报，赶紧报！"那人乐了，伸手一扯衣服："看不出来我是保安啊？"

周庸："保安就牛啊！就能偷狗啊！"

保安："谁偷狗了，我是帮警察查狗呢！你问问你身后那老太太，狗有证吗？"

我和周庸在这儿和保安起了争执，周围很快围上一群看热闹的人。这时，一个微胖的警察拨开人群走了进来："怎么了这是？"

保安看见警察眼睛一亮："李哥，看见只没狗证的狗，我就给抓起来了。结果这两个人，"他指着我和周庸，"不仅拦着我，还把我打了。你看我这胳膊肘，都出血了。"

警察看着保安："谁让你查狗证了？谁让你抓狗了？"

"李哥，上次在小区门口，你不是带着我们抓过一次吗？"

"我带着你抓，那是让你协助我，谁让你自己查狗证抓狗了，你有执法权吗？"

保安不说话了，警察转过头看我和周庸："再怎么着，也不应该打人啊。"

我怕周庸说错话，用眼神示意他闭嘴："是这样的，既然他没有抓狗权，从阿姨那儿抢狗，就算是抢劫私人财物了。我们帮人抢回失窃的东西，最多也就算见义勇为吧。"

警察笑了："行，真能扯，还见义勇为。"

没等我说话，警察走向抱着小白狗的老太太："阿姨，您这狗真没证？"大妈把狗抱紧了点，没说话。

警察说："阿姨，您这狗没证的话，我真得拿走。但您别急，不是给您没收了，七天之内，您可以拿着居委会开的固定居所证明以及您的身份证，到无证狗收容基地把狗领回来。到那时候，狗证也有了，咱大大方方出来遛多好。"

老太太想了想，不舍地把狗递给了警察，说："那地儿怎么去？"

警察："从行云桥坐地铁，到派出所下车后，一问收容基地都知道。行了，没事了，大家都散了吧！"

我看这警察挺好说话的，上去问了几句："七天之内能领，七天之后呢？"警察看我一眼，说："没人领养，会占用太多的资源和经费，只能人道毁灭了。"

周庸忽然多愁善感："希望它们都能被领养走，过上幸福的日子！"

我点点头，拽着周庸和围观人群一起散去，往马路对面走，身边一个刚才围观的老头大声感慨："就知道管活狗，那么多死狗就不管了。"

我转头看了一眼，老头穿了身橙色的环卫工人衣服，手里拿着一把大扫帚。我跟他搭话："大爷，您说这话是什么意思？"

大爷："我在这边做清洁，这附近都是我的片区。我们早上在这边打扫时，总能看见死狗，被弄得很惨，也没看谁管过。"

周庸递了根烟："大爷，那尸体也都是你们处理的？"

大爷摇摇头："不是，每天早上都有不认识的人处理，挺好，减轻我们的工作量。"

我问他发现死狗时一般都大概几点。大爷说:"都凌晨,4点来钟吧。"我和周庸回到车上,终于有了点线索。

周庸:"看来虐狗那人一般都在晚上或凌晨行动,今天那狗可能是命大,一直没死。"

我说:"是,所以今晚别回去了,蹲点吧。"

我和周庸在附近吃了顿火锅,然后回到车里,开始了夜行者工作里最苦逼的一环,蹲点。周庸在温馨家园,主要是十三号楼附近蹲点,我则在体育公园附近转圈。

早上5:30,环卫工人已经扫完马路了,而我们俩除了困倦一无所获。我和周庸在小区大门口会合,打算回家睡觉。

我和周庸往停车的地方走。没走两步,周庸指着远处的一辆面包车说:"徐哥,他们也挺不容易啊,这么早就起来抓流浪狗送去收容所。"

我往周庸手指的方向看,昨晚那俩志愿者,开着面包车,在用套绳捕一只黑色的流浪狗。凌晨没什么人,这个点捕狗挺合适。他们也像环卫工人一样,在人们还在沉睡的时候,处理着人们制造的"垃圾"。

我和周庸正想凑上去打招呼,画风突变。他们套了几下都没套到,还被黑狗钻出了他们俩的"包围圈"。眼看黑狗就要跑掉,其中一个人回身从车里拿出一把小型的手弩,对着黑狗扣动了扳机,黑狗身上插着弩箭,没跑两步就倒了。

周庸目瞪口呆:"徐哥,这是捕捉流浪狗的常规套路吗?用这玩意儿不违法吗?"

我说:"怎么可能不违法?那可是管制器具啊,咱赶紧上车跟上。"

我和周庸跑到了停车的地方，打了火，赶紧调头远远跟上了面包车。面包车在路过一个晨跑的老头时，老头的博美在身后跟着。面包车经过狗时，车门忽然打开，里面伸出一根连杆的套绳，把博美的脖子套住，勒

▲ 杀伤力很大的手弩

紧，拽上了车。几秒钟的事儿，车没停，狗连发出声音的机会都没有。狗主人完全没发现狗已经被带走了。

周庸："这俩孙子！"

我们跟着这辆面包车跑了一路，从我和周庸跟着开始，他们总共抓了三只流浪狗，还有两只宠物狗——其中两只用上了弩箭，其他都是用绳索套的。

6点左右，上班族们开始出现在街道上。他们收手了，然后开车上了高速，一直开到了市区的一家狗肉馆。他们从车上拽下一只狗——那只被他们射倒的黑狗，进了饭店。过了一会儿，两个人出来，上车走了。

我没跟上去，周庸奇怪："徐哥，咋不跟着呢？"

我说："咱刚才大白天跟了那么长时间没被发现，是因为大部分时间都在高速上。而且我们的运气不错，现在再接着跟就太明显了。"

周庸："那不跟着他们怎么能搞清楚这俩孙子干吗呢？和虐狗到底有没有关系？"

我说："你不是有他们俩的电话吗？王津还有他们的微信，这俩人跑不了，咱先去那家狗肉馆看看。"

坐在车里等到 9 点钟，狗肉馆正式开门，我们下了车进了饭店。老板热情地迎上来："两位够早的啊，我这儿刚开门就来了。"

我问他狗肉怎么卖。

"一斤二十五，"老板说，"不过要吃得等会儿。早上刚杀的，很新鲜，现在刚褪完毛，还没弄熟。今天的狗好啊，黄狗，一黄二白三花四黑五长毛，黄狗最好吃，坐这儿等会儿吧！"

我冲周庸眨眨眼，周庸："徐哥，不行啊，咱赶时间啊，要不下次再吃吧。"

我说："不行，我就馋这一口。"

周庸："徐哥，你这不耽误事吗！王总还等着接货呢，要不这狗咱俩买下了，我回家给你炖，行不行！"

我说那也行，但人家老板不一定卖啊。

周庸转身给了老板笑脸："老板，我们真赶时间。您看这样行不行，我按熟狗肉的价格买你的生狗。"老板二话没说，招呼服务员把狗给我们拿来。

我和周庸把狗装上车，周庸："徐哥，你真爱吃狗肉吗？"我摇摇头。

这之间吴悠又给我发了几条信息，问我她的狗有没有消息。我想着车后已经被剥了皮的那只狗，不忍心告诉她，她的狗可能也是这个下场，就说还没消息。

我和周庸带着狗，去找了周庸表姐的闺密，那个女法医，请她帮我们化验下狗肉里面的成分。我们想知道那两个人是用什么把狗射倒的——按说以狗的生命力，只是中了一箭的话，不至于倒得那么快。结果很快就出来了，狗死于氰化钾中毒。

我问她，人吃了氰化钾中毒的狗肉会怎么样？女法医说："吃一两次可能没事，但常吃肯定会慢性中毒。"

我和周庸从法医那儿离开。周庸问我："徐哥，他们从哪儿搞到的弩和箭啊？"我说查查就知道了。

我在网上查了下"弓弩"，只能搜到小孩的玩具。然后我在几家可能会卖的网店搜，也没找到，最后在一张网页图片上找到了弩的照片——上面有联系方式，并写着"售卖钢珠枪及弓弩"。

我找到人，问他有没有射狗的工具，立刻倒的那种。他马上推荐了一种小型弓弩，说这种弩只要三百五十元，毒镖八元一支。我问他是不是氰化钾的，他说就是这种。我问他这是哪儿生产的，他说不用管哪儿生产的，绝对管用。我继续问他这些毒镖有没有编号之类的，他说没有。

周庸："徐哥，这玩意儿太危险了，不只是射狗的事，射着人怎么办！"

我说："是，所以咱得尽快把这俩孙子解决了，先去狗肉馆看看能不能找到证据。"我和周庸来到狗肉馆，老板对我们还有印象，热情地迎上来："上次带回去的狗肉怎么样，好吃吧？"

我说："不怎么样，上次我们回去吃完，都闹了肚子，你这狗肯定有问题！"

老板的笑脸一下子就变了："那不能，我们这儿的狗都是现杀现做的！"

我说："这样，我们也不是不讲理的人，你卖我们俩的狗，也不能是你自己养的。你告诉我那狗是哪儿来的，我们自己去找他算账。"

老板点点头："行啊！我的狗都是正规的肉狗场出的。货源在上东省，你找去吧。"

我说："不可能，根本就没有真正的肉狗场。肉狗的养殖成本高，狗肉的价格又不如羊肉和猪肉，怎么可能有人做这种赔本买卖。"

老板笑了："还真有，您要不信，我给您看看我进货的狗场和进货单？"

我同意之后，老板拿着进货单给我看，然后我拿手机搜索了他购买肉狗的狗场。还真有这家狗场！狗场采取两种养殖方式，一种是统一圈养，另一种是将狗承包给当地的农民，统一进行疫苗注射和监测，最后再以一定的价格回收。

我和周庸从狗肉馆出来，周庸问我："徐哥，咱亲眼看他买的那狗啊。"

我说："是，但他不承认啊！他肯定是有一部分狗真的是从正规渠道进货，另一部分低价从盗狗的手里购买，有人来查时，就拿正规渠道的狗做挡箭牌。正规渠道的狗价格很高，刚才我看他的进货单，连皮带骨一斤都要将近二十！"

周庸："抓不到老板的把柄，就没办法让他交代和那两个人的交易信息啊！"

我说："你不是有那两个人的联系方式吗？明天给他们打电话，直接约出来。"

周庸："行！"

第二天周庸打电话的时候，发现都打不通，他很郁闷："徐哥，他们俩是不是把我拉黑了？"

我说："你给王津打电话，让她问问。"周庸打给王津，说了一会儿。他挂了电话苦笑："徐哥，王津和那俩人聊天时，说了咱俩是夜行者，正在调查丢狗的事。那俩人现在肯定躲着咱们了！"

那就只剩下一条线索了。

第二天，我和周庸去了"燕市小动物保护协会"的办事处，向他们咨询抓狗的那俩人是不是他们的志愿者。负责人事管理的姑娘查了一下，说："以前是，但已经被开除了。他们之前在一家领养院当志愿者。5 到 7 月份之间，我们发现他们违规帮一个叫陶涛的人领养了二十几只狗。"

周庸问："领养宠物还限数量啊？"

她说："当然，协会明文规定：为保证宠物的生活条件，不许一人领养多只。"我问她那个领养二十几只狗的陶涛，有没有登记地址。协会的姑娘点点头："每个领养人都有登记信息，但是我不方便透露给你们。"

我简短地讲了一下那两个人偷狗、杀狗、卖狗到狗肉馆的事："从你们这儿领养的狗，估计也是卖给人吃了。"

姑娘想了想，打开一个文档："我没告诉过你们领养人的信息，我也不知道你们怎么查到的。"

我说行，走到她身后，看见了陶涛的地址：祥龙区，温馨家园东二区，十三号楼。两只泰迪被摔死的那栋楼！

我和周庸跟踪了陶涛两天——他一直很正常，每天早上8：20左右出门上班，晚上8点钟左右到家，基本不在外边吃饭。我偷跑到他家门口听过，他家里并没有狗叫声。第三天晚上的12：30，陶涛出门了，他背着一个双肩包，向小区外走去。

我和周庸在远处跟着他，到了那天发现被虐狗的体育公园。公园门口停了一辆面包车，那两个"志愿者"见陶涛过来，从车里下来，递给他一个蛇皮袋子，然后上车走了。陶涛拎着袋子，一个人走向了公园深处。

我们悄悄地跟了上去，不敢离得太近。陶涛走到公园一个隐秘的角落，放下了背包，从里面拿出一根棒球棍，对着蛇皮袋子开始猛打。我在想怎么办的时候，周庸已经冲了过去，一把推开了陶涛，然后蹲下身开始解蛇皮袋。陶涛拿着棒球棍向周庸走去，我赶紧跟过去："干吗呢？"陶涛停下脚步，盯着我和周庸，也不跑。

周庸解开了蛇皮袋："徐哥你看，太残忍了。"

我说："你站起来盯着他，我才能看一眼，他手里还拿着球棍呢！别咱俩都低头然后团灭了，那也太丢人了。"

周庸站起身怒视陶涛，我转头看了一眼。一只拉布拉多倒在地上，眼睛里都是泪水，满身是血，已经站不起来了，两只后腿耷拉着搭在地上，一看就折了。它的嘴上戴着一个狗嚼子，发不出声音，我说怎么被他虐待的狗都没人听见叫过，原来是因为这个东西。

我直起身，看着陶涛："能这么做，肯定是心理变态，我就不问你为什么了，但是你怎么得到这些狗的，最好说清楚。"

陶涛笑了："你智障啊，我凭什么跟你说清楚，你是警察吗？就算你是警察，我也没必要说清楚吧。中国又没有动物保护法，我怎么虐狗，都是我自己的事儿。"

我说："那行，反正你刚才干的事、说的这些话，我都录下来了。我打算把你的个人信息和所作所为在网上公布一下——当然，就在这儿跟你说说，我不会承认是我发布的。然后呢，自然会有一群人人肉你，你被人肉了之后，自然会牵连你的父母、家人和朋友。你确实没犯法，但你要能承受这些话，就什么也不用告诉我。"

威胁之下，他松了口。他说他和那两个"志愿者"就是交易关系："之前他们俩在领养中心工作时，我们合力把狗搞出来。我虐完或虐死之后，他们就拿去卖掉。后来他们俩被开除了，就到处抓狗。我为了虐狗，就给他们点儿钱，让他们送一些狗到我这儿来，我虐完，他们再拿去卖。这等于他们多赚一份钱，他们当然愿意！"

我点头："你有那两个'志愿者'盗卖狗的证据吗？"

陶涛说："没有，我们都是当面现金交易，其他时候从不谈论狗的事情。"

又问了几个问题，我让陶涛走了，告诉他明天把那俩人约出来，否则就把他的信息上传到网上。

在和周庸把拉布拉多送往宠物医院的路上，周庸问我："徐哥，就这么放过这孙子？"

我说："哪能，咱等查明那两个再一起收拾。"

周庸疑惑："怎么收拾他啊？虐狗也不违法。啊，我知道了，把他信息挂网上！"

我说："不是，只要我们能查明那两个人盗狗的证据，就能根据刚才的录音证明，他明知对方盗狗还购买，这属于购买赃物，可以判刑。"

第二天晚上，陶涛用交订金的借口约出了那两个人。他们拿完钱后就开车走了，我和周庸在后面开车跟上。在西郊一个别墅区，面包车停下了。两个人下了车，翻墙进了一栋有独立小院的别墅，面包车就停在它的外面。

我和周庸也远远停下车，熄了火，院里面传来一阵狗叫声。过了一会儿，那俩"志愿者"抬着一只袋子从不高的围墙里翻了出来。我和周庸拿手机录下这些，等着他们把袋子放进面包车里，开出了小区，我和周庸打火跟上，结果他们出门就上了高速公路。

周庸："徐哥，这俩孙子真喜欢走高速啊！"

我们一路不开远光灯，不远不近地跟着，从高速公路到了西郊。

▲ 开夜车注意安全，不要疲劳驾驶

他们在一栋库房停下，下车，跟两个看门的库管打了个招呼，抬出了十几只狗，放在地上，又开始一只只往库房里抬。

这些狗里，有流浪狗，也有许多宠物狗，有一个像吴悠一样心急如焚的主人，在到处张贴寻狗启事，求人转发朋友圈找狗，茶饭不思地等着它们回家——然而它们再也回不去了。

周庸："徐哥，看来他们不只两个人啊。"

我说："可能是一个盗狗团伙，而且手里还有弩之类的违禁武器。这次可能有点危险，咱们得抉择下是否接着查。"

周庸拿起手机："接着查啊，吴悠现在一天问我一遍她的狗有没有消息，我们最后总得给人个交代吧。"

周庸趁他们往库房里抬狗的时候，下车凑过去，偷偷爬上了面包车，又趁他们下次搬狗时偷偷跑了回来。

周庸关上车门："徐哥，车里就剩下他们从别墅偷出来的袋子，我解开一看，里面是一只四肢和嘴被绑着的藏獒。"

过了一会儿，俩人搬完了，和看管库房的人打了声招呼，就离开了。周庸："徐哥，咱是跟着他还是去那库房里探探？"

我说："咱先跟着他吧，库房在这儿跑不了。咱先看看他们把藏獒送哪儿去，看来这种价格偏高的狗他们另有用处，我们跟着他们，说不定能找到吴悠的罗威纳。"

两个人搬完狗，上车开走，我和周庸跟上。没开出去多远，面包车停在了一个建得古色古香的大院门口。两个人下车，抬着装藏獒的麻袋进了这个庄园。这个大院门口停了许多豪车，甚至有劳斯莱斯和法拉利恩佐。而且不断有车开过来，停在门口，下车进去，门口还有人接待。

周庸："徐哥，这应该是一开放场所。"

我点头："下去看看。"

我和周庸也把车开到了大院门口，下车向门口走去。一个服务员走过来："二位好，今天是来玩一把的？"我说是。

他点点头："您能出示一下资产证明吗？"

我让周庸打开一家银行的 App 给服务员看了一下他的存款，实时数字 314309.92。他看完之后领着我们俩往里走，穿过前面的两间屋子，到了一个用铁丝圈起来的篮球场大的场地。

在里面，一只罗威纳和一只比特正在拼命地相互撕咬。最后比特咬住了罗威纳的脖子，任凭对方如何攻击自己，也不松开。终于罗威纳失去了力气，缓缓地倒在地上。

这时，带我们进来的服务员在我们旁边说："今晚还有七场比赛，最多五串一，也可以押单场，单笔下注五万元，最高五十万元。筹码兑换处在您的右前方，水吧在兑换处旁边，祝两位今晚玩得愉快。"说完，他转身离去。

周庸转头看我："徐哥，这是……"

我点点头："这是一家地下赌狗场。还有，你看看那条罗威纳，像不像吴悠丢了的那条？"

有人高空扔狗，
砸在夜跑姑娘的脚边（下）

在从事夜行者这份职业后，我遇见过许多令我不舒服的东西以及人——恋童癖收藏的录像、更衣室内的直播摄像头、被故意弄残的乞丐、毫无人性的器官贩子。这些令我不舒服的东西和人有个共同点：都发生在我的同类——人的身上。只有一次很特别，与人毫无关系，是关于狗的。

2016年7月的一天，我和周庸走进西郊一个冷库，里面非常大，狗的尸体数以百计地堆积在一起，也有散乱地扔在地上的。最大的一堆，密密麻麻堆成了一座尸山。我和周庸迈过地上零散的狗尸，走过去观看，里面有不知名的土狗，也有哈士奇、金毛、阿拉斯加这种常见的狗。从种类上来讲，这里可能比狗市的还多——除了这里的所有狗都死了，它们被冻着，但即使被冻着，也能闻见一股腥臭味。

有许多狗尸都睁着眼，不管你走到什么角度去看，都觉得它在看着你。我从此了解了一件事：死不瞑目的，不一定只有人。

我进到这家冷库的原因，还得从虐狗的案子说起。

7月17日，我收到一个求助人王津的消息，说在燕市祥龙区温馨家园有虐狗事件发生。小狗从高楼被扔下，大狗被用铁丝穿起来，手段十分残忍。同时我还收到了另一个人吴悠的消息，说她养的罗威纳丢了。巧的是，这两个姑娘住得仅一街之隔。

我在犹豫要不要查这件案子时，周庸提议说我们应该为信任我们的人做点什么。

于是我开始追查虐狗案。查到了虐狗的陶涛，查到了两个假的"燕市小动物保护协会"的义工在给他送狗，好让他施虐。而这些狗，大多是从狗主人那儿偷来的，或从领养中心骗取的。除此之外，这些人还将捕捉到的流浪狗和盗取的狗，卖给狗肉馆。

我和我的助手周庸，一直在追踪这些人。一天晚上，他们在西郊别墅区盗取了一只藏獒，我们开车跟着他们，来到了不远处的一个中式大院。然后我发现这是一家地下斗狗场。

我对地下斗狗场还是有些了解的。四年前，我曾跟着老金调查过一家燕市的斗狗场，那家斗狗场被曝光后很快就查封了。

那时燕市的斗狗产业刚刚起步，还处于使小阴招的阶段。比如给狗注射兴奋剂，让战斗力更强。再比如在赛前给狗身上涂抹丁卡因盐酸盐、利多卡因之类的麻醉药，别的狗在咬了之后就会失去战斗力。后来为了杜绝这些行为，参加比赛的斗狗都会提前八小时被放到庄家那儿，单独关起来，行话叫"封狗"。

但这家斗狗场，和之前的那家有些区别。我和周庸跟一个刚赢了钱的大哥搭话（这种处于高兴状态的人比较容易说话），他觉得最大的不一样，就是庄家。

我提起四年前被封的那家赌狗场，他也知道："当年那家太乱了。在那儿赌狗，临上场检查清理一遍都没用，防不胜防，狗的主人总有一百种小手段，没法赌。庄家也就是开个盘，赚赚提成，出事也不爱管。这边正规多了，庄家真管事啊！"

说到这儿他的声音低了点："前几天有个狗主人，封狗结束后，临上台前，把针藏在手心里，假装摸狗给打了兴奋剂，被庄家发现了。然后这个人就再没出现过，但他的狗还在，就是现在场上那只比特。"

和大哥聊了一会儿，他又去下注了，周庸问我："徐哥，至于吗？给狗用了针兴奋剂，就被人间蒸发了？"

我说："其实和狗没什么关系，斗狗的重点在赌不在斗。这种赌博一般由庄家牵头，设下奖金，联系斗犬的主人，再设盘让观众参与赌博，奖金和庄家所得皆从赌资中抽成。但庄家赚钱可不靠抽成，那太少了，赚不了多少。这些狗赛前八小时都在庄家手里，完全可以根据下注情况对参赛狗做点什么，让下注少的一方获胜，或者干脆私下直接参与赌局，那大头就都是庄家的。所以一旦情况不在控制内，就有可能造成庄家损失，夺人钱财，这仇恨可大了。"

周庸点点头："徐哥，场上那罗威纳是不是吴悠的啊？"

我也不确定。我对狗没什么辨别能力，就让周庸录段小视频给她发过去问问。吴悠没回信息，直接打电话说确定这条就是她的狗，求我们救救它。

　　周庸和吴悠说话时，比赛分出了胜负。体力不支的罗威纳被比特咬住了脖子，已经力泄了。两个赌狗场的工作人员进笼子想把比特拽开，比特死不松口。其中一个人示意周围围着的赌徒站远点，从角落里拽出一个高压水枪，把两只狗冲开了。

　　周庸想上前看看吴悠的罗威纳，我拽住他："那两人就在人群里，别被发现了。他们带着弩，还有抹了氰化钾的毒箭，你知道被那玩意儿射中什么后果吗？"

　　周庸："死得像狗一样。"

　　我说："是，而且这家赌狗场肯定也不是什么善茬，所以在这次调查中，我没说你千万别自己行动，咱得把危险降到最低。"

　　周庸点点头："放心徐哥，关键时刻我妥妥的。"

　　我和周庸隔着人群，绕圈盯着那个拖罗威纳下场的工作人员。他拖着罗威纳的两条腿，从旁边的一条土路逐渐远离人群，在土路上拉出一条血迹。

　　周庸："要让吴悠看见，得哭出来。"

　　工作人员把罗威纳扔进土路尽头的一间屋子，然后转身关了门回来了。我拍了拍周庸："走！"

　　我们俩抽着烟聊着天，假装漫不经心地往那边溜达。其实这挺多余的，所有人的目光都集中在互相撕咬的狗上面，根本没人看我和周庸。我们毫无阻碍地走到屋边，推门而入。

屋里血腥味很重，满地的大狗（都是能斗的犬种），基本都死了。我走到罗威纳身边，给它检查了一下，还有气。它的脖子被比特咬得血淋淋的，看起来很惨，但喉管没被咬破，以狗的恢复能力应该没什么生命危险。

周庸："这怎么把它弄出去啊？"

我听见赌狗的那边一阵欢呼声，还夹杂着叫骂，应该是这局结束了。

"咱先出去说，别让拖狗过来的人堵屋里。"

我和周庸出了门，刚走了不到一半，就远远看见那边斗狗结束，工作人员拖着狗正在往这边来，能碰上是肯定的了。

我开始解腰带："脱裤子。"

周庸没懂："啊？"

我说："假装尿尿，快点，过来了。"

周庸急忙解开裤子，我们在路边站成一排，开始小便。我尿完提好裤子，转过身。拖狗的工作人员刚好经过，想了想，在我和周庸背后停下了。我侧脸看着周庸，他正在用口型问我是否打晕他，我轻轻摇了摇头。这时那个人说话了。

"先生，不好意思，能不能请您别在院子里随地大小便，那边有厕所。"我说："不好意思，不好意思，知道了。"他没回话，拖着狗走了。

周庸还在尿，我说："差不多得了，已经混过去了。"

"等会儿徐哥，我憋半天了。"

我没回答他，又转过身解开裤子。

周庸很惊讶："怎么了徐哥，是前列腺最近不太好吗？"

我说："咱一直跟着的那辆面包车开进来了。"

那辆我们跟踪一路的面包车开进了院子里，从我和周庸身后开过，停在了土路尽头的房门口。一直跟踪的两个人下了车，走进小屋，开始往车上抬狗，包括吴悠的罗威纳。

周庸："他们和这斗狗场是一伙儿的？"

我说："不知道，咱出去吧，在门口等他们，估计一会儿他们就把吴悠的罗威纳运出来了。"

我和周庸出了斗狗场，坐在车里，盯着大门。过了一会儿大门打开，面包车开了出来，我和周庸打火跟上，跟着它又到了之前去过一次的库房。

库房门口停了辆大卡车，几个人正在往卡车的货箱里运狗，看样子都是活的。面包车停下后，那两个人下车和搬东西的几个人聊了几句，就从车里搬了两只活着的狗，放进卡车的货箱里，包括吴悠的罗威纳。然后他们又把车上其他已死的狗，搬入了库房，开车走了。

周庸："徐哥，咱不跟着了？"

我说："先不跟了，想想办法怎么把吴悠的狗弄回来，你把手套箱里的袖珍望远镜给我。"

周庸拿出望远镜递给我，我看了一下大车的车牌，拿出手机记下。顺道告诉周庸这车应该就要出省了。

周庸急了："这可怎么办，在燕市都没弄回来，这要运出省去更难办了。"

我说："是，不能让他们出燕市，出燕市事情就不好解决了。这样，你给吴悠打个电话，我和她说。"周庸点了点头，给吴悠拨了过去。

我接过电话，先和她说明目前的情况。"我们现在没法出面，一旦他们都防备我们俩了，其余的也都没法查了。"我和她说这件事最好她自己解决。

吴悠都快哭了："徐哥我求求你了，我真没办法才找你的，你救救我家小小罗吧。"

我说："没说不帮你，他们有一辆大车，上面能装几百只狗，我估计他们还得装一会儿。你趁这个时间把这个消息发到爱狗论坛和一些动物基金会，看能不能组织起一些人统一行动，反正拦狗的事情总有。但一旦上了高速，就不好拦了，太危险，所以你们最好在他上高速之前拦住他。车往北边走，应该会走收费站。所以你只要尽快组织起人在收费站前拦住车就行，车里的狗应该都是没有正规手续的，而且你自己的狗还在里面，拦住他们以后可以报警，就说自己的狗被他们偷了。"

吴悠说："知道了，我马上，徐哥！发动我所有朋友去发帖和联系。"我挂了电话，周庸一直看着我，我让他有话快说。

周庸："徐哥，为什么你总能有办法呢？"

我说："别拍马屁，好好干活儿！吴悠的狗那边让她自己去联系，我们现在该去看看那个库房里有什么玄机了。"

"咱怎么看啊？有两个库管看着呢。"

我说："富贵险中求，利用人的惯性思维试试。"

我和周庸下了车，走到正在搬狗的两个大车司机旁边，上去递了两根烟："我们这狗怎么样？"

两个大车司机接过烟，我给他们点上，其中一个道了谢，说："我们哪懂这个，就是拉拉活，养家糊口，狗是雇主买的，运回去就得了。"

我和周庸又跟大车司机聊了几句："嗨，反正闲着也没什么事，我们俩帮你们搬吧。"

大车司机以为我们和卖狗的是一伙的，客气两句，就不推脱了。我和周庸与他们一起聊着天走进了库房，库管以为我们认识，什么都没说。

一进库房，里面有个小屋，屋内有个上下铺，应该是库管休息的门房。往里走有两扇门，左边的是一扇普通的木门，右边是金属门，一看就很厚。从左边的木门里，传出了狗吠和一股骚臭。

我和周庸跟着大车司机进了左边的。里面是一个个简易的笼子，每个一米左右宽的笼子里，都挤着至少三只狗，狗连动都很困难。好在屋里开着空调，一时不至于热死。

我们帮着大车司机抬了几个笼子，假装累了，又凑到库管那边，递上两根烟："最近来买狗的人多吗？我们这是不是算大客户了？"

库管没多想："哪儿啊，我们自己需要的量比出货量还大！"

我说："也是用我们这种车运吗？"

他说："不是，小货车，每天都得运个四五车。"

我点点头："哎，活狗在这屋里，那屋子是什么？死狗？"

他点点头："那屋是冷库，死狗都在那儿冻着。"

周庸："也像活狗那么多吗？"

库管撇下嘴："比那可多多了，一年的存货都在这儿呢。"

我问能看下吗？他抽了我的烟，可能不太好意思："行，看一眼呗。"

他去门房拿了钥匙，打开了冷库的金属门。一股寒气吹出来，我和周庸都哆嗦了一下。库管费劲地拽开门："看一眼吧。"

我和周庸走进冷库，里面非常大，比放活狗的那屋大得多。里面的狗密密麻麻堆成了一座又一座尸堆，什么狗都有，有许多狗尸都是睁着眼。即使被冻着，也能闻见一股腥臭味。

周庸看着冷库里："徐哥，这里面得有上万只狗吧。"我说我觉得也差不多。

"我觉得我下半辈子所有见的狗加起来，也不会有这么多了，看着这些，觉得真是作孽啊。"

我点点头，说出去吧。

我和周庸走出来，库管关上门，问我们俩："多吧？"周庸："怎么会这么多？"

库管说都是给冬天囤的。

周庸问："为什么囤到冬天啊？"

库管嘿嘿一笑："狗肉夏天也就十二三元钱一斤，冬天价格贵，和猪肉差不多，二十五六元，所以我们喜欢囤积狗到冬天卖，省得到时候货源不足。"

再给库管递了根烟后，我和周庸就离开了。这时大车司机也快搬完了，我告诉周庸通知吴悠尽快，他们要上路了。

周庸打完电话："徐哥，我们去吗？"我问去哪儿。

周庸："跟着吴悠去高速公路拦车啊。"

▲ 厢式货车

我说："不去了，他们能拦下来，最不济吴悠也能把自己的狗抱回来，那边已经没有秘密了，我们在这边待着。"

周庸："在这儿干吗？"

我说："刚才那个库管说，他们自己需要的量比出货量还大，每天都得运四五趟小货车。咱就在这儿等着这小货车，看看他们干吗每天需要这么多狗。"

这时已经很晚了，周庸问："今天他们不能再来了吧？"

我说："也是，要不咱先回家，明天一早来蹲点。"

我和周庸刚开出去没多远，迎面来了一辆小货车，周庸说："徐哥，不能是去那仓库的吧？"

我说不知道，回去看看吧。我们又调头开回去，果然，那辆小货车停在了库房门口。

我和周庸又开始了漫长的等待，等货车司机把狗搬上车，周庸说："那俩库管就不能搭把手吗？也太慢了。"断断续续搬了半个多小时，他们歇了会儿，抽了根烟，开车走了。我和周庸点火跟上。

沿着国道，开到西郊工业区的一个院子门口，货车停了下来，几个人往下卸狗，搬了进去。我和周庸研究了一下，觉得潜进去的危险系数太高，不如明天再来观察观察。

第二天我们一早就到了，坐在车里观察了一上午。除了又有货车运来一批狗以外，还有几个人来买了一些柱状的肉。

周庸："徐哥，看来这是个卖肉的地方。"

我说是，并决定下午换上行头再来。

回到家里后，我们穿上了能找到的最土的衣服，周庸还带上了他在尸块案中买的金项链，借了一辆小车，我们又来到了这个工业区。我和周庸把车停在门口，院子里的人丝毫没怀疑我们不是来买肉的。

一进院里我就觉得特别恶心。这里十分肮脏，地上到处都是毛发，臭气熏天，一大堆死狗被随意地丢在了院子里，肢体僵硬、大小不一，有些狗的脖子上还挂着项圈。这些狗很大一部分都是被偷盗来的。有的狗一看就是刚解冻，身下有一摊水。院子旁边还有几个狗笼，每只笼子里都塞满了活狗，特别拥挤，看起来像是燕市晚高峰的地铁。

我问一个正在解剖狗的口罩男，他们老板在哪儿。

他放下手里的刀，摘下口罩和手套："我就是，您想要点儿什么？"

我说我们是来买肉的。

他说："要狗肉还是羊肉？"

我问他狗肉是什么价格，他示意我跟着他往里走。我和周庸跟着他走到一间像是车库一样的屋子门口。他喊出来两个人，一个拿着一只大铁钳，另一个拿着大棍子，看起来像要打架似的。

我立刻警觉了起来，周庸也是往后一退："这是干吗？"

"能干啥，打狗呗。"俩人笑了笑，牙齿黑黑的。

然后拿大铁钳的把一只狗从笼子里拖了出来，随后另一个人用棍子猛击狗的头部，直到把狗打晕了。另一只狗就在笼子里紧张地看着同伴被乱棍击晕，眼神惊恐。接着打狗的人把狗带进了里间，剥皮的时候狗没有完全死亡，还在不时地抖动，看得我们毛骨悚然。

屋子里还有另一个人，正在给一只死狗脱毛。这只狗看起来很恶心，表皮已经变绿，还有点发臭，看起来死了很久了。他给狗脱完毛后，把狗挂上铁钩，从另一个房间搬出了煤气瓶和火焰喷枪，直接对着狗身就是一阵烧烤，一会儿工夫，狗身表皮就变成金黄色的了。如果没看到之前的一幕，根本看不出这跟新鲜的狗肉有啥不一样的。

老板对着僵硬的我和周庸笑了笑："那种'处理过'的狗肉，八元钱一斤，正常的十四元钱一斤。"

我转移话题："你这儿羊肉怎么卖？"

他说有二十元一斤的，还有二十五元一斤的。他一边说着，一边把之前卸狗时拆下来的一只狗头扔到了笼子里。笼子里几只饿得精瘦的狗疯狂地抢食着这个狗头，这种同类相残的画面让我觉得恶心异常。周庸更直接，转身就吐了。

老板看周庸吐了，笑了笑："小伙子心理素质不行啊，我这就是节约资源。"

我差点一拳打到他脸上，赶紧逼迫自己转移话题。

我说："我前几天在菜市场买羊肉，四十多元一斤呢，你这二十元一斤和二十五元一斤的和那个一样吗？"

他耸耸肩："哥们儿你这不是抬杠吗？你买的那是好羊肉，我这都是冻肉，削片涮火锅的。二十元就是全用狗肉和羊肉香精做的，二十五元就是加了猪肉的，吃着更香，口感更好。这两样当真的羊肉卖，涮个锅烤个串，都一点儿问题没有！"

墙角有个冷藏柜，他走过去从里面掏出了一卷冻肉："这是狗肉掺猪肉做的，你闻闻。"

我伸鼻子一闻，一股浓烈的羊膻味。见我闻了，他很得意："是不是纯羊肉味？我们用的羊肉香精特别棒，厂家也在这片工业园，一锅水，放五十克香精左右，能卖五十碗羊汤。"

我说："这样，你每样狗肉和羊肉都给我来一斤，我拿回去试试，然后再决定以后进货进哪种。"

我和周庸拎着肉上了车，开过一个垃圾箱时，我们停下车把肉倒了进去。周庸说："徐哥，这可真是挂羊头卖狗肉啊。这帮孙子真会做生意，不仅偷狗卖，还能做出多元化的产业链！"

我说："是，但我们还需要更多偷狗盗狗的证据。现在我们举报了，最多就是狗肉来源不明，即使给他们查封了，也不一定追究刑事责任。"

周庸："所以咱怎么办？"

我说需要服务在盗狗一线的人提供证据，比如那两个"志愿者"。

第二天，我们跑到库房守株待兔。等到下午3点多时，两个"志愿者"来送今天的狗了。像往常一样把狗搬进了库房后，他们上车走了。我和周庸跟了上去，故意离得很近，让他们很容易就发现了我们跟踪在后。

他们发现后，开始向国道的方向开，我和周庸仍然紧跟着。在国道一个没人的路段，面包车忽然停了，我和周庸也停在了他们后面。周庸想开车，我让他把门都锁上，别熄火，别下车，我自己也没下车。

我们不下车，面包车里的人下来了，其中一个人拿着把弩，走过来，敲了敲车窗："来的时候就觉得有人跟着，说吧，跟着我们干吗？"

我稍微按下一点车窗："Hello，又见面了。"

他拿弩箭指着我们："小兔崽子，别跟了，再跟小心我整死你们！"见我们没说话，他转头往回走。

我告诉周庸："激怒他。"

周庸打开车门，以车门作为掩体，开始对着他骂脏话，骂得十分难听，以至于我都没法写出来。威胁我们俩那哥们儿受不了了。转身往回走，举起弩箭就射了我们两箭，都射在了周庸打开的驾驶位车门上。

周庸赶紧把门关上，我把车门车窗都锁死，对方过来拽了下门，没拽开。周庸还在车里骂他、做鬼脸，他又愤恨地射了车门两箭，然后发现没用，不打算跟我们纠缠，回到车里准备走。

我说点火撞他们，周庸一愣："真的假的？"

我说："真的，快点儿，一会儿他们开起来了，容易撞出事！"

周庸点着火，"砰"地一下就撞了上去，把刚要起步的面包车撞停了。车里的两个人吓坏了，拿着弩箭下车："你们傻吧！"

我把窗户开了一道缝："我就想和你们聊聊狗的事，我需要证据。"他们俩气笑了："你疯了吧，你得有多傻啊！"

我说："我是挺傻的。我安了一个隐形车载记录仪，上面有你们刚才拿弩射我们，尤其是他，谋杀未遂的证据。我们却不报警，还想好好和你这个杀人犯聊天。"

刚才拿弩射周庸的那个人有点傻了："你说有就有啊！"

我说真有啊，打开手机里的行车记录仪 App，用蓝牙连接上记录仪，给他看刚才行车记录仪拍到的东西。

▲ 行车记录仪往往能保留很多证据

他看完后半天没说话："你想问什么？"

我说："跟你们俩在国道上聊天我没安全感，咱去个人多点的地方。去 CBD 的远见大厦吧，那儿人多、监控多，我有安全感。"

我们开了一个多小时，终于到了远见大厦。周庸在角落里找了个位子，四周都是嘈杂的人声，但这是最好的场合——面对两个有致命武器的人。

我去买了四人份的可乐和薯条，回来坐下："还真有点饿了，你们饿吗？今晚不用干活吧？"

他们看着我："你到底想要干什么？"

我问他们和斗狗场有什么关系，其中一人回答说："没关系，我们发现有这么个地方，就把偷来的大狗送去卖钱。然后跟他们的经理商量，每天死的狗我们也拉走，他们也懒得处理，就答应了。"

我问狗不是都得运到仓库吗？他摇摇头："我们也算替别人打工，抓住一只狗给我们十五元钱。有时候我们会偷卖几只给饭店或者斗狗场，算是私活儿，赚点外快。"

周庸奇怪："他们给的工资也不高啊，怎么不单干呢？"

他们说不敢："之前有个人跳出去单干，没几天就死了，中了一箭，有新闻，都能查着。"

我问他们有没有这个团伙大量盗狗然后非法出售的证据，他们说就是自己知道，但没特意留过证据。

周庸："徐哥，只有口供不行吧？"

我说："不行，最好有证据链，才能把这帮孙子一网打尽。"

我喝了口可乐，问他们俩组织还招不招人："你们能介绍别人入伙一起干这个吗？"他们说能。

我点点头，告诉周庸给他表姐打电话，让她到这儿来，周庸问："找她干吗？"我给他解释，查到这儿基本到头了，再查也就是证据的事，所有的信息我们都已经掌握了，证据的事就交给警察吧。鞠优来了后，我和她解释了一下情况，建议警方派几个人去盗狗团伙卧底，收集证据。她说需要回去上会讨论下。

▲ 晚上不要独自在黑暗的公园里行走

我和周庸从大厦出来，周庸说："徐哥，我有件事想做。"

我让他别突发奇想了，赶紧回家睡觉吧。

周庸："我太想干这事儿了，你不让我做

我睡不着。"

我说："行吧，你说说什么事。"

这件事就是，我们开车去了温馨家园，把陶涛叫到了他虐狗的体育公园里，打了他一顿。

警察在盗狗团伙里卧底一个半月，终于收集齐了证据，一举剿灭这个组织。虐狗虽然不犯法，陶涛的行为却构成了收购赃物罪，能判三年以下有期徒刑。一般来讲，这种行为，法院是会从轻判的，但估计他们知道陶涛干了什么后，会想多给他判几年。

事隔两周后，我才有时间约吴悠和王津一起吃饭。王津一见面还是热情地拥抱，吴悠干脆强吻了周庸——她说是作为帮她找到狗的感谢。

在夜市吃着小龙虾时，我问吴悠，她们那天去拦运狗的车，最后怎么样。吴悠擦擦嘴："狗都救下来了。都在小动物保护协会的基地养着，有一些被人领养走了，还有的狗我们照了相贴在网上，看能不能找到之前的主人。"

我说挺好，皆大欢喜。

吴悠沉默了下："徐哥，周庸，有件事我得告诉你们。"

周庸："说呗，客气什么。"

吴悠点头："那天我们拦下大车后，那个大车司机自残了，拿刀割自己的手，求我们放他走，说他这一趟如果不把狗拉回去，会赔很多钱。后来警察来了才制止了他。"

周庸放下手里的小龙虾，看着我："徐哥……"

我说："正常，每个人做的每件事都会造成一定的后果。你要是觉得有亏欠，咱就从这次卖新闻的钱里，拿出两万元给那个司机。"

周庸："这样好吗？要不我自己掏钱给吧？"

我说："那也行。"

有人为植物人倾家荡产，
他却能发家致富

中国每年大约有八百多起燃气爆炸事件，近千人受伤，近百人丧生。但这么多的燃气爆炸事件里，从未有一起像下面这起爆炸一样曲折。

8月14日，燕市怡然桥附近的佳邻小区发生了一起燃气爆炸事故，死了一个人。这起事件里的死者，是个卧床近三年的植物人。她从五楼的家里被炸了出来，脖子上被发现有割伤。

当时田静找到我，让我去查这件事。自从《太平洋大逃杀》的特稿卖了近百万元后，这种纪实采访稿的价值一下就高了起来。

我问她这么好的选题怎么不自己跟。田静摇摇头："好几年不在一线了，而且文笔没你好，容易毁了这选题。我已经和当事人打好招呼了，你直接联系他就行。"

这次的调查有个优势——田静曾采访过这个经历了爆炸的家庭。两年前，田静还是记者时，曾做过一篇名为《中国植物人生存现状》的调查特稿。当时她采访了十几个植物人家庭，其中就有这次出事的王建龙和王璐夫妇。

2014年1月，妻子王璐由于车祸成了植物人。她父母双亡，丈夫王建龙不离不弃，照顾周到。田静的文章发出后，王建龙被评为模范丈夫，还收到许多人的捐款。

我打电话给刚丧偶的王建龙，约他晚上在一家饭馆见面——周庸点名要吃这家。

8月17日晚上，我和周庸提前到了这家饭馆，点好菜，把桌号发给王建龙。

6点多，进来一个男人，高颧骨，短发，很精壮。穿着一身休闲装，戴着手表。他和门口的服务员说了几句，朝着我和周庸走来，伸出了手："你好，徐浪，你们是田记者的朋友？"

我说："是，她听说你们家的事，想让我们做个后续采访，你看成吗？"

王建龙点点头："当然，田记者当年可帮大忙了，没她那篇文章带来的募捐，我当时都过不下去了。"

我提议边吃边聊，问他喝不喝酒，他说可以喝一点儿。我们随便聊了会儿，他比较平静，不像刚经历了丧偶之痛。

周庸给他倒了杯酒："王哥，你这心情还可以啊。"

王建龙："咱说实话，我早做好心理准备了。挺多次都想放弃，让她走得了，别遭罪了，但又下不了决心。出了这事，也算替我决定了。"

我点点头："听田静说，你太太脖子上有割伤？"

他说："是，可能是爆炸时，玻璃什么的划的。你说谁能对一个植物人下手？不太可能。后来法医要尸检我没让——就让她安安静静地走吧。"

我说："所以煤气是你忘关的吗？"

王建龙点头："是我没关。"

我问能不能去他家看看。王建龙说："当然可以，就是烧得没什么玩意儿了。"

吃完饭往回走，没喝酒的周庸开着车："徐哥，你看他戴的那表了吗？"我说："有印象，怎么了？"

周庸："那是块万国孔雀翎，我爸有块一模一样的，六十多万。"

我说那表应该是假的吧。

周庸摇头："国内造假技术是好，但都集中在表盘上，表链做得不太行。其实现在鉴别真假表主要就看表链了。刚才我仔细看了半天，他那皮链做得挺精细，缝制的车线走向直，针脚均匀，封口处没一点儿毛边，我看那表是真的。看来给他们捐款的人不少啊，都够他戴大万国了。"

我说捐款不至于这么多吧，于是打给田静，问她能不能查到王建龙总共收了多少捐款。

田静说："行，那捐款的卡号我还有，我去找人问问。"

第二天上午，我和周庸开车到了佳邻小区。从楼下看起来，王建龙家的窗户已经没了，被烟熏得漆黑一片。

　　我上楼敲门，进了王建龙家。防盗门看起来没什么问题，但室内随处可见各种烧焦的物品。客厅角落里摆着脚手架和油漆桶，显然正准备着一场修整。

　　这是间南北走向的两室一厅，王建龙说，他自己住一间，另一间用来安置王璐。发生爆炸的厨房，正对着王璐的卧室，卧室里床被冲到了窗下，衣柜在门后所以相对完好。我打开被熏黑的木衣柜，一股烧焦的胶皮味扑面而来，周庸捂住口鼻进去翻了翻，向我示意什么也没有。我点点头，又走向王建龙的卧室。

　　王建龙卧室里有张单人床和一个书架，我看了看上面的书，还能看清名字的，一本是勒庞的《乌合之众》，一本是《厚黑学》——没想到王建龙爱看群众心理的书。

　　拍了几张照，我和周庸与王建龙下楼离开。我们送王建龙打车走后，周庸掏出烟："徐哥，等会儿再走，抽根烟。"

　　我问他怎么了。周庸从兜里掏出一个小铁盒打开，里面是几只冈本的避孕套。

　　我说："你随身带这玩意儿干吗？"

　　周庸："不是我的，我带的不是这个牌子。这是王璐房间的衣柜里找到的，我当时没说。你说他老婆是植物人，他家怎么能有避孕套呢？不是过期的吧？"

　　我说："拆开看看就知道了，上面润滑剂多的话就是新的。要是在他老婆昏迷前买的，得两三年了，密封再好的避孕套，润滑程度也不可能跟新的一样。"

我和周庸把七个避孕套拆开，俩人粘了一手油。周庸："徐哥，这避孕套肯定是新的，湿巾都擦不掉。你说能不能是王建龙交了女友，故意制造意外把植物人妻子弄死了？"

我说："不至于啊，他想把他妻子弄死只要放弃治疗就行了，何必还把自己房子炸了。"

周庸继续联想："可能他妻子忽然醒了，看见王建龙和别的女的那什么呢，然后王建龙惊慌之下就把她杀了。"

我让他别瞎想了："就算真醒了看见了，离婚不就得了吗？"周庸叹口气："好吧，那咱现在查什么？"

我想先搞清楚，王建龙为什么这么有钱。"田静说，三年前俩人还租房住，但爆炸这房子是他自己的。"

我给田静打电话，约她晚上吃湘菜。吃饭时，我问田静捐款的事，田静说："还没查到，再等等。"

我点点头："有个事想问你，王璐父母双亡，这事你验证过吗？"

"没有，这是王建龙告诉我的。"

我说："我有个猜测，三年前，王建龙还是个需要捐款的穷人，现在忽然就有钱了。会不会王璐有一个大额的人身意外险，王建龙想独占赔偿金才编造王璐父母双亡——实际上他想独享赔偿金。虽然还没查出捐助款项到底是多少，但我绝不相信这些钱够在燕市买房，更别说还戴六十多万元的表。"

田静点点头："知道了，我当年采访时，记录过王璐的个人信息，等我找老同事问问。"

因为涉及募捐，需确保真实，田静当年记录了王璐和王建龙的身份证以及结婚证信息。她将这些信息发给我后，我先给王璐老家所在市的公安部门打了个电话，说我有个朋友王璐，最近去世了，她是否父母双亡，没有家人。

公安局第二天给我的反馈是——情况不属实，王璐父母双全，并且还有一个弟弟。他们已咨询过本人，王璐本人健在并已结婚生子，如果我再报假警，将依法对我进行拘留罚款。

周庸听我说完，说："徐哥，我一身冷汗，要是王璐还活着，那死的那个是谁？"

我也想知道。我说："咱去看看吧，你静姐见过王璐，把她也叫上。"

坐了三个多小时的高铁，我们到了站，到订好的酒店办理了入住，按照王璐身份证上的信息找到了一个老小区。我们上楼敲门，开门的是个老头儿："找谁？"

我说我们找王璐。老头说自己是王璐的爸爸，王璐结婚后就不和他们一起住了。

田静："叔叔，我是王璐的同学。我们最近有同学会，但没有王璐的联系方式，只知道她原来的住址，所以就来这儿看看。"

老头热情了一些："璐璐同学啊，进来坐会儿吧。"

田静："不麻烦了，叔叔，您把王璐的手机号告诉我们就行。"

老头告诉我们一个手机号，田静道了谢，问："王璐现在住哪儿呢？"

老头："她啊，住知春苑小区。"

我们打车前往该小区。周庸把头搭在正副驾驶座中间的空位上，看着田静："静姐，您这演技和徐哥有一拼啊。"田静坐在副驾驶座上没应声。我踩了周庸一脚，示意车上还有出租车司机，别乱说话。

进了小区，我让周庸给王璐打电话，说是送快递的，找不到门了。周庸刚说自己是快递，后边就传来声音："等会儿，马上到家，已经进小区大门了。"我们忙急忙回头，身后大门处，有个姑娘牵着孩子，打着电话。

田静难以置信："王璐！"

我说："你确认是吗？"

田静点点头："我确定，虽然当时她已经是植物人了，但我去看过她好几次，确实是王璐。"

我们走过去，拦住了她。田静喊了一声："王璐。"

王璐看着田静，有点尴尬："不好意思，我有点记不清你是谁了。"田静："你记得王建龙是谁吗？"

王璐摇摇头。我一直盯着她看，她表现得没有一点儿不自然的地方——我觉得她是真不认识。

田静指了指她牵着的小男孩："这是你儿子？几岁了？"

王璐："三岁了。"

田静："你什么时候从燕市回来的？你那姐姐还是妹妹呢？怎么样了？"

王璐蒙了："我从来没去过燕市啊，也没有姐妹。你们是谁啊，我怎么一点儿印象没有？"

周庸说是小学同学。

王璐忽然警惕起来："哪个小学？"

我们三个都答不上来，王璐对着大门那边喊保安，还拿出手机作势要报警。我们仨狂奔出小区。

田静："看来不是，但长得也太像了！"

我说："回燕市再说，别她真报警了，给咱扣这儿解释不清。"

到燕市时，已是晚上，我们打车到市中心的啤酒花园喝酒。周庸喝了口黑啤："徐哥，我已经完全蒙了，那尸体不是王璐能是谁呢？真有两个长得一模一样的人？她和王建龙有结婚证，然后老家那个王璐也结婚生子了，她们是怎么用一个身份结两次婚的？"

我说："你前两个问题还得继续查，但第三个我能回答你——同一个身份，在不同的省可以结两次婚。因为中国的婚姻系统以省为单位，省和省或直辖市间的系统是不共通的，在两个不同的省或直辖市结两次婚，一般是发现不了的。当然了，一旦被发现就是重婚罪。"

周庸失望地"啊"了一声。我说："怎么着，还想三妻四妾啊。"

周庸说："没有，接下来怎么办？"

我说："从我们发现的避孕套入手。去问问王建龙的邻居，如果他平时带女的回家，应该会有人看见过。要是他真有新女友，我们就接近套话。"

周庸："明天白天去？"

我摇头："现在去，白天修复房子他可能会在，而且晚上邻居也都下班了，人比较全。"

田静一口喝光杯里的生啤："走，我也去，女的敲门好开。"

我们到了佳邻小区，挨家挨户敲门，从一楼问到顶层，只有楼上的小情侣提供了一点儿线索："昨天上班时，他们家门开着，在重装房子。有个穿得还行的姑娘和工人说了几句话就走了，估计是来看看活儿干得怎么样了。"他女朋友也补充了点："原来也见他带别的姑娘进过屋，有的时候也有男的。"

我觉得通过王建龙能找到这个姑娘。

第二天我们借口还有些问题要问，请王建龙喝酒。两打啤酒和一瓶香槟下肚后，我借口去上厕所，绕到王建龙背后的空卡座，冲周庸挥挥手，周庸点点头表示明白，然后拉着王建龙继续喝。十分钟后，我登录通信官网，输入了王建龙的手机号，对周庸示意。

周庸："徐哥咋还没回来呢？是不是掉厕所了，我给他打一电话。糟糕，手机没电了。王哥，把你手机借我下呗，我给徐哥打个电话。"

王建龙说行，拿起手机解开密码。

周庸偷着对我比了个 OK。我点击了获取随机密码，等着密码发到王建龙的手机上。王建龙解开密码："我给他打吧。"直接给我拨了过来。我看另一个手机响了，赶紧接起来："王哥。"

这时验证码已经发送二十秒了，我感觉信息随时要传到他手机上。周庸假装喝多了，一把抢过电话："喂，徐哥，哪儿呢，快回来喝啊！"说着拿起手机看一眼："怎么没信号了，我再给他打一个。"

周庸迅速记下验证码，并借着拨号把短信删除了，假装拨了几下没成功："算了，不等他了，咱俩接着喝。"

周庸用手对我比出验证码 223536，我迅速登录了王建龙的通信官网。我查了他的通话记录，用手机拍了下来。

晚上，我和周庸回到我家，把通话记录总结了一下。其中一个 13××××××××× 的电话，他打得最多。我记下了电话，第二天上午，用追踪不到来电的网络电话 App 打过去。打开免提，网络电话的诈骗预警系统忽然提醒我们俩，此电话已被二十三个用户标记为诈骗电话。

周庸看我一眼刚要说话，那边就接电话了，一个外地口音的男性从电话那边传来："喂！"

周庸有点蒙，我抢过电话："钱打到什么卡里？"

外地男说："建行，卡号 ××××××××××××，姓名刘 ××。"我说我现在只有三万元，外地男说："那就先打三万元吧。"

我说行，然后挂了电话。

周庸看着我："为什么王建龙会一直给诈骗的打电话？"

我说他们俩要不是一伙的，要不就是王建龙被骗了，天天打这个电话骂他。

周庸："别扯了徐哥，咱现在咋办？"

我说返回上一步——回佳邻小区蹲点。

我们在佳邻小区蹲了三天，三天都是王建龙给装修队开的门。这三天里我们试着跟踪了王建龙——他住在商业街的酒店，每天就出两趟门，早上去给工程队开门，晚上去锁门。

周庸："徐哥，这也太奢侈了，他的钱到底哪儿来的啊？"

这时手机响了，我看了一眼："反正不是捐款来的。你静姐刚发消息说，总共捐了能有五十万元，第一年捐了三十多万元，住院做手术就花了二十多万元，剩下的估计也就二十多万元。这么点钱大概能买三分之一块大万国，或者一个三平方米的厕所。"

第四天，事情终于发生了些改变。7：30，王建龙没来，一个穿黑裙白衣的姑娘来给装修队开了门。她打车离开时，我和周庸开车跟上。在西巷的老百货商城，她下了车。周庸去停车，我跟她进了老百货商城。她随便逛了会儿，进了五楼的一家餐馆。我在门口瞄了眼——王建龙在里面。姑娘走到他面前坐下，两个人拉了拉手，有说有笑。

周庸这时停完车跟了过来："奸夫淫妇。"

我说："别这么说，他的妻子植物人两年多，有生理需要也正常，毕竟是个凡人。"

周庸："我不是这意思。我也饿了，想吃肉，看见他们俩吃有点不忿，所以骂了一句。"

饭后，两个人在百货商城门口分开。王建龙先打车走了，姑娘自己站在那儿，拿着手机，估计叫了个车还没到。我用肩膀撞了下周庸："上去搭个讪！"周庸走过去用肩膀撞了姑娘一下，把她手机都撞掉了："不好意思！不好意思！"

姑娘检查了下手机："没坏，算啦，没关系了啦。"周庸："南方人？"

姑娘点点头，周庸："我特喜欢南方女孩说话的声音，我请你吃饭吧。"这时她叫的车到了："我还有事，先走了。"

我和周庸跟着她，一直上了高速。在某栋公寓楼，她下车进了

▲ 如果发现被人跟踪，坐电梯一定要注意，别被
对方发现你要去哪个楼层

楼里。我让周庸等在车里，自己跟了上去。电梯在十层停了，确定姑娘在十楼下的电梯，我转身回了车里。

周庸："怎么样了，徐哥？"

我说等我回家拿点东西。

凌晨 3 点，所有人都睡着时，我和周庸搬着梯子悄悄上了十楼，缓慢地拧开走廊顶灯的灯罩，从走廊灯接出电源，安了两个带 4G 网卡的微型全角摄像在灯罩旁。我们俩又悄悄地下楼，回到车里，打开手机，与摄像头链接——整个走廊到电梯一览无余。

我拿手机给周庸看："怎么样，挺清晰吧？"周庸点头："要是安屋里就更好了。"

我说："我怎么不安你屋里呢！"

整个十层，一共有四户。我和周庸观察了三天，发现这四户的人都认识，他们偶尔会互相串门——不是邻里之间很客气的那种，他们表现得非常熟。

按周庸的话说："一看就是一个 Team（团队）的。"

外出对于他们来说，好像很奢侈。他们最多就在走廊转转——只有两个人例外，一个是周庸搭讪过的南方姑娘，另一个是戴着眼镜的高个中年男子。南方姑娘每次出去，都是见王建龙。戴眼镜的中年男子则都是去超市采购物资，没有一次例外。

周庸："徐哥，这咱也没机会接近她啊。"我说再看看吧。

第四天，情况出现了改变——一个从未出过门的青壮男子出了门，按了电梯，下楼了。我和周庸看着他走出楼门，上了一辆车，开车跟上。

他把车开到了一家叫"风云"的台球城，有三个背着包的人等在门口。他下车说了几句，有两个人交了钱给他，上了车，还有一个人摇摇头，背着背包走了。

我让周庸开车跟上，自己下车追上了没上车的背包男："哥们儿！"他警惕地看着我："干吗？"

我说："刚才看那俩人都交钱上车了，你没上，这是什么活儿啊？"

他冷笑一声："在网上找的工作，说是接线员，发短信让我到这儿的风云台球城门口等着，来车接我们。结果一来，就让我们每人交五百元的保证金，这不就是骗子吗？那俩上当，我才不上当呢。"

我点点头，递上一根烟，并给他点上："能告诉我这工作具体怎么找的吗？"晚上和周庸在我家喝酒，我掏出手机给他看："就这工作。"

周庸："徐哥，你真去啊？咱连他们具体干什么的都不知道，你就敢去卧底？"

我说："本来想让你去的，但那小姑娘认识你，所以你去不了，只能我去了。"

我按照网上的联系方式，给一个叫陈经理的人打了电话，他让我第二天下午3点，去风云台球城门口，会派车来接我。

　　第二天，我往背包里收拾了几件衣服，在鞋底藏好定位器和一把小刀，来到了台球城的门口。下午3点，我和周庸昨天跟踪的车如约而至。

　　今天只有我一个人，他让我交五百元钱的保证金，告诉我工作环境不错，但是封闭式的，问我能不能接受，能接受就交钱上车，不能接受就走人。我交了五百元，上了车，没有意外地被带到了南方姑娘住的公寓。经过周庸的车时，他对着车里的我点了点头。

　　到了十楼，开车的小哥把我带到了十楼的一间屋子，敲了敲门。里面有人说"请进"，我跟着进去，屋里有一张单人床和一个办公桌，办公桌前坐着一个穿着正装的中年男子。

　　开车的小哥介绍："这是我们主管。"然后就出去了。主管伸手让我坐："哪儿人？"

　　我说东北人。

　　主管点点头："干我们这行的东北人比较少，你知道我们是哪行吧？"我说不知道。主管说："我们是做电信诈骗的。你别慌，听我给你解释，我们这行是很安全的。"说着他拿出手机给我看一个新闻。

　　"干我们这行，基本没什么风险，破案率才不足5%。而且我们的回报率特别高，你当什么白领蓝领金领啊，都没我们这么赚。去年光是官方曝出来的就二百多个亿，我告诉你，没曝出来的比这还多。"

我点点头："明白。"

他很满意我的表现："我们这儿绝不亏待自己人，一天一结账，现金、转账都行。你干成一单，就给你提30%，一个月成功总额在百万元以上，给你提40%。所以，能赚多少全靠你自己。还有些规矩，就是封闭式工作环境，不允许外出，想吃什么，就和厨师说——一个戴眼镜的大高个儿，你看见就知道是谁了，他会给你买回来。"

我说没问题。

他说："那好，你选一下分组，一会儿把手机交给我。"

分组的意思就是，我想从事什么样的电信诈骗活动——这个团伙很详细地把电信诈骗工作分为了五组。

第一组是广告与购物组：

1. 在网上发布假的降价消息、中奖消息，骗取预付金、手续费、托运费、保证金、邮资、税费等。

2. 发布假的二手汽车、特价机票消息，骗取对方的订金。

3. 打电话谎称有购车购房税返还，让对方去ATM转账（事先获取最近有车房交易的人的资料，以国税局或财政局的名义联系他们，假装有国家政策改变），骗取手续费、保证金。

第二组是银行组：

1. 随机发放汇款或还、借款短信（如：你好，请把钱汇到××银行，账号：×××××）骗取对方汇款。

2. 针对需要小额贷款的人群发送假贷款信息，收取贷款人的保证金和利息。

第三组是电信与招聘组：

1. 发布虚假广告信息，收取介绍费、培训费、服装费。

2. 假冒电信人员打电话，有人接通后说对方电话欠费，然后将电话转接给"公安局"，对方核实后，假公安人员"不小心"透漏"对方银行财产信息泄露"，再将电话转移到银行的客服中心，客服再骗对方转移存款或输入真实的银行密码。

第四组是熟人组：

1. 打电话或盗窃社交账号，假装成外地熟人或者朋友骗钱。

2. 事先了解对方的资料，冒充医生或老师，谎称对方子女遭遇了车祸或住院，骗取医疗费。

3. 给对方打电话，谎称子女被绑架并给对方听孩子的叫喊哭闹声，骗赎金。

4. 直接威逼利诱让对方害怕（例：如不将钱汇到×××账户，就卸掉你的大腿）。

第五组是取钱组，只有核心成员才能干这个活儿：

1. 通过转账的方式将受骗人的钱迅速转走。

2. 遮挡面部去 ATM 机取出现金。

我说："我选第四组吧，看起来常规简单一点儿。"

他说："行，你把手机交上来，我带你去工位。"

我把手机关了机，交给主管。出门后，悄悄对着棚上竖了下大拇指，示意周庸没问题，然后跟着主管去了工位。

主管拿钥匙打开门，屋里嘈杂的人声立即传了出来，七八个人在屋里打着电话，满屋都充斥着电信诈骗的套语。

"恭喜你，中奖了。""你猜猜我是谁？""爸，我嫖娼被抓了。""你的儿子在我手上。""想想你最近得罪过谁，有人要花二十万买你一条腿。""小王吗？明天上午到我办公室一趟。""根据我们掌握的情况，你涉嫌一宗洗钱罪。"

主管拍拍我的肩膀："以后你就是四组的一员了，和同事多学着点。"

在电信诈骗公司工作，需要自己购买资料。主管对此的解释是："因为是自己花钱买来的资料，肯定想要赚得更多，这样能提高赚钱的积极性，让每个人更努力。"

主管给了我几个"信息中介"的联系方式，让我自己去买信息。

我越和"信息中介"接触，就越觉得心惊。个人信息售卖产业链之成熟，不断刷新我的认知。分行业"定点投放"：学生、股民、金融理财客户、产妇、家长应有尽有，群体不同，售价不同。

当我说自己是个新人时，他主动向我推荐："农村的钱少，大城市的不容易被骗，你买三线城市的吧。八百元可以买到一万条学生及家长信息，也可以用其他数据来换，例如三万条母婴信息换一万条学生信息等。"

我说："大哥你太牛了，你这些信息都是从哪儿搞的？"

他说告诉我也不怕抢活儿，这行靠人脉。

一、黑客。银行、机关、企业、学校的内部信息系统对他们来说很薄弱，个人信息被黑客窃取并打包出售的情况并不少见。厉害的黑客连 iCloud 都能入侵。

二、体制外"经手人"。安全漏洞最可能出现的地方，在合作单位或者外包业务环节。有些单位经常会用外聘人员，或者直接将业务外包，资料经手人太多，安全也就难以保障。比如学校把每年的体检承包给某个体检中心，体检中心的负责人转手就把学生的年龄甚至身高体重信息都卖了。

三、"内鬼"。这个就不用多说了，各行各业都有这种人，他有可能就是你的同事，有可能是你的老师甚至领导——对于他们来说，什么钱都是赚的。

前两种还可以预防，第三种真是防不胜防。

我装傻充愣了五天，假装比较笨，一个人都没骗到。虽然有几个业绩好的"同事"每天对我冷嘲热讽，但我实现了打入的目的——接近那个南方姑娘。

我每天都给厨师塞一些钱，让他采购时帮我带些零食，然后捧到姑娘那儿献殷勤。五天后，姑娘告诉我："阿徐，虽然你对我很好，但我已经有男朋友了。"我说没事，我可以当闺密。

一周之后，这姑娘对我打开了心扉——她把我当成可以倾诉的对象，告诉我她现在和一个比她大十岁的男人在一起，但总是两天才见一面，见面就吃顿饭。

我问她是不是幕后老板。

她吃了一惊："别人告诉你的？"

我说："没有，只有你能自由出入，主管从来不骂你，那帮老同事平时也躲着你——你要不是老板的女儿就是老板的女友。"

姑娘说："阿徐你真厉害，像个侦探一样。"

我问她跟老板一起有什么苦恼吗？是老板有家庭了吗？

她摇头："不是。他现在单身，但因为他前段时间做的一件事，我有点怕他。"

我点头表示理解："工作上还是生活上的？"

她说："生活上的。不多说了，这几天我们可能就'飞'了，你能多赚点钱就赶紧多赚。"

我问她"飞"是什么意思。她说是散伙的意思——一个成熟的电信诈骗团伙，存在的周期不能超过四个月，然后就要换地方换人再起炉灶。

我借着老同事带着去走廊抽烟的机会（为防止逃跑，新人不准单独去楼道里抽烟，必须有团队里资深的人带着），对着监控摄像比出了"打电话、110、5点"的手势。

当晚5：30，我找到主管："刚才我在阳台抽烟，看见楼下进了十多个警察。"主管说没事："你别慌，回去好好工作啊，关系我们都打通了，什么事没有！"

我点点头，回到房间，透过猫眼观察。过了一会儿，主管拎着两个箱子匆匆从防火梯下了楼，我假装打开门透气，对监控那边的周庸做了一个跟的手势。

8点钟，警察包围了十楼，逮捕了整个电信诈骗团伙——除了主管。被抓的时候，南方姑娘还告诉我别担心："你什么钱都没骗到，最多判个一两年。"听她这么说，我还有点小伤感。

录完笔录，我出了门，发现田静在等我。

我说："今天出警很利索啊，这么快就连行动方案带抓捕都搞定了。"田静说："是，警察很重视。"

我给周庸打电话，问他主管跟上了吗？周庸说："跟上了，我现在在商业街。"

我说："那就对了，他肯定是去见王建龙了。我第一次听见他说话，就觉得是王建龙通话记录里那个外地人。"

周庸："所以王建龙的钱，都来自电信诈骗？"

我说："是，我从南方姑娘那儿证实了，王建龙是幕后老板，这个局是他攒的，要不一出事主管也不至于去找他。"

周庸："可还是没搞清王璐的事啊，为什么会有两个王璐，她都说了没有姐妹。"

我说："就快搞清了，你继续盯着他们，我去求证一件事。"

我挂了电话，田静说："你要求证什么？"

我说我和王建龙的女友，就是南方姑娘聊天时，她说王建龙前段时间做了点事，让她有点害怕。我怎么想这事都觉得和燃气爆炸案以及王璐的死有关。我和周庸第一次见王建龙时，他说他没同意法医尸检，那具尸体疑点多多。

1. 我们找到了另一个王璐，那具尸体到底是谁还不好说。

2. 尸体脖子上有割伤，他说是爆炸时玻璃划的，我不这么想。

3. 我觉得王建龙做的令人害怕的事，可能也和这具尸体有关。

田静："非正常死亡，公安机关不是可以强制进行尸检吗？"

我说："是，但那一般都是针对有疑点的死亡。在这次事件里，王建龙承认自己忘了关煤气，而且他本来只要放弃治疗王璐，就可以让她死亡。这件事完全没什么疑点。这种情况下，警方征求家属意见时，家属如果不同意做尸检，警方一般是不会强求的。"

田静："你想怎么求证？"

我说我要见王璐变成植物人时的主治医师，她可能知道一些王璐的秘密。田静点点头："我认识，当时还采访过她。"

我和田静在一个小区里见到了王璐曾经的主治医师，她已经退休带孙子了。她跟田静打了声招呼，嘱咐孙子别乱跑，转过头看我们："小田，这是你爱人？"

田静说不是。她继续问："男朋友？但你也不小了，能不拖就别拖着了，该结婚结婚！"

我和田静都很尴尬，田静强行转移话题："主任，我今天来是想问点事，当时我采访王璐和王建龙的事时，你有没有什么没告诉我？王璐是不是有什么不对的地方？"

王璐的主治医师说："这么多年了，你们还挖这事干吗？"

我说王璐死了，但是我们又找到了另一个王璐，所以觉得很迷惑。我们被吓着了，觉得这世上是不是有鬼，还是世界上真的有两个一模一样的人。

主治医师点点头："没有鬼，变成植物人的那个，根本不是王璐。"我问她怎么这么确定。

主治医师："王璐的身份信息是女，但变成植物人的那个'王璐'，虽然长得和身份证上一模一样，也很秀气，但他是个男的。当时王建龙求我不要说出去，说他爸他妈知道他的性取向会弄死他，'王璐'也是偷了姐姐的身份证，两个人才能结婚生活在一起的。"

我忽然想起，在我联系公安局说"王璐已死"，问她是不是父母双亡时，对方告诉我："王璐父母双全，并且还有一个弟弟，我们已经咨询过本人，王璐本人健在并已结婚生子，如果再报假警，将依法对你进行拘留罚款。"

我拿起手机，拨打了上次王璐父亲提供的王璐手机号。电话很快通了，王璐在那边问我是谁，我直接进入主题："你多久没见过你弟弟了？"

王璐说："快五年了，你是谁？"

我说："你和你弟弟是不是长得很像？"

王璐说："是，龙凤胎，你有他的消息？"

我没回，挂了电话，转头看向田静："死的那个是王璐的弟弟，我们现在去商业街找王建龙。"

我和周庸、田静敲了敲王建龙的房门。他问是谁，田静报上自己的名字。王建龙打开门："田记者、周庸、徐浪，你们怎么知道我在这儿？"

我说不仅知道他在这儿，还知道他房间里藏着个"主管"。王建龙问："你们报警了？"

我说："报了，但不是因为电信诈骗的事，是因为'王璐'的事。我们见到了真的王璐，也见了王璐弟弟变成植物人时的主治医师。"

王建龙点点头："所以你们知道我的性取向了？"

周庸："当然知道，你的性取向是直的。你以为你和诈骗团伙的南方姑娘卿卿我我，我们没看见吗？你以为我这几天没看见你叫的'特殊客房服务'吗？"

我说："是啊，装什么装。王璐弟弟用假身份和你结的婚，你们俩的婚姻不合法，现在警察已经开始对尸体进行尸检了。"

王建龙吼道："我就不应该接受你们的采访！"

我说："不是。你不该忙着搞电信诈骗，不去火葬场火化王璐弟弟的遗体。"

十几分钟后，警察在酒店带走了王建龙和藏在厕所的"主管"。

2013 年 12 月，王建龙正跟着一伙南方人学习电信诈骗，父母让他去参加一场相亲会。他在相亲会上与"王璐"一见钟情，两人很快领了证，王建龙还给了"王璐"十万元做彩礼钱。

结婚当天，"王璐"要回家告知父母，王建龙说要陪同一起去，"王璐"不同意，一个人上路。王建龙怀疑有诈，就偷偷跟上了"王璐"——果然，"王璐"的电话很快就打不通了。王建龙一路跟着"王璐"，在"王璐"参加一场相亲会时，将他拎回了燕市。他这时才明白——"王璐"原来是个跨省骗婚的。

愤怒的王建龙将"王璐"带回燕市的家里，试图强暴"王璐"，却更崩溃地发现"王璐"是个男的——他一直在冒充自己姐姐的身份四处骗婚。

王建龙无奈之下，将对方放走。但他越想越生气，趁着对方没走远，他叫上一个和自己一起学习诈骗的"同窗"，"不小心"开车撞了假王璐一下。本来是想撞死，没想到有人看到报了警叫了救护车。

得知假王璐变成植物人，王建龙也挺高兴的，想着能以丈夫的身份签字，放弃治疗。但没想到，忽然有记者来采访，还有人捐款。当时不太宽裕的王建龙发现了一条维持生计的渠道——靠捐款

▲ 微波炉若操作不当会引起爆炸，使用时一定要当心

活着。于是他假装起了模范丈夫，并把"妻子"接回了家里照顾。

随着他的电信诈骗越做越好，他也开始不在乎募捐的那点钱。正当他打算合法结束假王璐的生命时，"王璐"却忽然醒了。他陈年的积怨爆发，用刀杀死了"王璐"。然后他打开燃气，预设微波炉加热，伪装出了一场意外的燃气爆炸。

我将这个新闻卖给了媒体，赚了一些钱。后来听说有个导演想把这个故事拍成电影，但不知为什么就没了消息。

田静最好的一篇采访稿，以曲折的故事告终，我问她对这事怎么想。田静说没什么想法："我更关心的是国内植物人普遍的生存现状，这不会因为一个个例就有所改变。"

他花一百万买俩孩子，
还没到手就被抢了

2016 年国庆期间，我正和周庸在俄罗斯度假，一个人接连给我打了几个电话，打电话的人叫李超，是我高中同学。

他的嗓子有点哑："我儿子丢了，希望你帮我找一下。"

我上一次见李超，还是 2015 年年初，我们俩一起吃火锅。他当时在一家大企业上班，做财务。他刚和老婆领了证，要办结婚典礼，来给我送请帖。

我问他做婚前检查了吗。他说没做："不想做。"我问他为什么。

李超喝口酒："怕丢人。就咱俩，实话实说啊，我怕我检查出精子质量不行。要是检查出个不孕不育什么的，太丢人。"

我说："超儿，你是不是把简单东西想得太复杂了，婚检根本没有检查精子质量这一说！"

李超听我说完还不信，我只好掏出手机给他找证据。

李超过两天带媳妇去专业的体检医院做了个全面检查。结果李超的身体确实没什么问题，但他媳妇却查出了点毛病——她的输卵管和子宫都有点问题，受孕概率将会非常低。夫妻俩都是爱孩子的人，伤心了几个月后，决定采取一种极端办法——代孕。

代孕在我国几乎变成了一项刚需。国内对代孕的需求很大，每年都有数万婴儿通过代孕诞生。而李超的孩子，即将成为其中的一分子。

我最后一次和李超联系，是在 2015 年的 11 月，他经人介绍找到了一家能做代孕的机构。

我平时调查加写稿，很忙，他估计也没闲着，以至于我们俩近一年都没联系了（好像同学之间一年不联系也挺正常的），就偶尔在朋友圈互相点个赞。但接到他帮忙寻找孩子的求助电话后，我和周庸立刻买了当天的机票，坐了近八个小时回到了燕市。

一下飞机，我们立即打车去了李超家。李超家在一个超过十五年的老小区。李超去年搬到这边，因为这是对口小学的学区房，将来孩子上学方便。

我和周庸上了楼，李超招呼我们进屋，在客厅坐下后，他媳妇给我们倒了两杯水就回屋了。

我问李超他儿子怎么丢的，是否报警。

李超摇头："没法报警。孩子的出生证明还没办，没法证明是我的，甚至没法证明这孩子是存在的。"

2015 年 10 月 11 日，经人介绍，李超找到了一家叫圆梦生育中心的代孕机构。

李超到了生育中心。中心的经理很热心地接待他，向他咨询了情况，然后提出了四种合作方式，让李超自己选。

第一种是人工方式，也是合作双方最能够接受、最普及的方式，即在代孕者排卵期，男方体外排出精液，女方用注射器吸取注入子宫。

第二种是自然方式，即通过双方协商，在代孕者排卵期，发生非婚性行为导致怀孕。

第三种就是试管方式，也就是传统意义上的"借腹生子"，由客户提供已经受孕的卵子，植入代孕者体内，这需要有资质的医院配合。

第四种是盲捐方式，即只需要代孕者提供卵子，在有资质的医院提取。李超选择了第三种，试管培育受精卵，然后借腹生子——这能保证孩子的基因完全来自自己和妻子。

我说："不对啊，这事就专业的医疗机构能做，但卫生部门又不允许医院干这个，他们是在哪儿给你们培育的受精卵？"

李超："我也不知道。蒙上眼睛，开车把我们带到一个地方，采集完精子卵子又蒙上眼睛把我们送回来了。"

我点头："多少钱？"

"一百二十万。"

周庸："这么贵！"

李超点头："我们选了最贵的套餐。代孕的姑娘长相身高都不错，学历也是本科以上的。姑娘怀孕后能住在豪华小区里，有专门的保姆照顾。今年8月初，孩子生下来了，是个男孩。因为听说吃母乳能提高免疫力，我打算先放在代孕妈妈那里，吃几个月母乳再抱回来。"

我说："你确定那孩子是你的吗？"

"应该是，他们说先做亲子鉴定再付尾款。"

我点点头："孩子到底是怎么丢的？"

据李超找的代孕妈妈说，那天晚上她推着小孩在楼下玩时，孩子被两个男人抢走了。

周庸："徐哥，我觉得可能是人贩子做的。"

我问他为什么。周庸拿出手机："最近这条消息都刷爆朋友圈了，两百名人贩子偷小孩。"

我说："你就不能少看点谣言，这谣言几年前就有了，早辟谣了。不过基本每年都传一次，也不知道谁这么闲！"

我让李超把代孕姑娘的地址给我，我去和她聊聊，看能否发现点什么。告别了憔悴的李超，我和周庸打了一辆车，周庸问司机能不能抽烟，司机说可以。周庸按开车窗，递给我根烟："徐哥，你是不是怀疑那中介公司？"

我把烟点上："是，快做亲子鉴定的时候孩子丢了，也太巧了。而且李超前期已经交了八十万元了，就算孩子找不回来，这钱估计也退不了。"周庸点点头："长途飞行太累，先回家睡一觉再说吧。"

第二天上午，我和周庸开车来到代孕妈妈所在的小区。这算是燕市里环境比较好的小区，最小的一室一厅户型也得有八十到一百平方米，月租金一万元以上。

按照李超的豪华套餐，高档小区一人一套房、有保姆照顾的生活，起码要持续到哺乳期结束。虽然现在孩子找不到了，但代孕的姑娘还住在这儿。我和周庸按了门铃，上了六楼，一个姑娘站在走廊等我们俩。她看起来也就二十岁多一点。把我们俩带进屋后，她让我们在沙发上坐下，转身去倒水。

代孕姑娘把两个纸杯摆在我和周庸面前："孩子父母急坏了吧？"

我说："是，盼了那么久的孩子丢了，能不急吗？"

代孕姑娘说："我也急。孩子要是找不着，我一分钱都拿不到，这一年的子宫算是白租给别人了。"

我问她和这家代孕机构以前是否有过合作。她说："有，这是第二次合作了，之前也生过一次。"

周庸："啊？你生下的孩子，给别人，你不心疼吗？怎么感觉孩子丢了你也没那么伤心。"

她摇头："我有自己的孩子要养活，做这个（代孕）就是租子宫赚钱。"我说："那这是你第三次生孩子？"

她说："是，我 2011 年大学一毕业就结婚生子了。而且代孕机构招人时，招的都是生过一次孩子的人，怀孕时有经验，能降低流产的风险，节省成本。"

我点头："上次找你代孕的是什么人？"

她说是两个男同性恋："我们有个'代孕妈妈群'，有时会互相交流点心得——找我们代孕的，最多一种就是身体有问题没法生育的，剩下就是上年纪的失孤人群以及同性恋。"

我站起身假装活动身体，四处扫了眼客厅。电视是壁挂，没有电视柜，茶几和餐厅桌子上都很空，看起来找不到什么有用的东西。

我背后给周庸做了个拖住的手势："我上趟洗手间。"

我走向洗手间。周庸往前探，看着她："现在身体恢复得差不多了？"代孕姑娘觉得他贴得太近，有点不好意思，往后靠了靠："还好。"

我趁机开门进了她的卧室，从兜里掏出手套戴上，轻手轻脚地翻找。

在床底下一个行李箱的夹层里，我找到了她的身份证和户口本，户口本上的信息确实如她所说——已婚，育有一子，学历是本科。这证明她之前所说的真实度很高——如果身份信息真实的话。我拿手机拍下来后，又找了找，没什么新发现，就给周庸发了条信息："吸引她的注意力。"

听见周庸的手机响了后，我数了五秒，打开卧室门闪进了卫生间，按下了马桶的冲水键。洗个手走到客厅："有点坏肚子，没什么事咱走吧。"

出了小区，我和周庸站在车边抽烟。"徐哥，下一步什么计划啊？"

我说："我刚才拍下了她的身份信息，先验证一下真假。要是她身份什么的都没说谎，证明这人心里应该没什么鬼。"

周庸："怎么验证身份真假啊？"

我告诉他可以通过学籍："你学着点，我现在拿着她的身份证号去注册学信网——这网站实名注册后可以查看学籍信息和学历信息，注册手机号什么的不用和身份证绑定，而且大部分人都没注册过。"

周庸："那别人掌握了我的身份信息后，是不是也能掌握我的学籍信息？"

我说是。

成功注册后，我查到了她的学籍，××大学的2007级，大学毕业的年纪和户口上孩子出生的年龄正好能对上——说明她刚才说的应该是真的。

周庸："咱下一步是去查那家代孕机构？"

我说："是，打算假扮成有需求的客户，去那代孕机构看看。"

周庸："刚才那代孕姑娘说，去那儿的基本三种人，没生育能力、同性恋、失独的中老年人。失独老人你肯定演不了，岁数不够大；不孕不育和同性恋你选一个吧。要不咱俩合伙演次同性恋吧，我觉得也挺有意思！"

我说选不孕不育，然后拿起手机给田静打电话，问她有没有时间。

下午两点，我和田静到了圆梦生育中心。到了前台，一个正装小帅哥热情地迎了上来："您好，是熟人介绍还是网上找来的？"我说我是在网上搜到的。

他笑着点点头："那您搜出的前两条应该都是我们，一个月二十多万元广告费呢！"

他介绍了一下情况："我们和燕市的几家三甲医院都有合作，用的都是美国的第三代试管婴儿技术，可以随意选择性别。"

我问他，卫生部不是不让医院和医护人员参与代孕，否则吊销执照吗？他摇摇头："现在这都是大趋向。要真不让，国家为什么把这个从违法行为中摘除了呢？美国法律为什么允许呢？是吧？这东西还是有存在的价值。"他又说。

田静看着我："要不咱别做这个了，收养一个吧！"

小帅哥笑了："姐，您这么说就是不懂行了，来我们这儿的好多人都是去收养小孩没收养到的。中国有四千多万不孕不育人口，按照这比例算，不孕不育家庭的收养需求超过一百万，中国约有六十二万个孤儿，而官方的福利院里仅十几万人，需求和正规渠道可收养人数差不多10∶1。您知道这竞争多激烈吗？我听来我们这儿办代孕的客户说，从福利院领养个孩子，交十来万，还得排上两年。"小帅哥说得十分顺溜，显然不少说。

我点头："那你们这儿都什么价位啊？"

他说："我们这儿什么价位的都有！您二位是想选哪种呢？自己生还是代孕，是全基因还是一半基因？"

我说全基因，找人代孕。

他拿出本小册子给我看："要是代孕的话，我们这儿最低价格是三十七万元起，最高的是一百二十万元。"

我问有什么区别吗？

他说："当然，从代孕母亲的质量到生活环境，一条龙服务，都不一样。我们一百二十万元的高级套餐，代孕妈妈都是高学历，高档小区独居配保姆，绝对安全稳妥！一年之后保准您能抱上孩子！而且高级套餐最近又新加了圈养选项，你可以规定代孕妈妈每天的食谱和活动，让她完全按照您说的执行，还可以通过摄像头随时监控她的情况。"说起这一百二十万元的高级套餐，小帅哥显然兴奋得刹不住车。

我和田静假装对一百二十万元的套餐很感兴趣，问了半天。田静假装犹豫："一百二十万不便宜，我得再考虑考虑。我要是在你们这儿买了套餐，然后我反悔了，不想要孩子了，怎么办？"

他说："那就按合同走，您前期需要预付三分之二，剩下的三分之一在做完亲子鉴定后付。要是您中间反悔的话，预付的钱我们也不会退给您，但是尾款您也不用结了。"

田静："那代孕的孩子怎么处理？"

她问的正是我也想问的。如果李超的孩子真是他们抱走的，他们很可能就是用处理代孕违约孩子的方式，处理李超的孩子。

他笑笑："这等您签约以后我再仔细讲。对了，我们这儿有免费的检查，您需要吗？"

田静看了我一眼，我说去看看吧。

他把我们带到靠里面的一个房间，推门进去，房间不大，一张暗色的床放在左边墙边，前面摆着一台有些旧的 B 超仪。机器的屏幕很窄，管道、机身上都泛着一种令人不舒服的黄色。机器的一个小探头上，包裹着一个避孕套。

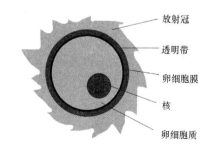

放射冠
透明带
卵细胞膜
核
卵细胞质

▲ 女性一生成熟的卵子约为400个左右

小帅哥向我们介绍，这是一台妇科 B 超设备。经过这台设备的检查，能够发现一些诸如输卵管异常、卵巢异常的变化，应用该设备也能发现使用促排卵药物后，卵泡的形成情况。

　　这时门口转进来一穿白大褂的眼镜男，看了看我，又看了眼田静："有人来了，做检查吗？"

　　田静摇摇头："我今天有点不太舒服，咱先走吧。"

　　我和田静出门上了车，我说："静姐可以啊，演技真棒！"

　　田静："不是你让我演的吗？还必须像那种有钱生不出孩子的女人。"

　　我说："是，咱表现得越有钱，越有可能消费，他才能毫无顾忌地跟我们透露更多信息。"

　　今天为了装有钱人，我特意把周庸的宝马开出来了。送我出来的小帅哥看见我们开的车，对我们热情地挥手告别。

　　开出了两条街区，我觉得有点不对："好像有人跟着咱呢，后边那黑色轿车我看着眼熟，刚才起车时就见到过。"

　　田静不信："说不定你错了，黑色车长得没什么区别。"

　　我说："静姐，你还会吐槽呢，今天教你个小技巧，有没有被跟踪，一下就知道。"

　　开了一会儿后我忽然右转，田静："你疯了，这是单行道，你逆行了！"

　　我说："没事，这是周庸的车，只要不被交警现场抓住，到时都是罚他。但现在咱可以确定后边那车是跟踪咱的——他跟了咱一路，习惯性地跟咱右转了。"

田静："这招确实挺好用，那要没开车怎么办啊？如何判断自己是否被跟踪？"

我说有一种比较好的方法，就是找个公交车站。假装漫不经心地等车，趁公交车关门前一秒忽然蹿上车，再回头看看那个你怀疑跟踪你的人什么反应，就基本能确定他是不是在跟踪你了。

我和田静开车去了周庸家，看见我们进了地下停车场，那辆跟着我们的车调头就走了。

田静："你说他跟着咱到底干吗？"

我说："应该是看看咱有没有财力支付一百二十万元。"

田静："咱都开这车了他还担心咱支付不起？"

我点点头："一百来万的车在燕市不算什么。按照最近疯长的房价，这车钱在好地段也就能买个厕所。住什么样的房子才能证明你的身价，这回看见咱俩进了别墅小区的停车场，估计他们对咱的评判得上个档，会热情更多。"

果然，第二天下午，接待我们的那个小帅哥就打来电话，问我考虑得怎么样了。

我说："哥们儿，是这样，我和我老婆最近感情出了点危机，想试试一起养个孩子能不能把这危机解决了。也有可能过几天我们忽然就离婚了，到时候这孩子我们俩都不要，怎么办？谁养着？"

小帅哥笑了："哥，这事您别担心，我们保证能办得妥妥的。"我说空口无凭啊。

他说："这样吧，我给您发一个群，平时遇见有代孕中途出现问题的情况，我们公司都会在里面处理孩子。我把群号发给您，和管理员说一声，您加进去自己看吧。"

这是一个有偿的、网上收养孩子的交流群，群里的主力军是两种人：领妈和宝妈。领妈是群里对收养者的称呼，宝妈则是送养一方。渴望领养孩子的领妈会拿一笔可观的营养费给宝妈。卖准生证以及婴儿用品的贩子也在群里出没。按照群里讨论的平均价格，领养孩子的一方起码要给送养的一方十几万元作为营养费。

我把周庸叫过来，给他看这个。

周庸："徐哥，这违法吗？"

我说："当然违法，已经够判刑了。把孩子送给别人，并拿一大笔营养费，即使是亲生父母也得判拐卖儿童罪。"

周庸："这不算收养？"

我说："当然不算，中国的收养条件很严的，《收养法》规定了一大堆。通过正当方式领养孩子，需要无子女、没得啥大病、保守收养隐私，孩子未成年以前不得解除收养关系，不能打不能骂，不然就是违法。还要没犯罪记录，征信好看，收养人当地的居委会证明，派出所证明……所以，更多的人选择了得花钱但更快速高效的网络收养。但这里面有个问题，我十分怀疑这些送养的人里有一些是人贩子。他们通过这种群组将拐来的小孩卖掉。"

周庸："所以你找我过来干吗？"

我说："现在可以确信，通过这个群组，在他们可以出售小孩的这个平台上，每个孩子能卖八到十五万元。我对那家代孕公司进行检索，发现他们正在招人。你去应聘一下，看看那些负责事情的人提成是多少，能否通过卖孩子得到比提成更高的利润。"

周庸晚上给我打电话："徐哥，我知道了。"

我说："你怎么知道得这么快！我中午刚叫你去应聘，下午你就全搞清了？"

周庸："是啊，我跟他们经理谈待遇的时候，他就告诉我了。所以我干脆就没去上班，面试完就直接放他鸽子。"我问周庸提成是多少。

周庸："就你说超哥那一百二十万元的大单，尾款到后，能和代孕的姑娘一样，拿百分之十五的提成，比卖孩子赚得多。"

第二天我又去中介公司见了小帅哥，看能不能得到更多的线索。然后他把我带到了给李超代孕的姑娘住的小区。

小帅哥介绍："您要是办一百二十万元的套餐，代孕妈妈就住这儿。单独一间屋子，这儿最小的户型都是八十多平方米的，环境好，安保也好，二十四小时不间断巡逻，在楼下有什么事一喊就到！"

我说："等会儿，你确定这儿的治安这么好？"

他说："当然，我们公司高级套餐的代孕妈妈全住这小区。"

和他分开后，我又观察了一会儿，给周庸打了个电话："咱俩上当了。"

周庸问我怎么了。

我说："那个代孕姑娘有问题，她说在楼下推孩子玩的时候，被人抢了，然后喊也没人帮。但是这小区是二十四小时巡逻制——我刚才站这儿看了一会儿，保安巡逻很严，不可能出现她说的那种喊了没人帮的情况。"

周庸点点头："但她什么动机啊？她为什么要把替李超代孕的孩

子卖了呢？不是说最后能拿十八万吗？也没差多少啊！"

周庸："咱找到她就知道了。"

我说："行，你来的时候去取十万元的现金，一张卡好像取不了那么多，卡够吗？"

周庸："没事，我卡多着呢。"

周庸到了以后，我们俩上楼敲门，代孕姑娘打开门："你俩啊。"

她把我们让到屋里坐下后，又要倒水。

我说："你先不用倒水，说说孩子去哪儿了吧。我们了解了楼下的安保情况，感觉不太可能有孩子被抢，去看了监控也没看见抢孩子的记录。"

她说："我就是被人抢了，别的我也不知道。"

我说："我知道。那孩子连存在的证据都没有，我们拿你没什么办法，但我带了十万元现金来，"我拍拍周庸提的包，"你告诉我孩子去哪儿了，钱就给你，咱不谈其他的。我就想知道孩子在哪儿，成吗？"

她想了想，给了我一个电话号："这人那天在'代孕妈妈群'里联系我，说如果我有小孩想要送给别人，可以给我十二万元的营养费。"

我说："你再帮我个忙，你给他打个电话，说你有一姐妹也想拿孩子换笔营养费。"

她看了看桌上的十万元，打了电话。

第二天下午，李超的老婆抱着一个我们用娃娃包的，看起来像是婴儿的包裹，站在指定的地点等着人贩子。

这里是两条路的交界点，一边是通往市中心的大马路，一边是高速大桥。我和周庸商量："我估计他肯定怕我们跟踪，这些路路况不稳定，说堵就堵，这儿我们就不要管了。他急着离开时肯定会选不会出错的地方开快车走，不是大马路就是高速大桥。干脆咱俩直接去那俩地方等吧，还不容易被发现。"

3：30，一台慢悠悠开过的轿车忽然停住，下来一个戴着面具的人，一把抢走李超老婆手里的东西，扔下一袋钱，上车就走，顺着大马路向市中心狂奔而去。其间减了一下速，估计发现了假小孩，但怕有危险，没停车继续走了。

我和李超一直通着电话，知道车型后，我在它上环线的时候跟上了这辆车，一直到了一个别墅小区。车停了一会儿，一个中年男人下车进了屋。

我告诉周庸位置，让他过来和我会合，天黑时一起行动。

半夜1点多钟，天色黑得不能再黑，别墅的灯都关了。我打开手机的摄像头对着别墅扫了一圈，看看是否有红外摄像头。确定什么都没有后，我和周庸换上消音的软底布鞋，猫着身子走到一楼防盗门处。

听着里面没什么动静，我走到别墅后面对着厨房的小门，用铁丝轻轻地打开门锁，进了屋。我和周庸悄悄地四处找了一下，觉得最有可能关人的地方就是地下室。

周庸用手机打字给我："徐哥，要不咱直接报警吧。"

我拿过他的手机："警肯定得报，但咱得先把李超的孩子弄出来。他那孩子没出生证明，被警察带走后很麻烦。"

我发消息给李超，问他认不认得出他儿子的长相。李超说认得出，到时候给他发视频或照片他就能认出来。

周庸在地下室门口帮我望风，我极其缓慢地打开了地下室的门，走了下去。地下室里有十几个孩

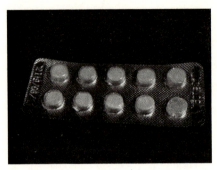

▲ 安眠药只能去医院药房凭处方单购买，不可以随便吃

子，大的也就五六岁，小的还是婴儿。他们每个人都睡得特别熟，桌上还摆着一盒史蒂诺斯，看来孩子睡之前都被喂了安眠药。婴儿总共有四个，我拿出手机分别照了一张，发给了李超。

李超很快回复："第三张和第四张那个是我儿子，我都不知道该怎么感谢你！"

我说："你先别感谢我，第三张和第四张是两个孩子，不是一个人，到底哪个是你儿子！"

李超："我真分不出来了，要不你都抱回来吧！大不了我都养着。"

我抱起两个婴儿，缓步上了楼，和周庸一起离开了这栋房子，坐回车里报了警。半个小时后，看着两队警察冲进了别墅，我和周庸打着火，开向了李超家。

即使把两个孩子抱到面前，李超和他老婆也没认出哪个是自己儿子。

李超："明天我去做个亲子鉴定吧。"

我说："那玩意儿得一周才出结果呢，孩子的乳母肯定知道哪个是你儿子。"

我和周庸按照代孕姑娘的户口信息，找到了她老家。她开门看见我们俩有点儿吓坏了，让儿子回屋玩，转过身跟我们解释："真不是我干的。"

我说："知道不是你干的。"然后拿照片给她看："这两个哪个是你代孕生的？"

姑娘沉默了一会儿："两个都是。他们俩是双胞胎，我按照合同需要交出去一个，但另一个我可以自己留着。正好那人找上来，说要买小孩，我就答应了。没想到他来了以后，把俩孩子都强行抱走了。"

我和周庸坐在回燕市的高铁上，周庸说："这回超哥双喜临门了啊！"

我说："钱也不少花，黑市办个出生证得十万元，他这回还得乘以二。"

周庸点头："徐哥，你说这事其实挺可笑的，孩子丢了警都不能报，因为没证据证明这孩子是存在的！"

我说："是，现在这事虽然不违法，但由于没有规范，行业内还是很乱的。咱有四千多万不孕不育人口，再加上同性群体和失孤群体，需要的孩子太多了，代孕几乎变成一种刚需。我觉得政府应该参与进来，像美国一样规范这个行业。从精卵子公司到代孕母亲公司，再到专业的代孕医院，以及相关行业的律师，甚至心理咨询服务全都规范清楚。这样既不会再出现生了双胞胎都不知道，也不会出现孩子丢了没法报警的情况。最重要的是，那些渴求孩子而不得的人群，都能拥有属于自己的孩子。我觉得这是一件好事。"

周庸想了想："有道理！"

有个小伙离奇死亡，
死前办了假火化证

按照正常的想法，熟悉的人对自己是没有危害的。所以，遭遇了熟人犯罪后，当事人往往会特别想不开。但实际上，熟人犯罪和陌生人犯罪的比例相差得并没有想象得那么大。其实，熟人犯罪是一种常见的犯罪行为。即使发生在你身上，你也不必因为对方是熟人而想不开——这和其他的犯罪并没有什么区别。

这次要说的，就是一起发生在我身边的熟人犯罪。

2016 年 10 月 19 日下午，我和周庸正在某健身俱乐部游泳。游的时候，周庸的苹果表一直响，他游到浅水区站住后，抬手点了几下，抬头看我。我说怎么了。周庸抹了把脸上的水："徐哥，马北一死了，已经火化了！"

马北一死在这个时候，实在是太巧，也太奇怪了——他欠了许多钱，还是一起诈骗案的嫌疑人。而且他死不见尸，大家知道他死了的时候，就只剩下了骨灰。

他是周庸的大学同学，也是燕市人，很精明，大一时就在寝室楼里卖烟。晚上寝室楼锁门后，学生都得跟他高价买烟。据周庸说，他大学学费都是自己赚的。

9月28日，周庸的一个大学同学要结婚，马北一拉了个聊天群，说准新郎让他代收份子钱，让同学们发红包或转账给他。过了两天，有人和要结婚的同学聊起这事，对方很惊诧："没有啊，我都半年没和马北一联系过了。"接着他们试图联系马北一，却根本联系不上。

马北一失联后，周庸的同学圈一下子炸了。因为许多人都想到，自己在当年6到8月份期间都借过钱给马北一——包括周庸，借得最多的就是他。

7月份时，马北一约周庸吃饭，谎称在南方包工程，还发了工地照片和工程合同给周庸，需要资金，向周庸借了十五万元。同学们互通有无后发现，他跟所有人都是这么说的。

我问周庸要了更多的合同照片，并给当地建设局打了个电话咨询，发现合同上的工程编号根本不存在。

周庸借马北一钱时都没多想："这人一直挺靠谱的，上学时虽然搞了许多歪门赚钱，但是借钱什么的都是很快就还。别的同学攒钱买手机时，他不仅赚钱买了个 iPhone，还买了个尾号 8888 的手机号说等升值。"周庸通信录里的马北一，备注是"马精明"。

马北一在同学里人缘不错。他是单亲家庭，母亲去年得了尿毒症，家里没什么亲戚，全靠同学们捐款凑够了换肾手术费。周庸当时也捐了三万元，他妈最后还是没挺过去。

但这事后来被发现也是假的。马北一失踪后，几个人找大学时的导员，要了马北一一家的地址。上门后，马北一"因为尿毒症去世"的母亲给他们开了门，说自己对马北一的所作所为全不知情。同学们发现一切都是诈骗后，马上报警立了案。

结果他们今天接到警方的通知：马北一自杀了——已经火化，只剩骨灰了。

周庸没心情游泳了，我们俩一起爬上岸，走回更衣室坐下。周庸擦了擦头，问我觉得马北一是真死还是假死。

我说："我对这种事都有怀疑。前几天我看新闻，说有个学生借钱还不上后自杀了，也是直接就剩骨灰了，我也觉得真实性有待商榷。"

我向周庸要了他的手机，看他同学群里的信息。有人提议用骨灰验DNA，周庸问我能不能验出来。我说当然不能，高温会把骨灰烧得只剩下无机物，还会使DNA变性。

我想了想，问周庸能不能和同学们商量下，把这事统一交给我们代理。"马北一要是假死，咱可以帮他们把人找出来，但追回款的百分之十，要作为调查费。"

周庸发了一会儿消息："他们都答应了。"

第二天中午，周庸向大学时的导员咨询到了马北一的地址。

我们俩开着车到了地方，在小区门口的便利店买了两箱牛奶，进了小区。

上到四楼，敲了敲门，里面有人问我们是谁，周庸说是马北一的同学。一个戴眼镜微胖的中年妇女态度不是很好地打开门："又是来要钱的？进来吧。"看来之前已经有人上门要过债了，我和周庸进了门，在沙发上坐下，将买的两箱牛奶递给马北一母亲后，她态度缓和了一些："吃点橘子吗？"

我和周庸婉拒，直入正题："阿姨，北一这事太突然了，欠这么多钱，人忽然就没了，说实话我们有点怀疑。"

马北一的母亲没和我们多解释，走进卧室拿出几张纸，放在茶几上，让我们自己看。我和周庸拿起来看，是三张证明。一张医学死亡证明，一张火化证明，以及一张派出所户口注销证明的存根。我趁着马北一母亲和周庸说话时，把三张纸都拍了下来。

和周庸出了马北一家后，周庸从车里拿了瓶水，喝了一口："徐哥，他是不是真死了？不仅有死亡证明，连户口都注销了。"

我说死亡证明没用，网上花几百块钱就能办，真的假的都能办。而且派出所注销户口，也是根据死亡证明和火化证明来的，所以也不能作准。

周庸问我是不是觉得他没死。

我说："是，我不怎么信，他家房子怎么也得有个五六十平方米吧。燕市今年的房价历史最高，虽说房子旧了点，但按这地段，也能卖个三四百万元。马北一大概欠了一百来万元——守着三四百万元的房子，能为这一百来万就自杀？"

我决定从火化证上入手，查明马北一是否假死。

一般来说，真的死亡证明好办，但真的火化证一般办不了，这证得真把人烧了才能给。而且，燕市的殡仪馆都实行流水线制，由计算机系统控制过程，每个人一进殡仪馆就会有个专属条形码——这个火化证明上的条形码造不了假，真伪一验就知。我偷拍下马北一的火化证，也是为了那张能验真假的条形码。

我们看时间还早，在路边找了家复印社，将马北一的火化证明的截图打印出来，然后开车上了高速直奔殡仪馆。

下了车，周庸问我："徐哥，咱就直接找工作人员去问？"

我说："不用两人都去问，你拿印着火化证明这张纸去找工作人员，让人帮忙扫个码验真伪。我到处去转转，看看有没有什么线索。"

过了一会儿周庸给我发消息，说条形码是真的，扫出了马北一的火化信息。我回信说知道了，让他过来找我。

周庸和我在殡仪馆里转了几圈，没什么发现，火化房也不让进，线索断在这儿了。我们俩决定上趟厕所，然后离开想想新的办法。

我俩在殡仪馆厕所的隔间里小便，厕所里贴满了小广告，有卖花圈寿衣、有办假证的。我忽然有个想法，赶紧提上裤子走出来，周庸正在洗手，我一拍他的肩膀。

周庸指着我的手："徐哥，你尿完尿没洗手。"

我说："先别管这个，假设马北一是假死的话，你说是谁帮他办的火化证呢？ 1.网上找的人；2.本来就认识的熟人；3.这个殡仪馆里的人。"

　　周庸想了想："我觉得不能是网上，网上办假证的太多，他需要一个真证明。本来就认识的人也不太靠谱，有几个人能认识干这个的啊？我觉得他是在这殡仪馆找的人。"

　　周庸和我想到一块儿了。

　　我让周庸溜进殡仪馆的女洗手间，挨个进隔间看一眼墙上的小广告，我看男厕所的隔间。

　　周庸喊了几句，确定女厕所里没人，迅速冲进去挨个开门看。在女厕的一间隔间的一堆小广告里，他发现了一行用黑笔写着的字——代办火化，电话：13××××××××。

　　周庸喊我："徐哥，我找到了。"

　　我说："你赶紧拍下来，我就不进去了。"

　　对着周庸拍下来的电话号，我掏出手机，用网络电话 App 打了过去。响了几声那边有人接："你好。"

　　我说："你好，我想咨询一下火化代办业务。"

　　他说："好的，您家是有土葬的需求吗？"

　　我说是。

　　他说："我们明码标价一万两千元，明着和您说，这里面有四千元是我的中介费，另外八千元运尸工和火化工平分。把您的身份信息给我，保证每个环节都不出问题，您直接拿火化证。"

　　我问他尸体从哪儿来，他说好办。

　　"麦糠、玉米秸、棉被、旧衣物、人体塑料模型都能装成尸体，烧完都是灰，就直接装骨灰盒里了。"

我说："你们这靠不靠谱啊？近期有成功案例吗？别最后家里老人入土了再被发现，让人挖出来。"

他说："你放心，两周前刚做完一活儿。"

我借口和家人商量商量，挂了电话——马北一火化证明上写的火化日期，正是两周前。

我和周庸出门上了车，周庸递给我根烟："看来马北一这孙子真是在玩假死。"我点头："把他找出来就行了。"

我们商量了一下，决定盯梢马北一的母亲。

第二天，我们一早就开车过去，在小区楼下盯了他妈两天。这两天母亲每天下午2点都会去农贸市场买菜买水果。每晚6：30都会准时下楼，和楼下的大爷大妈们一起跳广场舞，一直跳到8：30。

掌握了马北一母亲的行动规律后，第三天晚上6：30，我和周庸叫上私家侦探老孔，趁马北一的母亲下楼跳舞，溜上楼开了锁，让老孔在客厅和卧室里安了八个针孔摄像头和两个监听设备，并调试了一遍。

广场舞结束之前，我们迅速撤回了路边的车里，实时监控情况。

两天过去，马北一的母亲并未和马北一有任何形式的联系，她每天的生活就是看看电视、跳跳舞。10月25日中午，终于出现了一点儿变化，一个女人敲门，送上了一个包裹。

周庸让我猜是不是马北一邮过来的。我说："我不猜，看看就知道了。"

老孔是器材大师，安装的针孔摄像，基本能保证在客厅和卧室没什么死角。因此我和周庸清晰地看到——她从包裹里拿出了一沓又一沓的钱，没有大票，全都是二十元和十元的纸币。

周庸问我人民币能邮寄吗？

我说不允许，人民币属于快递违禁品，但一般邮了都没事。因为很少有快递公司在邮寄之前检查。

我们正讨论着钱是不是马北一邮的，上面有没有什么暗号之类的信息时，马北一的母亲往包里放了几沓钱，出门了。

我和周庸等着他的母亲走出小区大门，开车跟了上去。她步行去了附近的菜市场，逛了一会儿，买了点菜后，在一个水果摊停了半天，买了许多水果，然后打车走了。

我让周庸开车跟着她，自己跑到马北一的母亲刚才买水果的摊位，掏出两张一百元："大姐，能帮我换点零钱吗？就要十元或二十元的。"

她说行，接过我的一百元纸币对光照了照，然后拿出了刚刚马北一母亲交钱时所用的二十元和十元的纸币。

我拿着九张二十元和两张十元，反复仔细地观看，上面并没有暗号之类的。又看了一会儿，我终于发现了一点不对。所有二十元的钱号都一样，两张十元的钱号也一样——这十一张钱都是假钞！

这时周庸打来电话，说马北一的母亲到家了，问用不用来接我。

我说："你来吧，正好这旁边有家火锅店，咱俩先吃口饭。"

周庸到了后，我们俩在店里点了个辣锅。我告诉他那一包裹钱应该都是假钞时，周庸很惊讶，问我真的假的。

我说："错不了，钱的钱号都是一样的，而且她专门挑没有点钞机的一家水果摊买东西，这样就不会有人特意去看小面额钱币的真假。"

我们都有个固有印象，就是假钞一定是五十元、一百元的大钞，小面额的钞票不可能有假的，所以绝不会去看。其实这是不好的行为，因为现在市场上小额假钞也逐渐多了起来。

周庸点点头："这也太难发现了，正常人谁能注意到钱号是一样的。"

我说："不仅是号一样，这钱听着也有点问题。"真钞声音是比较清脆的，假币的纸张比较柔软，用手弹的话它的声音是发闷的，用真钱对比着一弹就能听出来！

摆在我和周庸面前的有个疑问。这些假钞是马北一的母亲自己买的，还是别人给她的？和马北一到底有没有关系？我们决定继续盯梢，再有人给她送快件时，拦住快递员，看能不能查到邮件是从哪儿寄出来的。

第三天，上次送包裹的那个女快递员又出现了，还是给马北一母亲送了一个包裹，里面仍然是二十元和十元的假钞，两人说了几句后，女快递员就出了门。

我和周庸坐在车里，看着她从小区走出来，刚想下车拦住她，却发现她并不是骑着快递员的运送车来的——她骑的是一辆私家摩托车。

周庸："徐哥，这姑娘好像不是送快递的。"

我点点头："咱们跟上去。"

开车跟着骑摩托的姑娘，一路向北，在快到郊区的地方，姑娘停下车加油。周庸奇怪："中间那么多加油站她怎么不加，跑这儿来加？"

我让他别想那么多先下车，管她要电话，还嘱咐周庸不管能不能要到，一定要让她把电话掏出来。

周庸下车奔着摩托姑娘就去了，我也下了车，向他们身后绕过去。周庸拿出手机和姑娘说了几句，姑娘摇摇头。周庸又说几句，姑娘掏出了自己的手机，按了几下，然后揣进了右边的裤兜里。

我从后面看到姑娘输的密码是3312，然后假装没看路撞上去，顺手掏出摩托姑娘裤兜里的手机，在背后递给周庸，跟姑娘道歉："真不好意思，没看见。"她没说话，拿回加油卡，骑车走了。

我问周庸怎么让她把手机掏出来的。

周庸："管她要电话她不给，我说那你记下我的电话吧，想给我打就打，不想打就算了——她就没好意思再拒绝。我还问出了这妹子叫什么，叫李欣然。"

我点点头，这不一定是真名，但也没多说什么，让周庸赶紧开车跟上。

在车上我掏出李欣然的手机，按3312解锁，翻看她各个社交软件的储存

▲ 摩托车因其便利性，易被犯罪分子利用

空间——微信没怎么用过，基本没有缓存，微博也没占什么空间，关注的人只有几个段子手。

但她QQ用得很多，占用了1G多的存储空间，其中有七百多兆来自一个特别活跃的群，叫"人民币交流群"，我翻到这个群，有一百多条未读信息。点进去一看，这姑娘还是个管理员。翻了一会儿，我发现这好像是个假钞交流群。我用备用的账号申请加入了该群，然后用李欣然的账号进行了通过验证。

我们跟着摩托到了郊区的一个小区，她骑了进去。这是个封闭小区，陌生的车不让进，好在周庸有朋友家住在这儿。我们进去后，在院子里绕了两圈，在一栋白色独栋别墅的门前，看见了那辆摩托车。

我下车将李欣然的手机扔在了她的摩托车旁边，伪装成不小心掉了的样子，和周庸记下了这栋房子的位置，就回家了。

当天晚上，我一直在研究那个叫"人民币交流群"的假钞群。这不是个假钞交流群，这是个假钞出售群——群里只有一个卖家，就是群主，剩下的都是买家。虽然成员覆盖了全国各地，但在群里交流时，每个人都使用"暗语"——我花了两个小时才搞清楚这些暗语的意思。

面值一百元的假币，暗语为"红牛"或"红货"，面值五十元的叫"青蛙"，有二十元的"黄货"，十元的"蓝货"。一百元的"红货"每张售价十五元，五十元的"青蛙"每张十元，二十元的"黄货"三元，十元的"蓝货"只要一块五。

我拉一个很活跃的老群员私聊了一下。这个人告诉我，现在小额假钞远比大额假钞受欢迎，出售比例差不多能达到 5：1。

按照他的话说："十元、二十元的，做得特别真，怎么花都能整出去！"

我问他这群里假钞销量怎么样。

他说："可牛了，群里每天都能卖出一百多万面额的假钞——群主一天得赚十几万！"

我想起了给马北一母亲送假钞的李欣然："都是专门的人负责运输吗？"老乡发了个哈哈大笑的表情："哪儿能啊！那成本多高啊，都是特快包邮。"

调查马北一，竟然查到了一个假钞团伙，这意外挺让人惊喜的——每天输出上百万的假钞，如果能拿到一手资料，一定能卖个好价钱！

但这并没有解决我和周庸最大的一个困惑——李欣然给马北一母亲送的假钞，是哪儿来的？我们决定从这姑娘入手。

她给马北一母亲送假钞，而且是假钞群的管理员，肯定知道些什么。

10 月 27 日上午，我和周庸又开车来到了这个小区，想要摸进她的别墅，看能不能找到什么线索。

中午 11 点左右，李欣然骑着她的摩托车出了门后，我和周庸下了车。周庸："徐哥，她家里有人怎么办啊？"

我说："咱先按门铃，燕市下个月 15 号供暖，这段时间暖气试水。咱就说是物业的，检查暖气是否漏水。"周庸点点头，我们俩走到门口按了门铃，半天没人回应。

　　我和周庸在别墅四周转了转，确认屋内没人，四周也没摄像头后，撬开了一楼卫生间的窗户，溜了进去。

　　这栋别墅的装修风格偏欧式，多用各种黑色、金色、棕色搭配。墙上的液晶电视很干净，一看就是经常有人擦拭。整栋建筑分两层，每层分别有两个卧室，每个卧室都带一个卫生间。

　　我让周庸在一楼寻找证据，然后轻手轻脚上了二楼。楼上的两个卧室都有人住，被子全都没叠。我在两间卧室厕所的洗脸池、木梳上找到几根毛发，装进塑料袋揣了起来——如果需要通过 DNA 验证马北一是否活着，这些东西就能做证据。

　　装完头发后我仔细观察四周，发现厕所的马桶圈是掀起来的。如果只有女人住在这屋里的话，一般是不会掀马桶圈的——这屋里可能有男人。

　　紧接着，我走到洗脸池旁，仔细看了看挂在墙上的牙刷，发现两只牙刷的刷毛都是潮的，在厕所的垃圾桶里发现了一个刚被丢弃的旧刮胡刀刀片，还有一双换下来的袜子。检查完楼上，周庸正好检查完楼下，告诉我楼下的卧室也都有人住的痕迹。

　　屋里没发现电脑之类的东西，我有点不甘心，让周庸上楼再找一圈，我则在楼下再找一圈，以防漏掉什么。周庸点点头，往楼上走，在一楼跟二楼中间的楼梯拐弯处，周庸停下来："徐哥。"

　　我看着他，周庸用手指着楼梯拐角，我走上楼梯仔细看——那儿有一扇门，因为颜色和墙纸太像所以我完全没发现。一楼和二楼之间，有间没窗的夹层间！我掏出隔墙听贴在门上，戴上耳机——里面有人的说话声，还有机器嗡嗡的声音，应该是印刷机的声音！

　　我向周庸比了个手势，让他出去报警。有印刷机的声音，造假钞的机器可能就在这间屋子里。

　　周庸小声说："万一没在里面怎么办，那不是报假警吗？"

　　我说："没事，最多拘留你几天。"

　　周庸点点头，下楼出别墅去打电话报警。

　　看着周庸走出去，我重新戴上耳机，想继续听听里面的人在说什么时，门忽然开了。一个中年男人走出来，我们俩互相吓了一跳。我转身就往楼下跑，这人从身后一把抱住我，声嘶力竭地喊："有人进来了！快出来！"

　　我感觉多了几只胳膊在扯我，转头一看，又多出了三个壮年男子，他们一起抓住我，拽着我进了夹层的房间，关上了门。

　　我一看跑不了了，举起双手，主动把手机上交："服了，咱有话好好说，别动手。"

　　说话的时候我四处打量了一下这个夹层间，面积不小，得有个四十平方米左右，墙上贴满了吸音棉，完美地掩盖住了印刷机的声音。

▲ 吸音棉

　　屋里是一个极其专业的假币加工厂——几台电脑、大型打印机、烫金机摆在四周，几个女工正在流水线地印制假钞。我看了看屋里地面、墙角堆满的成品，外观上和真钱一模一样，用肉眼几乎无法辨别。

那个和我撞在一起的中年男人上来就踹了我一脚，用不太标准的普通话问我是谁。我说自己是追债的。

他又一脚踹在我遮挡的胳膊上："我去你的，骗谁呢，追债追到这儿来了，你追谁的债啊？"我说马北一。

他们互相看了一眼，都没说话。中年男人想了想，对着那边的墙角喊了一声："马北一，这人你认识吗？他说来管你要债的！"

墙角站起来一个很瘦的人。虽然是第一次见本人，虽然有点瘦脱相了，但周庸给我看过他的照片——这人是马北一无疑。马北一站起身，困惑地看了我两眼，说从来没见过我。

我说："我是周庸的表哥，我弟借给你十多万元你不知道吗？"

他点点头，说周庸是他的同学，自己确实管周庸借钱了。

那个中年人上来抓着我的头发问我报没报警，我把手机要回来解锁给他看通话记录，没打过110。

他又问我怎么找过来的。

我实话实说："跟着一个给马北一的母亲送快递的、骑着摩托的小姑娘找过来的。"

另一个人骂了一句，说李欣然暴露了，要去给大佬打个电话，顺便问问这人怎么处理，开门走了出去。中年人让我去墙角蹲着，吩咐马北一看着我。

我在墙角蹲好，马北一走了过来，我和他搭话，没提周庸的事，指了指正在把假钞泡进水里的一个女工："干吗呢那是？"

马北一看了我一眼，说："她在把假钞做旧。那是醋水，泡个十几分钟后捞出来吹干，就能被酸性腐蚀一点儿，看起来旧一些。"说着他又指指旁边的另一个女工，说："她用的方法比这个高明一些，我们自己配的轻度腐蚀剂，做出来的假钞没有醋酸味，这种每张多卖一元钱。"

我仔细观察了一下，这个女工先拿了一个白色瓶子在假币上喷几下，然后换成一个蓝色的瓶子再喷几下——本来还崭新的纸币竟然慢慢变了色，完全没有了光泽，就像用了很久的钱。最后，用吹风机把假钞吹干。

我问马北一有没有可能放我走。马北一让我别想了。

我不停地和马北一说话，问他问题。之所以这么做，是为了转移他的注意力，方便我观察四周，看有没有逃跑的机会——万一他们在周庸带警察来之前，就要干掉我，那就太背了。好在他还挺愿意回答我的问题。

我指了指正在印假钞的打印机，问他那和一般打印机有什么区别。马北一说："这是凹版打印机，大几十万元一台，价格高，但印出来的钱有立体感，最像真的。"

我说："那你骗同学的钱是不是都花在这上面了？"

马北一情绪有点波动："我根本就没想骗周庸他们的钱！本来就是想拿这钱买设备印假钞卖，快速把钱还上的！"

我本来在看着门口，那个发现我的中年男人和另一个人坐在那儿，门是从里面反锁的——基本没有越过两个人拧开门锁逃跑的可能。

听见马北一的话，我有了点兴趣。

问他说："那你妈的事呢？你也不算骗吗？你说你妈尿毒症，捐款手术，然后你妈又去世了，其实你妈还活着。"

马北一骂了声，说："你说什么呢？我妈确实得了尿毒症去世了。"

他不至于在这种情况下骗我，但我还是有点不相信，说："不可能，我昨天还见过你妈，就在你家见的。四五十岁，有点发福，短发，戴个眼镜，嘴角有点微微下垂，你敢说不是你妈？"

马北一说："不是。我都和你说了，我妈已经死了，尿毒症，一年了。"

我说："我亲眼看见了，有个给你妈送假钞的姑娘，从这栋别墅里出去了，骑个摩托。"

马北一点头："你说那姑娘叫李欣然，是我女友。"

我心里有点发寒，如果我跟踪监视了多天，每天下楼跳广场舞，对着我和周庸拿出马北一死亡证明的人，不是马北一的母亲，那她是谁？

马北一看起来很冷静，对有人冒充他母亲没有一点儿惊讶。

我说："你一定知道她是谁。"

马北一没回答我的问题，问我知不知道彭大祥。

我知道一点。彭大祥是汕头的一个画工，今年七十多岁了。之所以出名，不是因为他的画有多好，而是因为他号称是中国假钞界的"教父"。他于 2014 年被广东警方逮捕，正在监狱里服无期徒刑，当时"焦点访谈"特意出了期专题来报道他。这个老头有多厉害呢？

▲ 彭大祥是"803"特大假币案主犯

他曾经手绘过十三套母版人民币，中国96.7%的假币都是使用彭大祥制作的母版人民币拓印出来的。

马北一说："你还知道彭大祥，一般人都不知道。"

我说："我对这方面的东西比较感兴趣，所以才干这种帮人追债的活儿。"

马北一接着往下说："彭大祥制作的十三版人民币母币，都是百元面值的。但其实被捕之前，他还做了两套母版人民币，一版是二十元的，一版是十元的。"

我想起了假钞群里卖得最好的，就是十元和二十元。问他这两套母版人民币是不是在他们手里。

马北一说："是，那个你觉得是我妈的女人，也姓彭。"

我问马北一那个女人是不是彭大祥的晚辈，马北一说他也不知道："但她和我女友有点亲戚关系。"

我问他和这个女人认识，是通过女友介绍的吗？马北一说是。

母亲去世后，他四处打工旅行。今年3月份，他到汕头时，在火车站有人招印刷工，他就跟着去了，结果发现是个假钞团伙。马北一很快学会了如何做假钞和在网上卖假钞，并在团伙里交了一个女朋友，李欣然。

他在闲聊时，和女友透露了自己的家庭情况以及母亲去世的事。李欣然把这些告诉了自己的长辈——同时也是团伙的头领，彭姓妇女。

彭姓妇女在汕头一直是警方的监视对象，听说了马北一的家庭情况，把他找来商量——可不可以不注销马北一母亲的户口，让她使用马北一母亲的身份，躲一躲。因为是女友长辈的请求，马北一答应了下来。

彭姓妇女告诉马北一，自己手里有彭大祥两套假钞的母版，问马北一想不想合作。马北一从小就敢想敢干，一想还是彭大祥的母版，肯定能赚钱。他假称自己在包工程，向同学朋友借钱，加上自己的一点儿积蓄，凑齐了一百多万元的开工本钱，买了凹版印刷机以及印制假钞需要的其他工具。

为了掩人耳目，他还在地广人稀的郊区租了房子，在印钞的房间里都贴满了隔音棉。

马北一想的是，快速赚钱后，马上先把向同学朋友借的钱还上，就什么事都没有了。但他的想法没能实现，彭姓妇女很快从别的地方找来了自己的团队，逐渐把他排挤在外。

后来出了骗同学份子钱的事，他找到彭姓妇女，希望用卖假钞赚的钱，把借的钱还上——结果他干脆就被软禁了，并伪造了已死的假象。

马北一的故事很完整，但他在撒谎。如果他真的想迅速赚钱还给同学，就不会骗份子钱使得自己暴露。我没拆穿他，但问了一个问题——为什么跟我说了这么多。

马北一笑笑："你不是周庸的表哥，你是徐浪吧？"我说："你怎么知道？"

马北一说："周庸在朋友圈发过你的照片，虽然就一个侧脸，但你头型挺特别的，我一下就认出来了。我知道你和周庸总是一起行动，你们可能已经报警了吧？我这要出去，肯定得判个三到十年，替我跟周庸说一声，我不是借钱不还的人。"

我不信他的这套胡扯，也不知道他和我说这些有什么目的。我看了看表，距离周庸出去报警，已经过去四十几分钟了。虽然没找到逃跑的机会，可我拖时间的目的达到了。

又和马北一扯了几句，隔间响起了敲门声，中年男人起身去开门："怎么才打完电话呢？"

他拧开门，门外冲进来几个壮汉，第一个人拿着证件给屋里的人看："都别动，警察！"马北一被警察带出去的时候，周庸站在门口，俩人互看一眼没说话。

我和周庸录完笔录出来时，天已经晚了。我们俩像每次录完笔录一样，站在警局门口抽烟。

周庸点着烟："徐哥，你说那彭姓妇女抓住了吗？"

我说："应该抓住了，警察一进屋我就向他们举报这个情况了。刚才咱俩出来的时候我听见有人说李欣然也被捕了。"

周庸深吸口烟："那李欣然隔两天送点假钞过去，到底是为什么？"

我说："应该是送去给老大验验成色，她一个中年妇女去市场买菜，即使被发现是假钞也可以说不是自己的，没人会怀疑。要是都花出去了，就证明没问题。"

周庸点点头，没说话，他可能心情不太好——因为马北一的事。我提议去喝酒，周庸说行。我们俩去了酒吧，一直喝到了天快亮才回家。

第二天上午，我还没睡醒，周庸疯狂敲门。我忍住怒气打开门问他什么事，周庸拿着手机给我看——被骗的份子钱要回来了。我立刻清醒了许多，问他怎么回事。

周庸告诉我，警方昨晚连夜审讯的过程中发现，马北一说他为了凑启动资金，把联通尾号8888的手机号卖了，在网上卖给了一个收手机号的，卖了七万元钱。

警察一打电话，那个收手机号的人就招了——因为马北一的微信没解绑，二道贩子用手机号上了马北一的账号，看他有同学要结婚，就在同学群里捞了一笔。这种事确实时有发生，换手机号不把相关账户都解绑太危险。这么看来，马北一昨天和我说的都是实话——他可能真的没想骗同学钱，只是后来身不由己。

我把马北一和我说的都告诉了周庸后，他好受了点儿："徐哥，要是我们不追究份子钱的事，北一是不是就不用进去了？"

这时我忽然想起一事，马北一昨天特别肯定地和我说，自己会因为印假钞被判三到十年——这是造假钞最轻的量刑。马北一只参与了前期，不算主犯，很有可能判得比较轻。但如果他被认定诈骗的话，一百万元以上的金额，起码得判十年以上。

他昨天和我说那些话的目的，很可能是为了在我去警局录笔录的内容时，能帮他从诈骗罪里摘出来——他没想骗人，只是正常的借贷行为。

　　这种可能性很大，但为了让周庸开心点儿，我说："你不能这么想，犯了错就该接受相应的惩罚，和其他任何事都无关。"

爸妈喜欢保健品，
一年被骗一万亿

2016 年 10 月份，我在整理新闻和线索时，看到了一份死亡名单——燕市"仙草保健品死亡名单"。

在这份名单里，有三十五人因为服用仙草保健品死亡或受到严重伤害，上面明确地写了这些人死亡或受损的时间、症状，以及他们的家属或朋友的联系方式。

这不是第一次出现保健品死亡名单。

2007 年，报纸曾报道过一份保健品公司的死亡名单，上面有 2004 年至 2007 年间，服用了某公司保健品后身体受损或死亡人员的信息。

这份死亡名单扑朔迷离，说真说假的都有，对保健品公司的影响，直到今天还有余波。如果不是因为这份死亡名单，该公司说不定早已成为业界翘楚。

　　老金当年也参与调查过这起案子，但因为某些原因，半途而废了。他后来和我提起过这事，说自己对保健品行业的观感极差。和老金一样，我对保健品行业也没什么好感，但很大原因是因为我睡不好。

　　按"中国睡眠研究会"的调查结果，全国的成年人里，有38%都是失眠人口。而生活在一线城市的人，失眠率更是高达六成。而我恰巧在这60%里，只能长期服用安眠药来帮助进入深度睡眠，以缓解夜行者的调查工作和写稿的疲惫。

　　这种情况一直持续到去年年底。田静分享给我一篇出自《美国临床精神病学》的论文，上面说长期服用安眠药极可能导致性功能障碍。我立刻把安眠药停了，改为服用一种据说对人体无害的保健品，褪黑素。

　　吃了很长时间，也没什么效果。咨询了学医的朋友，他告诉我这东西是改善睡眠质量的，对失眠没什么帮助，代替不了安眠药——这让我有种受骗的感觉。

　　如果这份死亡名单为真的话，很容易就能引起社会关注和共鸣，专题调查可能卖很多钱——我决定跟进这件事。

　　我叫上周庸，抱着试试看的心态，按照死亡名单上的电话，挨个打了过去。半个多小时后，我对这份名单上的人有了一些了解——名单上的三十五人里，有九个人没开机，七个人没接电话，十个人不愿接受采访，三个人直接挂断。还有五个人很友善，告诉我和仙草保健品公司已经达成和解。按照协议，不能再提这件事。

周庸电话打到一半的时候就快放弃了："徐哥，甭打了，这是编出来唬人的吧。"

我说："就三十多个，都打完得了。"

全都打完之后，好在还有一个人愿意和我们聊一聊。

这人叫张超，他的女友是死亡名单上最年轻的一个，只有二十七岁。死亡名单的其他人里，最年轻的也有五十九岁了——除了张超的女友外，这份名单可以算是"老年人死亡名单"了。

在电话里，张超告诉我们，2016 年 10 月 12 日，他的女友在吃了母亲给的仙草极致美肌丸后没多久，头疼发冷，喉咙发痒，她母亲急忙打电话咨询卖保健品给她的销售人员。

对方告诉她没事——这种情况是中医所说的瞑眩反应[1]，现在身体正在排毒，等毒都排出来就好了。

她妈一听放心了，也没去医院，告诉女儿忍一忍。三个小时后，张超的女友出现了休克的症状。这时再打 120，送到医院时，人已经快不行了。医院抢救了两个小时后，将病人转进了 ICU，告诉家

---

1 瞑眩反应，指人的体质或身体机能由不好转好（如：酸性体质变为健康弱酸体质），或人体在排除毒素时（如药品、食物中农药、人工添加剂、饲料中的荷尔蒙、抗生素、人体产生的废物等残留）身体的反应，所以又称为排毒反应或者调整反应。瞑眩反应是暂时性的，不是每一个人都会发生，也不是只发生一次。

销。会销，就是把老人凑到一块，用专家开会的形式，向他们推销保健品。

我之前对这种推销方式不太了解，但参加了十一场会销后，我发现，这和传销并没有什么本质的区别，都是一种洗脑的行为——只不过会销专门针对老年人罢了。

一进入他们的会销场所，所有的东西都在影响你。一般墙上会贴一些假的名人语录，灌输应该养生保健的观念。然后再通过专家讲座，告诉你他们的产品有多好。

当然，和传销一样，这些"专家"都来历很大——不是某某医院的曹大夫，就是某某大学的李教授，最后为了中西合璧，还会有一个海归张先生。这些都是传销玩过的手段，并没有什么新颖之处。

特别的是，他们在传销的基础上，进行了一些改变，融入了一些类似邪教骗人的把戏。第一次见到这样的把戏，是在我们化装成老人的第二天上午。

我和周庸在地铁站附近，参加了一个免费检查身体的活动，一位"负责中央首长保健养生"的王教授，给台下的老人们做了一个实验。他们卖的是一种包治百病的口服液。王教授先是拿出两块猪肝，一块是健康的，外表红亮；一块是病变的，呈紫黑色。然后将"病变"的猪肝泡进保健药水里，神奇的一幕出现了：猪肝慢慢变色，最后颜色接近健康猪肝的颜色。台下的老人啧啧称奇，很多人都购买了这款口服液。

我拿出手机查了一下关键词：猪肝变色。发现这是一个已经流传了许多年的骗局——"病变"的猪肝是用碘伏泡出来的，变色只属，病人现在处在昏迷中，有很大的可能醒不过来了。

她的父亲愤怒地打电话给保健品公司，结果对方不承认这是保健品的原因，但愿意赔偿一部分费用作为捐助，希望不要将事情闹大。她父亲没同意，说要报警。结果这家保健品公司就人间蒸发了。

我试图约张超，问他能不能出来一起吃顿饭，想深聊他女友的事。他答应了。

10 月 19 日 12 点，我和周庸开车到了约定的地方，找到三楼的饭馆，一个穿着灰色帽衫，看起来挺憔悴的男人站在门口。

我伸出手说："你是张超吧？"

张超和我握了握手，我给他和周庸相互介绍了一下："咱别在这儿站着了，进去说吧。"

我们进去坐下，点了汽锅鸡和煎豆腐。服务员走后，我直接问张超，他女友出事后，他们是否采取了什么措施。

张超："出事的第二天，她爸就报警立案了。但这家保健品公司已经找不到了，推销员的电话打过去也是关机。警方查推销员的电话号，发现是不记名的手机卡。"

周庸："真孙子啊！不过张哥，说句不好听的，你女友她妈也够呛了，自己闺女出事不打 120，听

▲ 汽锅鸡，云南名菜之一。汤的味道很鲜美

一个卖假药的。"

张超点点头："是，她妈特别爱买各种保健品，平时就总给她吃。"

我问张超是否方便去他女友家里看看。张超让我等等，出去打了个电话。过一会儿他走回来："方便，吃完饭咱就去。"

吃完饭出来，我和周庸跟着张超到了地方。这个小区很冷清，几乎没见到年轻人，在楼下转悠的都是一些老头儿老太太。

周庸问张超这小区怎么这么多老人。张超说因为这边的小区基本都是经济适用房。

我和周庸"哦"了一声。燕市的经济适用房一直限制购买资格。这小区建好有十来年了，当时能在这边买房子的都是老城区的拆迁户。

一般在老城区的房子被拆迁了的老人，都会买城郊地带的房子养老。这里房价便宜，环境也还可以，还有优惠，老人自然就多了。这个小区有许多拆迁后、手里有钱的老人。这里离市区也远，老人的儿女大都为了工作不会住在这种偏远的郊区。对于保健品推销行业来说，这个地方简直就是遍地客户的天堂。怪不得张超女友的母亲会被骗。

我们到了十一层，张超敲了敲门，一个老头儿开了门："小超来了。"

张超说："来了，"转头指着我和周庸，"这就是刚才电话里和您说的两个记者。"

刚才张超吃饭时和我们说，他女友的父母老来得女，现在已经六十多岁了——但看起来，老头儿分明得七八十岁，可能是最近家里的事太多，加速了他的苍老。老头儿过来和我握手："麻烦您二位了。"

我问了老头儿一些他闺女出事时的问题。他说的和张超告诉我的大同小异，但有一个问题——他们都不是第一当事人，老头儿的妻子才是。所以我问他妻子在哪儿，说想要聊聊，看能不能有什么有价值的线索。

他们家是两室一厅，老头带着我和周庸来到其中一个卧室的门口，打开了门。里面一个老太太正坐在床上抹眼泪。卧室里除了床以外，其他地方都堆满了大大小小的箱子。这些箱子大都是口服的保健品，除此之外还有一些按摩仪和我没见过的器材。

我说："阿姨，我想问问您闺女吃的那个药，您能给我看看吗？"

老太太找了找，拿出一盒仙草极致美肌丸递给我。我看了一下，这盒美肌丸上没有食品生产批号、没有厂址，也没有保健品的小蓝帽[1]。我又登录了食品药品监督局的官网，查询这个产品——发现完全没有相关信息。

这肯定是款"三无"产品。我问老太太购买时是否有发票，她摇摇头，说："他们说这是进口保健品，没发票。"

我又问她女儿出事那天，是否还服用了什么别的保健品，或者吃了什么不该吃的。

---

1 小蓝帽，即蓝帽子标志，蓝帽产品是由国家食品药品监督管理局批准的保健食品标志。我国保健食品专用标志为天蓝色，呈帽形，业界俗称"蓝帽子"，也叫"小蓝帽"。

老太太说："没吃，她从小就是过敏体质，对花生啊什么的好几种食物都过敏。我们不敢给她乱吃东西。这个仙草极致美肌丸我也是问了很多遍，配方里没什么会让她过敏的，才给她吃的。"

基本可以确定，张超女友的昏迷和这个"三无"保健品确实有关。但现在的问题是——这家公司已经消失了。

我点点头："阿姨，您还买过这家仙草公司的其他产品吗？"

老太太又拿出了一盒黑的、一盒红的口服液，还有一瓶蓝色的护手霜："这三个也是他家的产品。"

拿相机拍下这几盒保健品后，我们和张超一起出了小区，他要去医院看看女友的情况。我和周庸目送他离开后，靠在车旁抽烟。周庸说："徐哥，怎么查啊？这帮人肯定早跑路了。"

我摇摇头："不一定，很可能是换了个名字，换了几个推销员，继续在这儿骗人。"

老金给我讲过一些保健品行业的行为准则——对保健品销售公司来说，他们选择行骗的老人是有标准的。并不是所有的老人都会成为行骗对象。他们会根据两点，找到最有"潜质"的老人客户。

第一是身体不好。身体健康的老人不是他们的目标人群，他们的主要目标是六十五岁以上，身体有问题的老人——年龄越大，对事物的判断力越弱，也越容易相信别人，八十岁的老人肯定比六十岁的要容易上当。

第二点是老人是否独居。独居老人都比较孤单，防备心不强，手里都有些积蓄。加上没有孩子的阻拦，更容易上钩——那些和孩子同住的老人很少被骗。

对大多数保健品销售公司来说，符合这两点标准的老人数量有限。所以他们往往会反复压榨这些老人的价值，每隔一段时间就上门或者打电话推销保健品，定期循环——直到把老人的退休金和积蓄，甚至房子都压榨干净。

我给周庸讲完后，他点点头："怪不得新闻上都说老人几年间买了多少多少保健品。但这和他们跑不跑有什么关系啊？"

我解释这个小区的老人多，手里有钱，儿女不在身边。对于推销保健品的人来说，简直就是遍地黄金客户的天堂，不太可能轻易放弃。所以很有可能，幕后做这件事的人，会重新招一批人，继续行骗。

周庸说："我懂了，挺靠谱，但他们换了名，咱怎么找啊？"

我拿出手机晃了晃："顺着刚才拍的保健品照片找。虽然美肌丸出了事，但其他产品没出事。他们这种保健品都是找代工厂生产的，一订就得是一大批货。压手里肯定赔，很可能会接着卖。顺着这些产品，说不定就能找到换了名的保健品销售公司。"

给周庸解释完后，我们开车去了田静家附近的烧烤店——调查死亡名单，找出换名的保健品公司这件事可能很花精力，我需要田静确定是否可以赚到钱。

晚上6点，我和周庸、田静坐在饭馆的角落。点了烤串和啤酒后，我把调查的情况和她说了一下，她想了想："我觉得可以。即使你最后没查出这死亡名单的事，一个揭露行业内幕的专题新闻，卖给大媒体也能保本。"

周庸："徐哥，我也觉得可以。但咱就直接去找这些东西会不会太显眼了？咱又不是老人。像我这么年轻又帅，那帮卖保健品的肯定躲着我走。"

我让他滚："当然不能直接去，得先变成他们信任的人。"周庸想了想："没听懂。"

田静听懂了，在旁边插了一句："他的意思是你们要伪装成老人。"接着她转头问我："这次要用人皮面具吗？"

人皮面具，听着像个笑话，但却真实存在于我们的生活中——事实上网上就有卖的。在网上，很多东西用常规关键词是搜索不到的，比如输入"人皮面具""硅胶面具"，搜索到的都是一些万圣节装扮品之类的东西。但转换一下关键词——"易容脸"，就可以找到很多定制面具的店铺。价格在几百元到几千元不等，而且，还可以定制——完全照着某个人的脸做。

除了网上，我知道燕市有一家店，价格奇高，但要精致得多。他们家的人皮面具让我相信，可能真的有犯罪分子，通过使用人皮面具，而逃过了法律的制裁。

田静的提议很好，但这次行动不适用。

我说："这次不用人皮面具了，我手头没有现成的，老人的人皮面具，从定制个新的到做出来最快也得一周。而且这次可能有大量的近距离接触，被识破的概率也有点高。再说了，人皮面具太贵了，万一最后这次调查卖不上钱怎么办？"

田静点点头："那你想怎么弄？"

▲ 特效化装通常被用于舞台表演，步骤很多，技术复杂，需要经过专业培训

我说化装。想要化装成老年人，有三种方法：1.乳胶吹皱法；2.绘画化妆法；3.零件粘贴法。

其中最常用的是乳胶吹皱法。影视剧里，青年演员需要化装成老年人时，一般都会用这个方法。这种方法其实就是用天然乳胶或共聚物吹成皱纹，然后粘在脸上，是三种方法里最好的一种。

第二天上午，我和周庸找到一个专业的影视特效化装工作室，花了三个小时的时间，化装成了两位老人。化好装之后，我和周庸站在镜子前，花了两个小时练习符合"老人"这个身份的一举一动。

然后我们开车又来到了那个小区，这时已经是下午2点了。我们下车进了小区，装成两个在小区里溜达的老人。

从下午2：30到5点多，我们总共收到了七个人的邀请——有的说免费送生活用品，让我们去领，还有帮我们免费检查身体的——总之一切都是免费的。我和周庸记下了这几个推销员的联系方式，承诺第二天去看看。

接下来的三天，我和周庸总共去了十一个保健品推销的现场。之所以说是现场，是因为所有的保健品基本都是由一种"会销"推

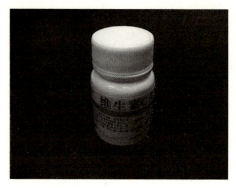

▲ 维生素C遇碘伏会发生化学反应

是一种化学反应；药水里面添加了维生素C，碘伏遇到维生素C就会褪色。

当天下午，在小区边上的一个底商，我们又见识到了一场"牛蛙实验"。在斯坦福大学搞科研的张女士在出售一种叫酶法多肽的药时，将两只牛蛙解剖，拿出心脏，一个放在清水中，十分钟后心脏停止了跳动；另一个心脏放在他们所谓的溶有酶法多肽的药水中，过了五十几分钟，心脏仍在跳动。

一个促销员端着心脏到台下给老人们观看。带我和周庸进来的保健品推销员不时地发出惊叹："叔叔，你们看啊，太神奇了，快看快看！还在跳！"

两个小时后，我和周庸去卸妆时，他用手机查完给我读搜索结果："牛蛙心脏离开活体放入清水本来就会很快死掉，若放入生理盐水中，可以跳动至少三个小时。徐哥，你说这帮孙子是不是把人都当傻子了。"

我说："不能这么说，人进入老年后会对死亡产生恐惧，儿女也不在身边，孤独感和从众心理都能让他们轻信别人。现在保健品宣传都是针对性地抓他们这种心理，还经常弄一些专家以及国外学者什么的彰显权威性，再虚拟一些人现身说法，他们被虚假信息洗脑也正常。"

周庸点头："我看着那帮老头老太太，就想起张超女友她妈，觉得他们可悲又可恨。还有上午来闹事的那个儿子，得多伤心。"

周庸说的是上午会销时的一个小插曲。一位老人的儿子来到了现场，指责保健品公司让自己父亲购买了几万元没用的东西。老头很生气，给了儿子一个耳光，说他再不走就脱离父子关系，儿子无奈只好走了。

我说："是，心中毒比身中毒更可怕。但出事之前多关心下老人，预防一下，可能就不会有这种事了。"

参加了三天的会销，我和周庸都毫无收获。直到第四天下午，我和周庸参加的第十四场会销，事情才终于有了点眉目。

之前所有的流程都很正常。像前三天一样，我和周庸来到某间免费体检的会议室内，专家在台上不停地宣传保健品。我拿着手机看新闻，基本上什么都没听进去，周庸忽然问我："徐哥，你说他怎么老提马云呢？"

我说老年人特别喜欢喝这些"鸡汤"，马云已经成了"鸡汤"的顶端人物了，让马云和自己有关系，会让人信服：都和这么大的老板有关系了，总不可能是骗子吧？

周庸："那他也不用一直说马云吧？"

我点点头，台上的专家忽然说了声："有请马云，马总来到我们的现场！"台下的老人们顿时都激动了，周庸："不可能吧！"

这时一个戴着面具，手里还提着一款保健产品的人走上了台。他揭开了自己脸上的面具，下面的老人们掌声不断。

周庸蒙了，说："徐哥，马云真来了。"

我说："你傻吗？你仔细看，只是长得像而已。咱俩现在都变老头儿了，他们找个长得像点的人化装成老马怎么了？"

周庸仔细看了一会儿："你说得对，这就是长得像，我感觉他比马云帅一点儿。"

看了一会儿，周庸又"啊"了一声，我说："怎么了？哪个富豪又来了？"

周庸摇摇头，让我看"马云"手里拎的东西。我抬起头看，"马云"正从盒子里拿出一个黑瓶的口服液，向大家吹嘘功效。关键是，这个小黑瓶我见过——正是仙草公司的口服液。

把手机放回口袋后，我告诉周庸尽可能地，从后排开始，搜集这家公司所有人的电话号码。

在会议开始的时候，这些销售人员分散在了各个地方，充当现场烘托气氛的托儿，所以完全没发现我和周庸管每个人都要了电话。我和周庸分别行动，我从前排往后，他从后排往前，借着买东西的名义，将出现在会场里的销售人员的电话都记了下来——包括专家和现身说法的人。

出了门上车后，周庸抱怨压着嗓子装老人说话太累。我告诉他以后不用装了："咱俩去卸妆吧，装老人的行动已经结束了。"

在保健品推销这行里，永远都缺人。人越多拉到的客户也就越多——所以背后的组织者会一直招聘推销人员。

我和周庸回到家，立即用每一个推销员的电话号码对着招聘、推销、保健品等关键词检索。二十几分钟后，我们找到了一条招聘推销员的信息。联系电话对应的是假马云。

为了套出和张超昏迷的女友以及死亡名单的相关信息，我和周庸打电话过去应聘，对方让我们第二天去应聘。

周庸问我应聘用不用准备什么。我想了想："今晚去农贸市场买两个破包，再去夜市地摊上买点衣服。再把你燕市口音收一收。他们招新人肯定喜欢招年轻、小城镇来的，什么都不懂的，好骗，没什么心眼，危险性低，干起活儿来死心塌地。明天你和我一样是个黑市人。"

第二天上午，我和周庸背着淘来的帆布包，装成刚来燕市的样子，来到面试地点。

在对着市场的一栋门市房里，我和周庸又一次见到了"马云"——由于卸了妆的原因，他现在看起来没那么像马云了。

他把我们带到一个房间，里面还坐着另一个人。他介绍说："这是我们公司的董事长，我是总经理。下面我们想问你们俩点儿问题。"

"马云"问了问我们的家庭、年龄，以及一些工作情况。

当我和周庸骗他说，我们都来自北方一个偏僻的小城市，刚到燕市没多久时，董事长挺高兴："我就喜欢招北方人，嘴皮子都利索。"

"马云"又问我们有没有住的地方。周庸看着我，我摇了摇头说没有。他爽快地说："没有没关系，公司提供员工宿舍，就在附近小区里。"

在告诉我和周庸面试通过了后，"马云"问我们："知道这行赚钱吗？"

我说知道，史玉柱盖巨人大厦欠了几亿元的债，最后就是靠这个翻身的。

董事长夸我懂得多，说现在市场的行情比那个时候的还好——今年光是摆在明面上的，就有一万亿元。"那些就让那些上市公司去抢，咱不靠那一万亿都行。"

"马云"也在旁边说："跟着董事长，保证年入百万不是梦。"

和我们交代完后，"马云"叫来一个年轻的小伙子，一听口音就是外地的，让他带我们去员工宿舍。外地小伙把我们带到了一栋一百三十平方米的宿舍，告诉我和周庸："休息一下吧，下了班大家就都回来了。"

我和周庸在屋内转了一下，房间里挂满了标语："抵制负能量，坚持你的梦想！""没有事业的人，猪狗不如！"

晚上所有人都回来后，算上我和周庸，总共住了十个人。其中两个女孩儿一个房间。剩下两个房间，每间房四个男生，我和周庸分到了一个上下铺。八个人都很年轻，晚上吃饭的时候，他们主动帮我和周庸夹菜，每个人都无比真诚——除了周庸，他嫌弃地把别人夹到碗里的菜拨到了一边。

晚上睡觉的时候，我、周庸和对床的两个人聊天，然后我们吃惊地发现——他们是真心觉得自己在做一件伟大的事。

这其中有一部分肯定是来源于工资。在我和周庸的反复追问下，他们告诉我们俩："一个月都卖十好几万，每月工资两万多很正常。"还有一部分原因，在第二天为迎接我和周庸开的动员会上，我们也知道了。

董事长和总经理"马云"毫无架子地和我们交谈。

"有很多人说保健品公司是骗子公司，说我们骗老人钱，我不知道别人怎么样，但我们的目标是让天下老人健康幸福。对这些独居老人，你就把你自己当成他们的亲儿子、亲女儿！没有菜了，我们买菜。没吃过孩子做的菜，有我们；没人陪伴，有我们。最后他们为什么会买我们的保健品？因为我们让他们高兴，特别高兴，如果他不买的话，就会特别痛苦，我们把他们照顾得这么好，他要是不买会觉得对不起我们而痛苦！"

周庸捅捅我，低声说："徐哥，我咋觉得他说得有点道理。"

我和周庸待了三天后，发现董事长说的不在乎万亿元市场的话不是吹牛。这家保健品销售公司只有几十个人，但一个月能卖出几百万甚至上千万元的产品。

最可怕的是，按照"马云"的说法，仅在燕市就有五百家左右和该公司一样专卖老年保健品的销售公司，而在全国，这样的公司有近万家。

10月27日，趁着在小区抽烟时，周庸问我："徐哥，我都花自己钱代客户买了五万元保健品了，现在咱俩业绩也有了，'马云'也表扬过咱了，是不是该套套话了？再待几天，我容易被洗脑啊。"

我说："现在信任度肯定不够，咱演场戏吧。"

周庸问我演什么。我问他记不记得装老人参加会销时，有老人的儿子来闹事。周庸点点头。我说就演这个。

我和周庸在网上找了个医闹，让他带几个壮汉，明天来假装家里老人被骗买了很多保健品。

　　第二天上午，我们正在开一场推销会，"马云"在台上激情洋溢地讲着养生之道，几个壮汉冲了进来，要求公司赔偿三十万元，说自己父亲花了十几万元买保健品，还吃坏了，现在正在住院。

　　"马云"很慌张，所有的推销员都不敢动的时候，我和周庸挺身而出，和他们去外面谈了谈，成功地通过劝说解决了问题。

　　回来之后，"马云"对我们更加另眼相看了："你们怎么说的？把他劝走了？"

　　我说我跟他承诺，他爸再来买保健品，绝对不卖给他。"马云"欣赏地点点头。

　　下午做完会销回到公司，我和周庸带着纽扣摄像机，进了"马云"的办公室。他问我有什么事，我说我们想辞职。

　　他很惊讶："是有什么困难吗？"

　　我说："没有，就是怕出事，昨天那人说他爸吃坏了，万一我卖出去的东西吃坏吃死人了怎么办？"

　　他笑了："我们的药，都是些维生素什么的，虽然没有治好人的功效，但也吃不坏，这不挺好吗？让他们补补维生素。"

　　我说："我听人说，前一段这片儿就有出事的，所以真不想干了。赚钱可以，但不能犯法啊，我们家可就一个儿子。"

　　"马云"想了想，找来董事长，让他和我们谈。

　　董事长极力挽留我们俩："我是把你们当成骨干培养的，希望你们能和公司共同成长，靠自己的努力发家致富！"

"但要是实在不愿干了，我们也不强求。"他补充说。

我说我们想干，但听说小区和前段保健品死亡名单那事后，真是有点害怕。

董事长点点头："理解，但死亡名单那事，我们行业内都清楚，就是恶意竞争，没有的事。为了打击对手瞎编的，这片儿是块肥肉，一家多吃点，其他保健品公司就少吃点。这事我都知道是谁干的！"

然后他拿出手机通讯录给我看："这是琳琅保健品公司老板的电话。你看看那个死亡名单，他的联系方式就在上边，你要给他打电话，他就告诉你，说已经和解了，不能说太多。"

我和周庸说考虑考虑。晚上我们在小区里转悠时，找私家侦探查了一下琳琅保健品公司老板的电话，绑定的人确实是一家保健品公司的法人。

死亡名单的事，应该是琳琅保健品为了"商业竞争"搞出来的，但张超女友的事却是真的。董事长很狡猾，完全没透露自己和这件事的关系。

出了门，周庸说这也不行啊："咱得让他承认！把张超女友吃坏的仙草极致美容丸，是他弄的啊。但这孙子就不说和自己有关，还说是内部消息。"

我点点头："但他不应为了证明真实性，给我看那个琳琅公司老板的电话号码。"

敌人的敌人就是朋友。我凭着记忆打给琳琅公司老板，自我介

▲ 监听设备常隐藏在角落里

绍之后，告诉他我想扳倒仙草保健品公司，问他想不想合作。

他没多想就同意了："可以啊，需要我们做什么？"

我说他什么都不用做，明天上午打电话给他的竞争对手就行。

当天晚上，我和周庸溜进董事长的办公室，安装了几个针孔摄像头。第二天上午，董事长上班后，我给琳琅的老总发了条短信，告诉他现在就打电话。董事长在办公室接了电话后，很快就把"马云"叫进了自己的办公室。

晚上下班后，我和周庸故意最后走。离开之前，在董事长的办公室里取出了监听设备。我和周庸没再回"宿舍"，直接回了家，将针孔摄像拍下的东西导到电脑上打开。

董事长接了电话后，叫"马云"进自己的办公室，问他小区的那件事有没有什么漏洞。"马云"说没有："咱没注册公司，手机号也都没实名认证，上一批员工都遣散后，办公地点也换了。"

看完视频，周庸问我是不是直接交给警察。我觉得不行："这种用特种装备偷拍的东西都是非法证据，不能作为呈堂证供。交给警察，咱俩容易被判刑。"

第二天上午，我和周庸又去了公司，"马云"看见我们很高兴：

"听说你们俩没回宿舍，我还以为不干了呢。"我没理他，直接进了董事长办公室，把视频给他看。

2016年10月31日，张超的女友昏迷一周之后，醒了过来。在差不多同一时间，他们收到了一笔二百万元的汇款。我打电话告诉张超这笔钱拿着就行——这是和解的钱，我只能帮他到这儿了。

张超很感激，说要请我和周庸吃饭，感谢我们为他女友的付出。我和周庸晚上到餐馆时，张超已经点好了菜，并要了一打啤酒。

喝了几轮后，周庸看了看桌上已经空了的油炸花生米："你爱吃花生？"张超说是。

我忽然想到一件事，问张超他女友出事那天，还做了什么。

张超想了想说："没有，我们一起吃完饭，她说她妈让她回去取点营养品，然后就走了。到晚上，她爸告诉我她出事了。"

我看了看张超，最后还是决定不问他那天吃没吃花生，又是否和他的女友接吻。

开车回家的路上，我和周庸说了我的猜测。张超那天可能吃了花生——然后两个人接了吻。作为最致命的过敏源之一，花生差点要了她女友的命。

周庸想了想："那我们不是冤枉董事长了吗？"

我说他要是没卖保健品骗人钱，还告诉人家那是瞑眩反应，正常情况下肯定会打120，不会耽误治疗。

周庸点点头："这次的案子挺开心，替人追了一笔钱，还威胁董事长以后不能从事保险行业，能让受害的人少点儿。"

我说："你这么想不对，没有了仙草，还会有别的保健品公司，他们永远都会骗下去。只有子女平时多关心父母，多预防，才能杜绝这种情况的发生。"

被拐儿童救回后，
染上了一种怪病（上）

2016 年 11 月 16 日上午，我因为感冒在家里躺着，这时一个署名"蓝色火车"的人给我发了一条微信："孩子找到了，有事想和您聊聊！"

"蓝色火车"上一次给我留言，是一周前。"朋友家六岁大的儿子刚在燕市太兴区葫芦路附近走丢了，可能是被拐了。"他问我除了报警外，是否有什么应急方法。我告诉了他公安大学王大伟博士发明的"十人四追法"：母亲原地不动，父亲发动亲友十人或以上向四个方向寻找。

因为人贩子把小孩抱走后，经常会火速赶往火车站、汽车站，

2千米范围内

▲ 十人四追法示意图

买张票马上走。

所以丢孩子的一定要比人贩子还快，才能把他截住。据说有位母亲用这种方式，在火车站截住过正在检票的人贩子。

四个方向最少是八个人，还要有两个人，一个去报警，另一个人要留在家里，因为有时小孩能自己找回家。所以一旦有两三岁的孩子丢失了，要马上组织最少十个人，赶快出去追，不要有任何耽搁。

因为当时我还在查假钞的事情，同时准备去香港参加同行聚会，就把这件事忘了。

一个月后，忽然得知男孩找到了，我挺高兴，赶紧又联系了"蓝色火车"。我问他具体是怎么找到的。

"蓝色火车"告诉我，他看到我回复的信息，已经是几小时后了，"十人四追法"已经不适用了。警方调了附近所有的监控，确定孩子是被一个中年男子拐走的，但具体拐走了哪儿，需要慢慢调查。

在警方调查期间，"蓝色火车"的朋友把失踪男孩的信息发布到"全国打拐解救儿童寻亲公告平台"上。有志愿者在东南地区巡看时，发现了长相相似的男孩。通知家长后，家长和当地警方一起找过去，发现那确实是自己儿子。

我问他是否抓到人贩子。他说没有。他这次找我，就是因为这事。

我奇怪："孩子都找回来了还找我有事？"

他说是，孩子回到家之后没几天，生殖器和肛门等处出现了溃烂的情况。带孩子去医院检查后，医生说这是性病——孩子得了尖锐湿疣。

也就是说，在被拐卖期间，这个男孩被迫和人发生过性行为。

我问他购买孩子的那对夫妻中，是否有人是恋童癖？

"蓝色火车"说没有，发现孩子得了性病后，他们又报警了。警察带那对夫妻去化验，两个人都没有尖锐湿疣。现在猜测，人贩子是恋童癖，在拐卖过程中与男孩有性行为，把性病传染给了他。

简直太可恨了，我问他能帮上什么忙。

"蓝色火车"告诉我，他的朋友，也就是男孩的父母，现在愿意出三十万元找出这个人贩子，将他绳之以法。问我愿不愿意接这个活儿。

我说我得考虑考虑，晚上可以一起吃顿饭，详细聊聊。因为感冒，不能吃太油腻的，所以我订了一家淮扬菜。

晚上6点，我给周庸打电话，开车接上我，到了饭馆。在餐馆门口，我见到了"蓝色火车"。他戴着眼镜，看起来很斯文，看见我和周庸过来立即上来打招呼："您好，徐哥吧，太谢谢您了！"

我摆摆手不再客套。

我们进了店里，点了蟹粉狮子头、太湖虾仁和我最喜爱的大煮干丝，要了一壶龙井。倒上茶，我和他实话实说："三十万元的活儿，我挺想接的。但说实话，找人不算是我的强项。"

找人在我的职业技能里算是比较弱的一项——我比较擅长对现

有目标的分析、追踪、监听和挖掘。

但找一个从来没见过，身份信息完全不详，名字都不知道的人——说实话，这方面我比较弱。

当然，比较对象是能查天眼、定位手机的一些私家侦探和警方。

他摇摇头："我们之前就找过你，对你比较信任。"

我说："行，你要认准我了，咱就签个合同——我们一般不干太长的活儿，超过十天没线索，就放弃。你们负责调查所花的交通食宿。要是查到了，不需要报销费用，直接全款就行。"

"蓝色火车"点头表示同意，我发给他一份电子合同，他扫了一眼，说可以。

周庸买单后，我管"蓝色火车"要了那对从人贩子手中购买男孩夫妇的地址，买了第二天一早8：10燕市飞泊州市的机票。

经过三个小时的飞行，我和周庸到了泊州市。

在泊州机场一楼进出口停车区，停前面的都是当地的出租车。一群男子站在车附近，见我和周庸出来，上前招呼："你们要去哪儿？到这边来说，运管在这儿不方便讲。"

周庸刚要说话，我拦住他："不用，我们不打车。"

绕到出租车停放区的侧边，有许多泊州市区的出租车。我和周庸上了车，说到汽车南站。周庸问我，为什么机场一出来那儿不打车，跑这么远来坐出租。

我还没说话，司机回头看我一眼："这小伙是聪明人啊，门口停的那些出租车基本都是不营运的，停在这里只是为了招揽客人，然后把客人倒手给泊州市区的出租车或者黑车，从中收取一定的费用。

咱正常打表也就一百多元，你们要打那车他们得收三百多。"

周庸："就没人管吗？"

司机摇摇头，没再说话。

到汽车南站时，已经快下午 1 点了。我和周庸在汽车站坐车，先花了三个多小时到了泊州市下辖的安通县城，又从县城坐了一个小时的小巴到感怀镇，等在感怀镇下车的时候，已经 5 点了。

周庸下车时都要吐了，说自己再也不想坐客车了："徐哥，他们在燕市拐一孩子，卖到泊州来——这也卖得太远了吧！"

我说："是，哪里有需求哪里就有买卖。"

感怀镇的空气很好，有很多很有特色的二层小楼。我和周庸按照地址，问了几次路，找到了陈强夫妇的家——他们就是买了男孩的那对夫妻。

我和周庸在门口敲了敲门，没人开，我们就站在门口等着。这时路过一个四五十岁的大叔，问我和周庸在这儿干吗，我说我在等陈家的人。

大叔说自己是邻居，就住旁边，问我们什么事。我说我们是记者，正在做一期拐卖儿童的调查，想问问他们从人贩子手里买孩子的事。大叔没说话，转身走了。

周庸问我："徐哥，等会儿直接问他们认不认识人贩子？"

我说："当然不能这么说，他们至今没孩子，也没领养，肯定有困难。从对方角度出发，人家才能理我们。"

天黑了，陈强夫妇才回来。

我说我们是记者，了解到前段时间他们买孩子的事，想问下，为什么不去福利院领养，而找人贩子买。这对夫妻一肚子苦水："我们也不愿意啊，八万元，就这么打水漂了。"

他们很高兴有人来关心，让我们留下吃饭，我和周庸顺势就答应了。饭桌上，我问他们是怎么联系上人贩子的？是否知道人贩子的下落？一般来说，人贩子是这么做生意的：他们会先找一个对孩子需求比较大的地方，在这里持续地卖孩子，直到这个地方被满足，再寻找下一个地方。

他们表示不知道："那人贩子就是碰见的，不是我们主动联系的。"

我看到陈强夫妇说不知道之前，做了一个眼神的交流——他们在撒谎。不交代人贩子的联系方式，很有可能是，他们还想再买一个。

我吃了几口饭，说要去卫生间。陈强指了一下："二楼右边的那个门就是。"

陈强家是个二层小楼，一楼是客厅、厨房和一间卧室，二楼是两间卧室和一个卫生间。我放轻脚步，悄悄在二楼找了一圈——屋里没有电脑，有一本笔记本，还有一个固定电话。

我翻了翻笔记本，里面记录的都是茶叶出售的账目——感怀镇是出名的茶叶产地之一。翻完这本账，我没找到和人贩子有关的信息。固定电话上有些通话记录，我把号码都拍下来，掏出口香糖嚼软，粘了个微型录音器到床头柜底下。到卫生间冲了下厕所，我就下楼接着和他们一起吃饭。

吃完饭，我跟陈强夫妇说今天太晚了，明天再来聊聊，就和周庸去了镇政府附近的旅社。

到了房间，我把窗帘拉上。周庸问我拉窗帘干吗。我说："有人跟踪，刚才咱往镇政府这边走的时候，后边有个车一直跟着。但应该不是专业的，开得特别慢，大灯一直晃着咱俩身后。"

周庸："是人贩子吗？"

我说："不知道，但应该和这事有关系，咱这两天得注意点。"

我把拍下来的通话记录，发给了线人小K，让他帮忙查一下这些号码是否有问题。一个多小时后，小K打电话回来，说这些电话看不出问题——都是本地的电话。在自己家乡做人贩子的很罕见，警察太容易查证，人贩子应该不在这些电话里。

第二天中午，我们又到了陈强夫妇家，四个人一起吃了顿饭。周庸按照我们昨晚商量好的，不停地问陈强夫妇一些问题，我借机四处观察有什么不对的地方。

我猛扒两口饭，再次借口上厕所，去二楼拿回微型录音器，发现床头柜上摆了几份报纸，其中有一份叫《泊州鬼故事》。我看了两眼，越看越觉得不对劲，就拿出手机，把这报纸前前后后每页都拍下来，然后下了楼。

再没找到其他线索，我们告别了陈强夫妇，回到旅社。

进了房间，周庸问我找没找到什么有用的东西。我拿出手机，给他看报纸的照片，他翻看了一会儿："没看出来

▲ 录音笔。录音笔的内容不能当作证据使用，但可以震慑他人

啊，徐哥，哪儿奇怪啊？"

我告诉他，这是份假报纸。

"首先排版太乱，一个正规报社，就算再不专业，也不可能这么不守规矩；其次这刊号我认识，CN44-0103，这是《四方时空》的刊号，我原来总是看，订过两年。"

周庸点点头："我小时候，燕市地铁里总有卖假报纸、假杂志的，天天在那儿喊哪个明星死了，好多外地游客去买。"

我仔细地翻了翻报纸的照片，确实都是一些灵异故事。只有最后一页是一整面的广告，有卖钻石的，有卖房子的，也有卖衣服的。我看了两个广告，觉得不太对——这报纸上的广告都很奇怪。

河西精品钻石销售，经过一百一十道工序，六年经验男设计师打造，通过国家 B 级认证，八万起售。

天琼服装店，女孩街一百二十号七座，六万＋品质高，全都是 A 货。

我递给周庸，让他看："你能看出来什么？"

周庸看了两眼，很疑惑："看出来什么？这不就是小广告吗？"

我说："不是，这是暗语，人贩子的售卖信息。河西精品钻石销售，经过一百一十道工序，六年经验男设计师打造，通过国家 B 级认证，八万起售。意思是河西市拐来的，身高一百一十厘米，六岁男孩，B型血，八万块。天琼服装店，女孩街一百二十号七座，六万＋品质高，全都是 A 货。意思是，天琼市拐来的女孩，身高一百二十厘米，七岁，六万块，A 型血。"

周庸又看了两遍，目瞪口呆："徐哥，神了你，这都能看出来！"

我说这都是经验。前几年我查过一个卖淫团伙，就是用这个方式招嫖。

终于有了一些人贩子的线索。我掏出拿回来的录音器，递给周庸，让他插在电脑上放一下。

我和周庸倒着听了一会儿——陈强晚上还真用座机打过一个电话。

周庸："徐哥，这普通话方言味道太重了，我也听不懂啊，他们说啥呢？"

我给他解释了一下，大致的意思就是陈强告诉电话那头的人，让他放心，自己什么都没说。

我走到窗边，从窗帘的缝隙向下看，那天在陈强家门口遇到的邻居大叔站在楼下抽着烟，时不时抬头看两眼。

我问周庸几点了，周庸看了看手机，说："2：30。"

我说："咱走吧，已经被人盯上了。住宿条件也太差，先回泊州再做下一步打算。"

在镇口坐上开往安通县的小巴车，我回头看了一眼，跟着我和周庸的大叔转头回去了。

周庸问我："徐哥，跟着咱们的是人贩子吗？"

我猜不是："应该是其他买孩子的人，能用报纸广告卖孩子，证明这个地方的需求不小。跟踪的应该真把咱俩当记者了，怕查出什么，自己买的孩子也得被警察带走。"

到了泊州，我们开了间房，拨通了报纸上小广告留下的电话。

接电话的是个男人，问我想来点啥，我说要天河服装店的 A 货。他说六万元，并告诉我一个账号。"先打一万元，剩下五万元现金，一手交钱一手交货。"

我问他在哪儿交货，他说最好在我家，如果不放心也可以在外面交，地址由他们定。我说我人在泊州，具体地址他定。

他说今天收到钱，明天就可以交货。

我挂了电话，给对方转过去了一万元，让周庸租台车。周庸用手机弄了一会儿："租好了，徐哥。"

"挺快啊，租的什么车？"

"宝马，一天一千两百元。"

我说："你不能省着点啊！你是不是傻啊！租这么贵的车，就不能租个普通的丰田吗？"

第二天早上 8 点多，我和周庸还在睡觉，接到一个电话，交货地点定在蓝山路的一个防空洞。

蓝山路下面有很多的防空洞，纵横交错，横贯马路左右，有一些是被砖墙封住的，有一些被打通，里面有人活动的痕迹——天气炎热的时候，泊州有很多人都会来这里避暑，泊州气温四十度时，防空洞里也就二十几度。但现在的气温只有二十多度了，这里又湿又冷，基本没人。我本来感冒还没好，一进里面直哆嗦。

因为取车花了太长时间，到这里时，距离人贩子联系我，已经过了近两个小时。我和周庸站在湿冷的地下防空洞里，给人贩子打电话。防空洞四通八达，像迷宫一样，根本找不到哪儿是哪儿。

对方接了电话，说我们太慢了，他怕有危险，换地方交易，让我等电话。我和周庸白跑一趟，开车回到酒店。

晚上8点多，人贩子又来了电话，让我们三十分钟内到新湖公园的大门。周庸查完地图松口气："就在咱旁边，走着去可能更快。"

▲ 独自经过无人的树荫地带，要注意安全

我说："我自己走着去，你开车。人贩子要是开车走，你正好跟上他。"周庸说行。

下楼后我感觉有点饿，就在路边买了几个小饼，一边吃一边往公园走。吃着饼到了公园，我隐约看见门边树荫里有一大一小两个身影。

之前没来过泊州，在这种人生地不熟的地方，要是栽了，那就得原地爬起来。所以我比较小心，装作给女朋友打电话吵架，在门口转了几圈。

没发现对方有隐藏的同伙，我拎着五万元现金，走向了树荫。

我走近拿手机晃了一下，是一个穿得挺破的、脸上有些脏的消瘦中年男人牵着一个小女孩——小女孩倒还算干净，两人形成了鲜明的对比。中年男人拿手挡住脸，让我把手电筒关了。

我问他是来交货的吗？他点点头，我抬抬手里的塑料袋："五万元，用点点吗？"

他接过钱检查，我蹲下看小女孩，想伸手拉她，她往后一缩。

我站起身搭话："我还有朋友想买小孩，能给便宜点吗？"

他沾唾沫数着钱，摇摇头说："不行，报纸上的都是明码标价，不讲价。"

我问他报纸上的都是他们的生意吗？他说是。

中年人点完钱，把小女孩向我一推，转身就跑。

我打电话给周庸："他往湖街跑了，男，中年，消瘦，短发，脏，黄夹克。"周庸很兴奋。

我牵着小女孩先回了酒店。两个小时后，周庸回来了："幸亏租了宝马，要不然就和人贩子的丰田撞车了。"

我让他别扯了。

周庸告诉我，他跟到靠近港口的一个大院。

我说："既然知道在哪儿就好办了，明天咱们先确定一件事。"

周庸："徐哥，咱这次来坐飞机，为了不被查，什么防身设备都没带，是不是得置备点儿啊？"

我说："也是，昨晚下楼吃饭，看见道边有五金店和情趣用品店，足够买到我们需要的东西了。"

第二天，我和周庸带着小女孩去医院做体检，医院离我们住的地方很近，过个山洞就到。晚上体检的报告出来，结果和我们猜测的不一样，女孩很健康，没有得包括性病在内的任何传染病。所以我们无法确定，昨晚的男人是不是让小男孩感染上性病的人贩子。

我和周庸把小女孩送到警察局，假装热心群众捡到了一个走丢的孩子，将小女孩交给警察后，留下了假的联系方式——全程我和周庸一直戴着鸭舌帽，遇见监控就低头，避免被拍下脸。

　　将小女孩留给警察后，我和周庸开车前往了那个院子。到的时候，已经差不多是下午5点了。将车停在附近，转了回来，因为不确定院子里是否有人，我们蹲在院子旁边的树丛里等。过了一会儿，一辆丰田开了过来，周庸低声说："徐哥，昨晚就跟的这车。"

　　车里下来了几个乞丐，每人抱着一个孩子。

　　周庸骂了声："走到哪儿都有乞丐团伙。"

　　一波乞丐进了屋，一波乞丐上了车，还跟着几个缺手缺脚的小孩，车又开走了。

　　周庸："这是要轮班啊！"

　　确定了院子里还有很多人后，我和周庸回到车里，一直待到凌晨2点。我们戴上帽子，拿了两根钢管，回到"丐帮总舵"所在的大院，翻了进去。

　　院里鼾声一片，睡着十四个孩子——就盖着硬纸壳，直接睡地上。这几个孩子有大有小，有男有女，但身体都不健全。

　　有个男孩看起来七八岁，瘦得像条狗，头骨凹了一块，光着上身，腿上穿着一条已经看不出底色的裤子——他的右腿从背后拧了个圈后从左侧脖颈处伸向前，他的脸不得不贴在自己的脚上。他的左腿从身前向上从右侧跨在自己脖子的后面，两条腿缠绕在一起，形成一个圈。只能侧睡在地上。

　　这孩子忽然睁开了眼，看见我们"啊"地叫了一声，我们转身就跑。刚跑到墙边，屋里出来个人，大喊一声："有人来了！"

　　屋里蹿出好几个人，跑向我和周庸。我让他踩我肩膀先翻上了墙，周庸拽着我的手向上提——我感冒几天，还发烧，有点虚，一把没上去，对方已经冲了过来。

周庸死命拉我，我向上使劲的时候感觉有人拽住我的脚，我往后用力一蹬——鞋掉了，我和周庸从墙上掉到了外面。

我隔着墙喊了一声："别追了，什么都没偷着！"顾不得身上疼，我们爬起来就拼命跑，一直跑到了港口，有许多工人正在卸货。看见人多我们放了心，打车回到酒店。

回去后，周庸问我是不是打草惊蛇了。

我说："应该不能。咱肯定不是警察，要不就不跑了，加上我喊的那句，他们应该以为就是小偷吧！"

周庸点点头："怎么那么多残疾小孩呢？"

我估计可能是故意收集的，也可能是采生折割，残疾小孩要钱比较容易。采生折割是江湖上流传了几百年的、最惨无人道的做法。就是把孩子的手脚折成奇形怪状，放在大街上乞讨，黄昏再接回去。丐帮从未灭绝，采生折割也从未灭绝，各个城市都有，所以见到这样的儿童乞丐，第一选择应该是报警。

周庸点点头："太残忍了，但那些健全的孩子都在哪儿？像他卖给咱们那女孩一样的，我一个没看见。"

我说："不知道，明天咱们问问他。"

第二天一早，我和周庸打车去取回了被我们战略抛弃的宝马，在路边等那辆丰田出现——这是开往市区最方便的一条路，对方有很大可能会走。

上午9点，那辆车出现了，我和周庸立即跟上。司机在紧靠着步行街的路边停车，让几个乞丐下了车，然后又开到了一条文化老街。他把车停在巷子口，进了一家茶楼。

周庸："这生活得还挺雅致。"

我觉得应该不是。听人说过这条老街的一些秘闻，这条巷子里有很多出名的"洗钱地"——这里面有些高档茶座，有门槛，不能随便进，里面都贵得要死，进入一次最少好几万元，只有洗钱的人能进。周庸："这是什么洗法？"

我跟他解释："比如说你消费了十万元，走之前，可以把自己的一盒茶叶卖给对方，他出九万买。这样你的钱就洗白了，他也赚了一万块的'手续费'。"

"所以这个人是来这儿洗钱的？"

我觉得应该是："乞讨来的钱和卖孩子来的钱来路都不正，怕出事，这种人洗钱很正常的。"

下午2点，开车人从茶楼出来，我和周庸在后面跟着。再次回到了港口附近。在人少没摄像头的路段，我和周庸从左侧超过了他的车，然后一脚急刹。他刹车不及，追了我们的尾。

他下车看了一眼自己的车头："你们傻吧？"

我和周庸迅速架住他，把他架到了宝马后座。我让周庸把另一辆车开到路边，用昨晚在情趣用品店买的手铐将他拷住，他的虎口上有梅花一样的五点刺青。

我再用同样在情趣用品店买的眼罩蒙上他的眼，开着车到了港口一个没人的地方，打开了录音笔。

这家伙看情势不对，没什么反抗，很快就招了——他是这个"丐帮"的头儿。帮派里的残疾儿童，有天生的，也有小儿麻痹和弱智儿童，被他们进行了采生折割，变成了残疾。身体健全智力正常的孩子都关在屋里——生病就卖不上价了。

我问他，记不记得一个月前，有一个男孩，卖到了感怀镇。他想了一会儿，问我们是不是卖给了一对种茶的夫妇。

我说："是，那个男孩有性病，得了尖锐湿疣，和你有没有关系？你是不是恋童癖？"

他说不是。

我和周庸脱下他的裤子，检查了他的生殖器官和肛门，发现没有腐烂、红肿等性病的痕迹——他没有撒谎，起码那个男孩不是他奸污的。

我又问他，他的乞丐团伙里是否有人是恋童癖。

他说："没有，我从上家手里买来后，直接就转卖出去了，没和团伙里的其他人接触过。"

周庸："你还有上家？"

他点点头："当然，要不然我们哪儿来的那么多孩子？一群乞丐又不能天天出去绑架。大哥，你就放过我吧。"

我又问了几句——他不止有一个上家。

一开始，他只是从人贩子手里购买有残疾的孩子，或小儿麻痹、弱智的儿童来进行采生折割，利用他们要饭。后来他发现这里面有钱赚，就做起了贩人生意，当起了二道贩子——外地的人贩子把孩子卖给他，他在报纸上刊登广告，再加价卖出去。得性病的男孩就来自其中一个上家。

我和周庸审完他，把他关在车里。我们下车抽烟，风很大，点了半天没点着。

周庸："徐哥，这案子看来还得接着查下去啊，车里那个怎么办？"

我蹲下抽了口烟："等会儿再想吧，我感冒还没好，这几天折腾，加上这会儿一吹风，现在头特别疼。"

被拐儿童救回后，
染上了一种怪病（下）

▲ 纽扣摄像机

我不爱住酒店，每次住酒店时都得检查很久——你不知道房间里住过什么人，发生过什么事，是否有什么潜在的危险。潜在的危险是指针孔类的偷拍或窃听设备——谁也不希望自己的视频或裸照出现在色情网站。更严重的是会被人用这些东西胁迫，在金钱或肉体上受到损失。每次住酒店，都要先做两件事：一是检查盗摄窃听设备；二是拿纸贴住猫眼——这让我很烦。

为了一个得性病的男孩，我发着烧在泊州市的酒店住了三天。

11月16日，我接到一个委托。对方委托我找一个人贩子——他朋友六岁的儿子被拐走过，救回后，发现男孩染上了性病。我和周庸从燕市追到泊州，在泊州找到这个人贩子，我们扒下他的裤子，发现男孩的性病与他无关。

11月23日凌晨，趁着没人，我和周庸用绳子绑着人贩子，到了一个公用电话亭，打了110。报警中心问我有什么事，我说见义勇为抓住个人贩子，这人还有个乞丐团伙，里面有许多被拐的孩子，让警察来公用电话亭将他带走。我们躲在电话亭对面的小区，十五分钟后，一辆警车开了过来，警察将绑在电线杆上的人贩子带上了车。

周庸看着人被带走后，问："徐哥，他们能发现你用左手写的那信吧？"

我说："肯定能，警察审他前得搜身。"

从人贩子嘴里问出的东西，我都写在了信里——他有许多上家，也卖出过许多孩子，这些资料能帮警察省些时间。

但我们最关心的是人贩子的上家，让男孩染上性病的人——找到这个人，将他绳之以法。

据人贩子说，这个上家很谨慎，联系方式只有一个手机号，打过去从来都关机——只能发短信到这个手机号，等他用别的电话回话。每次交易，都是用的支付宝转账——每段时间都会换个账号。

回到酒店，已经是凌晨 4 点，我们只刷了牙就睡着了，醒来已是中午。我把上家的电话发给了熟人私家侦探老孔。一小时后，他回电给我——电话卡是不记名的，但通过基站[1]查到了最近几次开机时的位置，都在燕市太兴区的杜鹃路附近。挂了电话，周庸问我有什么消息，我说："订机票，回燕市。"

▲ 我们打电话靠的就是基站

我和周庸下午就飞回了燕市。因为还在感冒，鼻子很堵，为了防止得中耳炎，上飞机前我在鼻子里滴了几滴麻黄素，但耳朵还是出了问题，听人说话像隔层玻璃。下飞机后，我和周庸说得先回家休息一下，明天再开始调查。第二天中午，我们一起吃饭，我点了芝士榴梿蛋糕，他点了蓝莓乳酪。

我们端着东西上了二楼，周庸问我从哪儿查起。

我说从支付宝账号开始。"是查绑定的人吗？"

1基站，基站定位一般应用于手机用户，手机基站定位服务又叫作移动位置服务（LBS——Location Based Service），它是通过电信移动运营商的网络（如GSM网）获取移动终端用户的位置信息（经纬度坐标），在电子地图平台的支持下，为用户提供相应服务的一种增值业务。

我说："不是，对方很谨慎，每隔一段时间就换个账号，一定是用别人的身份证注册的或是买来的被盗的账号。这种账号如果出售过，很可能在网上留下痕迹，如果我们找到卖账号给他的人，就能通过对方找到上家。"

周庸点点头："那咱把人贩子和上家交易的那几个账号，都查一下？"结果没搜到这些账号的出售记录，却发现了一个色情论坛。这个论坛里所有的版块都需要 VIP 才能看，充值 VIP 必须给一个账号转账——这个账号，正是上家交易用过的那个。

周庸翻了翻："还不便宜，一年会员要三千五百元，咱需要买会员查看一下吗？"

我说："别浪费钱了。一般这种网站都是骗钱的。你买完会员后会发现什么也看不了。等大家都知道他是骗钱的了，他就把这个网站关了，再做个新的，继续骗钱。"

为了确认，我用域名查询系统查了一下这个论坛，域名注册时间是一个月前，果然是个新网站。上家用这个账号和人贩子交易的时间是半年前——应该是弃用了之后，又被卖给了做这个网站的人。

周庸："现在怎么办？咱手里只剩下电话这条线索了，他还不开机，发短信说想买孩子也不回。"

我点点头："只能用笨方法了。"

定位到上家电话的基站，是太兴区杜鹃路的移动基站。按照相关规定，该地区的基站能辐射到的范围是 0.2 平方公里——有很大可能，上家就住在这个小区里。

我告诉周庸，从明天开始，就到附近蹲点，看有没有可疑的人："我让老孔一直盯着这号呢，他一开机，咱就给他打电话，看能不能正好碰见他。"附近的人流量不算大，院里人不多。我和周庸转了整两天，没碰见什么可疑的人，倒是被保安怀疑了，问我们是干吗的。我随口说了一个，他看我答得很快，也不慌张，点点头就走了。

周庸目视保安离开："徐哥，这也不是办法啊，没找到目标，咱俩成目标了。"

这时老孔给我来了个电话："你让我盯的那个电话，开机了。但已经不在燕市了，在万里县。"

移动基站在城市的覆盖半径只有二百米，但到了郊区或农村，这个覆盖半径就变成了三千米左右。老孔给我定位的那个基站，覆盖范围内只有一个沃土村——如果上家不是在路上，那他一定是去了这个村子。

用地图查了一下，这个村子离燕市只有三百多千米，我和周庸商量了一下，开了一辆低调的车。把油箱加满后，我们上了高速，开往沃土村。周庸开车很快，三个半小时后，我们到达了沃土村——除了听到几声狗叫之外，整个村子不见一个人。

周庸："徐哥，这是什么情况？集体蒸发了？"我说："这应该是个空心村。"

周庸问我什么是空心村。

我解释了一下，农村的青壮年都去城市打工了，除了过年，其他时间基本不在村子里，整个村子只剩下老人和孩子——这种现象就像大树空了心，所以叫空心村。

周庸点点头："那咱怎么找那个上家？"我也不知道，先找个人问问。

开着车在村子里转了一圈，在村头遇见了一个老头儿。我下车问他有没有陌生人来过。老头指了指身后："来找黄校长的吧，顺这个方向，开个几百米有个小学。你们是今天的第三波了。"

我和周庸按照他指的方向，开车去了小学。学校是个三层的楼，门口停了两辆没有牌照的车。这两辆车很可能和上家有关。

我们把车停在旁边，一个穿着西裤衬衫、看起来文质彬彬的中年男人从学校里走了出来。他看了看周庸的车，过来和我们握手："燕市来的，怎么没摘牌子？"

这话说得很奇怪，我顺着说："路上忘了，您是黄校长？"

他说："是，第一次来吧，没有预约？你们的推荐人是谁？"

我说慕名而来，没有推荐人。他皱皱眉："你们听谁说的？"

周庸说不方便透露，他摇摇头："没推荐人不接待，不好意思。"我说："哥们儿你看，我们大老远开车过来，不能白来一趟吧？"

他摆摆手，没说话，转身回去了。

我和周庸上了车往回开，开到学校对着的小树林，周庸想要停车。我看了眼后视镜，告诉他别停："接着开，那个黄校长在楼上看着咱呢。"

我和周庸把车开到村子的东南角，确认从学校肯定看不见后，停下车，借着树荫的遮挡步行走向学校。

周庸："徐哥，那黄校长有点奇怪啊！"

我说："是，咱在这条路上等放学，拽几个学生问问。"

5点钟，二三十个年龄不一的孩子冲出学校，看起来都是十岁上下。我们拦住了两个女孩，指指那边的两辆车，问知不知道车是谁的。她们说是老师的。我问她们知道老师是哪儿人吗？她们说不知道，就知道是大城市来的。

周庸惊讶："现在乡村教师都这么有钱？"说着一边还摸了摸女孩的头，从口袋里掏出三颗巧克力，说："还剩三颗，都给你们俩吧。"

我踹了周庸一脚："能不能教点好的，女孩子能随便接受陌生人的东西吗？"两个女孩没在意，说了声谢谢，然后为三块巧克力怎么分争执了起来。我正打算找一个年龄大点的孩子再问问老师的事，其中一个女孩生气地说："你要是不让给我，我就把你跟老师亲嘴，他还扒你裤子的事，告诉你奶奶。"

周庸也听见了，蹲到女孩身边："你们老师对你做什么了？"

两个女孩都不说话了，周庸哄了几句，两个女孩告诉他——老师和她们亲嘴，把她们"放在沙发上，裤子脱掉，趴在我们身上。"

周庸特别愤怒地站起来往学校方向走："人渣！"

我一把拽住他："清楚什么情况吗？这就往里面走？"

周庸紧握双拳生气地站住，我问女孩她们有几个老师。她们告诉我有好多个。"都是大城市来的老师，不过每次来的人不一样，只有黄校长经常在这边，每周都来。"

我和周庸又问了几个学生，得知这所学校是别人捐赠给村子的，老师校长都是"城里人"，经常有不同的老师开着车来给他们上课，并对他们进行猥亵。

周庸又愤怒地骂了几声，我拍拍他："现在进去只能坏事，咱晚上再来。"

回到车里，他仍一肚子的怒气，点着烟一口吸到底，差点烧到手："这帮人怎么这么没人性呢！留守儿童也好意思下手？"

我拍拍他的肩膀："刚才和黄校长握手的时候，你注意到他的虎口了吗？"

周庸摇摇头："虎口怎么了？"

我说："他虎口上有像是梅花一样的五点刺青，你记不记得，咱抓住的那个人贩子，他虎口上也有差不多的刺青。"

周庸："你这么一说我还真有点印象，这代表什么？他们是一伙的？"

我点点头："我怀疑是。"

关于虎口的几点梅花文身有很多传闻，其中最出名的就是梅花党——一个神秘组织，每个人的虎口和小臂上都文有几点梅花。中国流传着许多梅花党的传说，并衍生出了许多文学作品，《一双绣花鞋》就是其中之一。

我问过老金，是否真的存在这个神秘组织。因为有几个做夜行者的前辈告诉我，这个组织是虚构出来的。老金说他原来也这么想，但后来他从不同的地方了解到一些信息，就对此产生了怀疑。在许多地方都有这种虎口印梅花的群体组织，这也太巧了。

晚上12点，整个村子一片漆黑，离村子一千米的小学也一片漆黑，只有三楼的一间房间亮着灯，我和周庸只能看清轮廓。

那两辆车还停在学校门口，我和周庸从车旁翻进学校的矮墙，周庸问我："徐哥，你说一共就二三十个学生，他们盖三层楼干吗？"

我不知道，可能这边盖房子便宜吧。

一楼的大门已经锁了，我和周庸挨着窗户推了推，找到一扇没锁的，跳进教室。我让周庸把鞋脱了，走路别出声。"两辆车都没走，三楼还亮着灯，人应该还在学校里，咱俩注意点。"

我们俩提着鞋轻手轻脚绕一楼看了一圈——都是普通的教室。我们上了二楼。二楼有图书室、医务室和几间空屋，我和周庸进了医务室，桌子上摆着一些药。为了不被发现，我没开手电，借着手机屏幕的亮光看了看——这些并不是药，而是艾滋病、梅毒、淋病等性病的检测试剂盒。难道他们来这儿给孩子们"上课"，都得通过体检，省得互相感染？

带着疑问，我和周庸上了三楼。因为三楼很可能有人，我们俩的每一个动作都特别轻。走廊尽头亮着灯，我们慢慢地向那个房间挪动。

正挪动着，走廊尽头的灯忽然灭了。我们吓了一跳，赶紧屏住呼吸站住不动——走廊里一片漆黑，我和周庸只隔了不到一米，却完全看不见对方。

站了十多秒，没有任何声音，我拽了周庸一把，示意接着往前走——一直走到走廊尽头，我和周庸轻轻趴在门上，能听见里面有人呼吸的声音。三楼有十一个房间，我和周庸挨个扒着门听，根据里面的呼吸声和呼噜声判断，最里面的三间屋子都有人。

我轻轻拧了走廊另一头一间没有人的房间的门把手——门没锁。我慢慢地打开门，和周庸躲了进去，关上了门。打开手机，借着亮光，我和周庸看了一下房间的样子：卫生间、透明的浴室、电视、大床、素色的漆。

周庸小声给了个很中肯的评价："这不就是快捷酒店的大床房吗？"我又检查了一下旁边的几间屋子，都是一样的装修。

"徐哥，现在怎么办？"

我说："有大床房就先住一宿吧，里面这几间屋子看样子也不会有人来——先藏在这儿，明天白天找机会去走廊那边的屋子看看。"

我们躺在床上眯着。一直到第二天天亮，村里的学生都来上课后，我听见走廊里有几个人说笑着下了楼，然后整个三楼又静了下来。

我们打开门，走到三楼的另一边。听着昨晚走廊尽头开灯的房间里没有声音，我试着拧了一下门，门是锁的。我拿铁丝打开门——仍然是间大床房，只不过多了些东西——床头摆着一盒避孕套，床上扔着一些东西，角落里有个保险柜。

我和周庸拍了一下照，继续看其他两间有人的房间——也只是有人住的大床房而已。我和周庸挨个房间又检查了一遍，整个三楼的十一间房，有十间是大床房，只有一间是堆满了旧桌椅的储物间。学校的三层全是大床房，怎么想都很奇怪——难道这是个宾馆，但为什么需要有人介绍才能入住呢？

我说："走，咱再去那储物间看看。"

我和周庸又回到储物间，仔细检查了一遍所有的旧桌椅——上面都落满了灰。储物间墙角的一张桌子上，有四个印记，摆在它旁

▲ 曾经流行的格子天花板

边的凳子上，有脚印。

我把凳子搬到桌子上，果然对上了桌子上的印记，我扶着周庸的肩膀上了桌子，又踩上凳子，摸了摸天花板，天花板是松的，我使劲往上一推，一块方形的天花板被推开了，上面有一个隐藏的阁楼。

我把上半身探进去，掏出手机，打开手电筒——十多个孩子坐在阁楼里的大通铺上，表情麻木地看着我。我数了下，九个女孩、两个男孩，看起来都不超过十岁。

周庸也站了上来，爬进阁楼，试图和他们说话，他们却一再地往后缩。周庸还想继续尝试，我拦住了他，指指墙角的一个小女孩："你看她的脖子。"

女孩穿着单薄的 T 恤——能看见她脖子上和锁骨上有新鲜的紫色和暗红色的吻痕。

我见周庸眼圈都红了，拉了他一把："关上，走，别打草惊蛇。"

溜到一楼时，他们正在教室里上课。为了不让他们看见，我和周庸矮下身子，蹲着走到教学楼的侧面，从侧面的矮墙又翻了出去。步行回到村子，周庸问我是否报警。

我说："再等等，那两个女孩说这次来了两个新老师。今天周日，他们要是有工作的话，回燕市或周边的什么城市，得趁今晚或明早，这样学校里就剩下黄校长一个人了。"

周庸点点头："行。"

我们蹲在村口的小树林，远远地望着学校。晚上7点多，两个男人和黄校长一起从学校里出来，分别上了车，黄校长对他们挥挥手，两辆车开走了。

等到9点钟，确信车不会回来了，我和周庸再一次走向了小学。翻进学校后，我们发现一楼的窗户全锁死了——还好我昨天想到了这种可能，把三楼靠近排水管大床房的窗户的锁打开了。我和周庸回车里取了毛巾，用剪刀剪开，把手包上，顺着排水管爬到了三楼，滑开窗户，进了大床房。

出了大床房，我们直奔走廊尽头亮着灯的房间，一脚踹开了门——黄校长坐在床上，正拿着手机录像，两个衣不蔽体的小女孩站在床前跳着舞。

周庸冲上前拿被子把两个小女孩裹住，给了黄校长一耳光。

我上前拦住周庸，让他别动手，先把两个女孩带去旁边的房间。

黄校长看着我："你们是警察？"

这时周庸回来了，死死地盯着黄校长："徐哥，你就让我动手吧，判我两年我也愿意！"

我说："你是不是傻？你进去了，以后谁买单？"

我让黄校长把衣服穿上，告诉他站在床边别动，用腰带绑住了他的双手，然后让他打开墙角的保险箱——里面有几捆现金，三本封面画着梅花的账本，还有一个手机。我把手机开机，收到了许多条短信——都是要求购买儿童的。

　　周庸用网络电话拨打了上家的电话，手机响了，我对着黄校长晃了晃手机："记得一个月前，你卖了一个感染尖锐湿疣的男孩到泊州吗？"

　　黄校长点头："你们是为他来的？"

　　我说："是，是谁让他感染上性病的？"

　　黄校长摇摇头："不知道，我们是要求戴套的，但总有些客人不守规矩。"

　　我问他二楼不是有各种性病的检测试剂盒吗？那不是给那些来嫖的人用的？

　　他说不是，性病的检测试剂盒是给被拐到这儿的孩子定期体检用的，如果有人得了性病，就把他们卖出去。

　　周庸在旁边翻着三本账本："徐哥，你得看看这个。"

　　我拿起账本翻了翻，三本账本记录的是不同的生意。因为年纪稍大的孩子记事能力强，不好卖，超过十岁的孩子会被统一卖到工厂做童工。年龄低于十岁，长相较好的孩子，会被留下来卖淫。长相不好或有毛病的孩子，则卖给乞丐团伙或其他人。

　　我翻完账本，看了看黄校长虎口的文身："这都是你们梅花党的生意？"

　　黄校长抬头看我："你知道梅花党，那还敢这么对我？"

我让他说说梅花党，他摇摇头不再说话，我告诉周庸报警。

录完笔录出来，周庸忽然想起一件事："徐哥，咱刚进村的时候，那个给咱指路去学校的老头，是不是知道些什么啊？"

我和周庸第二天又回了趟沃土村，找那个指路的老头，到的时候，他正在给孙子做饭——我们问他是否知道学校的内幕时，他表现得很平静："家里有老有小的，我们也得吃饭啊。"

六百多名初中生一夜没睡，
小卖部老板知道真相

2016 年 12 月 2 日，我陪周庸到郊区的一家中学，参加一场捐赠。校长讲话时，我一直看着台下的学生。他们都很疲惫，连说悄悄话的精力都没有，完全不像是吃得香、睡得好的初中生。那时我完全没意识到这所学校的秘密。

这场捐赠源于周庸的母亲，她是个佛教徒，经常会做一些善事。听朋友说起燕市有专门给外来打工子弟开办的学校，在里面上学的都是些家庭条件不太好的打工子女，她善心大发，非让周庸过来捐二十万元，改善一下孩子们的伙食。

周庸的母亲提前跟学校打好了招呼，12 月 2 日上午 10 点，我和周庸开车一直往南，开了三个多小时，终于到了目的地。

这所学校很好认，成年男人一步就能跨过去的土墙围了个圈，朝北方向开了个口，口的左侧用粉笔写着校名——育兴打工子弟中学。

校长是个看起来五十多岁，已经秃顶的男人。他站在门口迎接我们，握过手，带我们参观了一下校园。

我们到时，正赶上下课。穿着灰白校服的初中生们在沙土操场上散步，一个老师在维持着秩序。操场右侧是个露天厕所，几个一米多高的女孩在厕所门口排着队。我和周庸进到男厕里看了看，地面是浸透了尿渍的黑色。

操场的左侧是一栋两层的教学楼，二楼右侧的窗户破了洞，用塑料布包裹着。楼的左侧是一个黑板，上边写了最近一周的优秀学生，右侧是红粉笔写的"好好学习，天天向上"。教学楼前有一个三四米长的木质国旗杆，有一些歪斜，上边飘着的国旗有点老旧。

从教学楼的正门进去，一楼有十二个教室，二楼都是宿舍。挨着教学楼的是个大的简易房样子的食堂。根据校长介绍，他们学校是食宿全包的。

和校长聊了一会儿，他说要利用课间操时间举行捐赠仪式。周庸极力反对，但校长说已经和老师学生都说了："孩子们都知道了，就算不给我面子，也该给他们面子吧？"

周庸只好答应。

课间操时，孩子们在操场站好，做完广播体操，校长登上简陋旗杆前的简陋铁架台子，拿喇叭说了一堆感谢捐赠的话，然后让周庸也上台讲几句。台下响起有气无力的掌声，周庸走上台，就说了两句：希望能改善伙食，让同学们补补身体长长个子。

周庸还没说完，下面一个男孩"扑通"一声晕倒在地。他旁边的几个同学驾着他回了寝室。

校长和一个老师交流了几句，告诉我们说："没事，孩子就是有点累，咱继续。"然后他接过喇叭，继续说捐款的事。

男孩的晕倒提醒了我，台下有些不对——每个学生都显得格外有气无力。没人说悄悄话，也没人打闹，不停地打哈欠——这太不正常，一点儿不像十几岁的初中生。

按照校长说的，学校课业不重，每天闭寝熄灯的时间也早，绝不该如此劳累。这是所寄宿制的学校，学生家长基本都住在城乡接合部或者工地上。除极个别学生是走读外，剩下的都是住校。如果孩子有什么异常，很难被家里人发现。我决定找机会问问，学校是否有什么体罚类的虐待行为，或强迫他们干活，以替学校赚取利润。

校长讲完话，已经快 11：30 了。他解散了学生，邀请我和周庸去学校食堂吃饭，说今天特意告诉食堂师傅提高了伙食标准。"高标准"的午饭是羊汤和馅饼，还挺好吃。我快速吃了两张，给周庸使了个眼色，告诉他和校长先聊着，我去趟厕所。

周庸拖着校长聊天，我出了门往厕所走。男厕所外面，一个个子比较矮的戴眼镜男孩正在排队。

我上前问他："同学，今天出操的时候，我看你们都有点疲惫，是这几天办运动会了吗？"

他说不是，就是这两天没怎么睡好。我问他为什么没睡好。他支吾了几声，说就是没睡好，然后说自己有事，转身小跑离开了。

又问了五个孩子，三个什么都不说，还有两个也说没睡好，但不愿告诉我原因。全校学生都没睡好，这也太奇怪了。

见什么都问不出来，我回了学校食堂。周庸和校长还在聊，我坐过去插了一句："刚才上厕所，听几个孩子聊天说晚上没睡好，是学校办什么活动了吗？"

校长喝了一口羊汤，否认了："晚上自己在寝室闹了吧，没睡好。"

在学校里得不到什么有用的消息，我只好和周庸开车出了校门。在路口时，我让周庸停车。

他把车停下："徐哥，刚才你给我使眼色，让我拖住校长，是想干吗？"我给他讲了一下我的想法，说这里的学生不太对劲，我想调查一下原因。

周庸点点头："好的，咱从哪儿开始？"

我指指路口的小卖部，说先去买包烟。周庸从储物盒里拿出一条烟，说道："甭买了，我这儿还有。"

我说："你能不能动动脑子，我是为了买烟吗？咱就从小卖部开始查。"

学校门口的小卖部老板，一般都有几个关系不错的学生和老师，对学校里发生的各种事情了如指掌。

▲ 城乡结合带常见这种小卖部，老板的消息总是很灵通

他们经常和学校里的"混混"关系很好。我上中学时，学校里的"混混"会把一些不方便随身携带的打架用具寄存在校门口的小卖部。有的小卖部甚至会直接出售这些东西给学生，学校里有打架什么的，小卖部老板知道得比谁都早。

我们把车靠边停下，走进小卖部。一个穿着花外套的中年女人正坐在门口收银台里看电视。见到我和周庸，她站起身问我们想要什么。

我们买了两包最贵的烟，交钱的时候我和她搭话："姐，问您个事儿，我有个亲戚在北京打工，孩子想办下上学。我看这学校是寄宿的，觉得挺合适的，好进吗？这学校。"

老板娘说肯定没问题，让我直接把孩子带来就行。我问她用不用"五证"，她说不用。

周庸这时候在旁边插话："徐哥，这学校行吗？我看这孩子一个个都没什么精气神儿，是不是食宿条件太差啊？"

我转头看向老板娘，问她是不是这样。她说："不是，有两个女学生，两天没回学校了，昨晚学校组织学生在周边找来着，找到大半夜。"

周庸问她为什么不报警。

老板娘摇摇头："报什么警啊！这里孩子的父母一般都在城里打工，有很多都是跟着施工队干活的。今天在燕市，明天可能就去别的地方了。孩子前一天好好的，第二天就不来上学的，有的是，正常。"

我问她学校是否询问家长了，老板娘摇摇头说不知道。问起两个女孩的名字，她倒是知道——一个叫孟秋月，一个叫林欢，两人是一个寝室的。

我们回到车里，周庸点上烟："徐哥，你说他们怎么不报警呢？"我没直接回答他，只问他知不知道什么是"五证"。

他摇头说不知道，我给他解释了一下——外地孩子在燕市上学，需要五个证件。分别是：1.适龄儿童父母或其他法定监护人本人在本地务工就业证明；2.本地实际住所居住证明；3.全家户口簿；4.本地居住证明；5.户籍所在街道办事处或乡镇人民政府出具的在当地没有监护条件的证明等相关材料。如果没这五个证件，根本不给办学籍。除此之外，燕市的各个区还有不同的要求，只有满足这些条件，才能在城里上学。

这个学校不需要"五证"，不需要其他附加条件，根本就不可能给办学籍。也就是说，这是一所"黑中学"。

为了确定这个猜测，我登录了燕市教委的官网，查询是否有这个学校——结果一无所获。

周庸："什么玩意儿，学校还有黑的？"

我说："当然有，而且我估计你妈这钱要打水漂。"

我之前看过一篇打工子弟学校的特稿。这些学校里，有很多不具备民办学校资质，只能算是"黑学校"。前几年，燕市曾经严查过一次，责令停办拆除的就有二十四所。

很多人做这种学校，不是为了公益，而是为了盈利。将学校当成产业来做，按照那篇文章的说法，扣除开支，每年能有二三十万元的盈利。加上周庸他妈捐的二十万元，今年的盈利估计能破五十万元。

周庸骂了一声："所以他们才不报警！"

我点点头，学校如果报了警，很大可能会被政府发现缺少资质，然后被取缔。不报警、不通知家长的话，两个女孩有可能是丢了，也可能只是跟家长去了别的地方。拖到最后，即使真丢了，最坏的结果也是学校被关，所以他们没选择报警。

周庸愤愤："真黑啊！那小卖部的老板娘也应该报警啊，这帮人怎么一点儿同情心没有呢！"

我说周边的生意，都靠着这个学校，学校要是没了，他们也不用赚钱了。

现在最主要的，是查到那两个女孩的下落，别真出什么事。

▲ 一些年轻人喜欢在台球室里消磨时间

我和周庸下了车，在学校周边转转。这里很偏僻，除了一些针对学生开设的小餐馆、文具店之类的，基本上没什么人。顺着小卖部向东直走，大概一百多米，有一家小菜馆，除了菜馆的牌子，旁边还立着一个小牌子，写着：一层，台球厅。

按照我的经验，学校附近的台球厅，一般都是校园里"混混"的聚集地。我和周庸商量了一下，决定进去看看。

"混混"一般都是不遵守学校规则的人，学校下了封口令，从他们口中套话，会比从普通学生那里询问信息容易很多。

我和周庸从菜馆进去，在侧面下了楼梯，进入台球厅。

这个台球厅很暗，充满了烟味，昏黄的灯泡忽明忽暗，刺鼻的廉价烟味加上不见光造成的腐朽潮湿味让我有点想吐。台球厅里只有三张台球桌，但却挤了几十个人，有三个成年人，但大部分是学校的学生。

台球厅的东南角有一个吧台，吧台里面的酒水单上写着一些我完全看不懂的酒水。上面最贵的酒叫"-情若能控℃"，十九元。几个校服上画着画的少男少女点了酒，围在吧台处大声地谈笑，十句里有八句都带脏字。围着台球桌的男孩儿们，基本都人手一根烟，击球的时候叼住烟、眯着眼。

那三个成年人很有"大哥"风范。他们霸占着最里侧那台相对新一些的台球桌，搂着年龄比自己小很多的女孩。几个男孩围在旁边，在他们入洞的时候不停地叫好鼓掌。

周庸："徐哥，我咋觉得咱这么格格不入呢？"

还没来得及回答，最里面的三个成年人中，一个穿黑呢子大衣的人走了过来："哥俩是来打球，还是干点别的？"

我说我想找两个女孩，孟秋月和林欢，不知道他们认不认识。

他说认识，回头问一个学生模样的"小弟"，知不知道孟秋月和林欢在哪儿。

"小弟"说："不知道，那俩骚娘们儿这两天都没在学校。"

"黑呢子"点点头，面对我和周庸："哥们儿，换两人呗。我记得她们寝室还有个不错的，发育特别好。或者放学的时候，你在校门口看看，看中哪个了我去给你搭线。"

周庸刚要说话，被我拦住了："就你说的同寝那个吧。"

他说行，问我们是玩一次还是包一宿，一次五百元，带走一宿一千五，但是第二天得把人送回来。我让周庸给他转了一千五百元，带走。

下午 4∶30，学校放学。黑呢子的小弟带了一个穿着校服的女生过来，示意她跟我们走。

我和周庸带上她，先去最近的商场吃了晚饭。她很紧张，整个过程除了问她吃什么的时候，说了句"都行"，就再也没说过话。

吃完饭，我们把她带回车里，告诉她别紧张。我们不会对她做什么，只想问问有关孟秋月和林欢的事。她点点头，我和周庸分别问了几个问题。很快我就发现，比起我，她更喜欢回答周庸的问题。于是我不再说话，示意周庸向她提问。

她确实是孟秋月和林欢的室友。她和孟秋月的关系不错，但和林欢的关系不是很好。周庸问她为什么，她说自己和孟秋月都是被林欢害的。

林欢在班里有个男朋友。刚上初二的时候，这男生被其他班的几个"混混"勒索，因为没钱，被打了好几次。后来，这个男生开始和那些打他的人混在一起，也不好好上课，每天都在校外瞎混。为了提升自己的地位，男生把女朋友林欢灌醉，献给了自己在台球厅认的"大哥"。

过了一段时间，林欢借着过生日的由头，请她和孟秋月出去唱歌，然后在饮料里下了药。她和孟秋月被强奸后，又被毒打了一顿，还被拍了照，用以胁迫她们卖淫。现在已经有四个多月了。

周庸："台球厅的那个人告诉我，看中你们学校哪个女生，他都能帮忙搞上手，他说的是真的吗？"

女孩说有可能。全校六百多人，有二十来个都算是他的小弟。

周庸疑惑这些被欺凌的学生都有什么特征，怎么这么好欺负。我列举了别人总结过的容易被校园欺凌的五种学生：

1.被嫉妒型：因成绩优良、家境富裕、面貌姣好等，而遭人嫉妒加害。

2.自大型：态度傲慢，看不起别人，说话及行为夸大，易与同学产生纠纷冲突。

3.自卑型：觉得自己是弱小、笨拙或多病的人，易受同学欺侮。

4.孤独型：单独上下学，独来独往，易落单成为受害者。

5.好欺侮型：凡事忍气吞声，不追究。

但仔细想想，这五种基本涵盖了所有类型的学生——要我说的话，学校里的每一个人都可能会成为被欺凌的对象。

周庸点点头："孟秋月和林欢失踪的事，会不会和台球厅那几个大哥有关？"

我觉得应该不会，那天提起她们的时候，台球厅里的人都表现得很自然。而且那个"带头大哥"也是先问了小弟后，才知道她们不在学校。

女孩回忆，孟秋月和林欢失踪这两天，只有一个反常的地方。就是第一天时，林欢在微博发过一张自己穿着暴露的照片，问漂不漂亮。我让她找出那条信息给我们看，结果发现林欢的账号已经被封了。

而林欢和孟秋月最近接触过的人，除了同学、老师、台球厅那帮人外，就只有嫖客。孟秋月提过一次，最近有个熟客经常来找她，但具体长什么样女孩也没见过。

聊完之后，大概9点多，我和周庸开车把女孩送回学校，然后把车停到了台球厅外。

11点左右，三三两两的人开始从台球厅里出来，有的走向学校，有的走向其他地方。但"黑呢子"一直没出现。

周庸等得有点不耐烦："徐哥，你说他得在台球厅待到多晚？"

我没回答他。刚才走了三十多个人，和下午在台球厅的总人数差不多，而且已经半个小时没出人了，会不会这个台球厅就是"黑呢子"开的呢？

我们走下车，通过小菜馆的侧门，向下往台球厅走去——"黑呢子"正在台球厅门里向下拉铁门，准备打烊。

我上前拖住铁门，他看着我，刚要说话，我一把将他推进门里，低头钻了进去。周庸跟在我后面，钻进来后拉上了铁门。

"黑呢子"有点蒙："怎么，哥俩玩得不满意？"

我说："确实，我们就喜欢孟秋月。听她室友说，可能被一个熟客带走了，想问问你有没有这个熟客的联系方式。"

他说："熟客的联系方式我都有，但也不能随便给人啊。"

周庸拿出我们在路上取的五千元钱，递给他："五千，我们就要一电话号码。"

他考虑了一下，接过钱，拿出手机，给我们读了一个手机号。

我记下电话，上前一步，抢回他手里的五千元，递回给周庸："给你表姐打电话报警。"

"黑呢子"转身去拿台球杆，想拼一下。我上去一把拽住了他的大衣，周庸转到他身前拦住了去路。

警察带走"黑呢子"时，我和周庸一起去派出所做了个笔录。从警局出来，我把那个嫖客的电话号发给了私家侦探老孔，让他帮忙查一下。没多久，老孔回了我一个地址，这人租的地方。

我和周庸开车前往，到了小区。我说先上楼，假装快递敲门，他要是不开门出来，就直接报警。我藏在门边，周庸托着从车里拿的纸箱，敲了敲门，屋里面的人问是谁，周庸说是快递。

一个微胖的年轻人打开门，周庸把纸箱扔在地上。他看不对，用力一关门，周庸伸脚卡住门，我们俩合力把门拉开，这时他一使劲推开我们，往外跑了。

周庸想去追，我一把

▲ 保护自己的安全，不要随便给快递员开门

拽住他："他实名制租的房，跑不了，咱先进屋看看。"客厅沙发上坐着一个十三四岁的女孩，正在看电视。我说："你是孟秋月吗？"

她点点头，我问她林欢在哪儿。她指指里屋，我让周庸守着门，进了卧室。一个衣不蔽体的女孩被用胶带粘着嘴，绑在床上，身上有被殴打过的青肿的痕迹。

我脱下外套盖在她身上，把她嘴上的胶带揭开，让她别怕，说是来救她的。她"哇"地一声哭了出来，鼻涕都流到了嘴里："别让孟秋月碰我的手机，别让她拿我手机发照片。"

我问她什么意思。

这时孟秋月拿着一个黑色的手机进来，晃了晃："别喊了，已经把你照片群发给所有人了。"

我和周庸没法处理这一团混乱，只好又报了一次警，又去做了一次笔录。

孟秋月和林欢都被警察带走了，那个帮助孟秋月的嫖客，估计也逃不了太长时间。至于后续怎么处理的，我们现在也不清楚。

两天后，我和周庸又回到育兴中学看了一眼，学校的黑势力被一扫而空。连学校本身都不复存在，大门紧锁，贴着封条，墙上写着拆字，道口的小卖部也都贴着出售。

每次遇到这种灰暗的事，周庸总会有几天开心不起来。我一般带他喝喝酒吃吃饭，开导一下——当然，都是他买单。

当天晚上，我们吃了烧烤。饭后我们俩点上烟，在街上随便溜达着消食，然后看见了公交站牌的电影广告。

　　我试着开导周庸，说："别不高兴了，咱俩这次也算是做了件好事，让那些被欺负的孩子不至于为此而毁掉整个人生。"

　　他点点头："徐哥，我正想和你说这事呢，咱俩明天去看电影吧。"我问为什么。

　　他指着广告说："这电影我妈也投了点钱，给她增加点票房。"

在家乱装摄像头，
你的生活将被全国直播

互联网，曾是世界上最隐蔽安全的地方，在这里隐藏身份的人，不必担心被外界发现——"在互联网上，没有人知道你是一条狗"[1]。

十多年过去，网络更加便捷发达，但隐私却再也没有了。网络已经由藏身之地，变成了曝光之地。我的朋友小 Z，是个"白帽

---

[1] 在互联网上，没有人知道你是一条狗，原文On the Internet, nobody knows you're a dog。出自1993年《纽约客》上的一则漫画，作者彼得·施泰纳。

子"[1]。在他看来，互联网就是一个赤身裸体、无处藏身的地方。一个人只要上网，无论做什么，用什么型号的电脑和手机——都毫无隐私可言，更不要说安全。

最近查的一件案子，让我更深刻地感受到了这点。

12月27日，田静打电话给我，说自己一闺密的支付宝被盗刷了，损失比较大——账户里的三十几万元都没了，问我有没有办法帮帮她。我问她这么简单的事为什么找我，直接找支付宝就得了，他们赔偿被盗的损失。

田静说已经找了，但支付宝说没查到不正常消费记录——所有的消费记录都是通过她闺密的手机消费的，不在理赔范围内，这事现在正常途径解决不了："要不找你干吗！"

我说："快到晚饭点了，你叫上那丢钱的闺密，我叫上周庸，咱们去吃饭，边吃边聊！"

5点多一点，我和周庸到了饭馆。十几分钟后，田静带着一个穿棕色大衣的姑娘进来，给我们介绍说这是她的闺密李欣。

握过手落座，我把菜单递给田静让她们俩再加点东西。周庸凑过来："徐哥，我发现'人以群分，物以类聚'这话还真对，静姐的朋友都是美女！"

我让他一边儿去，等她们点完菜，开始问钱是怎么没的。

2016年12月26日，上午10点到11点多，李欣在公司开会，

---

1 白帽子，即正面的黑客，他可以识别计算机系统或网络系统中的安全漏洞，但并不会恶意去利用，而是公布其漏洞。这样，系统将可以在被其他人（例如黑帽子）利用之前来修补漏洞。

短信/彩信
今天 下午1:21

尊敬的用户您好：
恭喜您的手机号码已被燕市卫视栏目组抽选为场外幸运观众，获得奖金15000元人民币及笔记本电脑一台，详情请登录本次活动官方网站jspnd.net查看领取，您的验证码为【2333】请小心保管。

▲ 短信诈骗是一种常见的诈骗手段

手机消了音。她开完会打开手机后，发现从10：06开始到10：35，在二十分钟内，连着收到了支付宝App九次通知，支付了九笔钱，一笔三万两千元，一笔四万四千三百元，收款方是一个游戏的账号。她立即打电话冻结了账户、锁卡，但这时候她已经被刷走了三十二万元了。

我问李欣是否收到过什么奇怪的短信，比如"快递出问题""同学聚会的照片""你孩子的成绩单""你老公（妻子）的出轨照""积分兑换奖品"，同时短信里带一个附属链接。她说："没有，这种短信怎么了？"

我说："这是最常见的盗取手段——只要点了链接，就会自动下载'木马'病毒，盗取你的账号密码，拦截你的验证短信，然后利用这些偷你钱。"

她摇摇头，说绝对没点过。

我说："那行，我再从别的地方找找思路。"

吃完饭，谈妥了佣金，我去了周庸家——他家是二百兆的网，网速比较快。之所以需要快点儿的网速，是因为我要用"社工库"查询李欣有哪些信息被盗，并判断这些信息是否足以盗取她的账号。

登录了一个常用的"社工库"，周庸在旁边看着："徐哥，这什么网站啊，看着瘆得慌！"

我解释了一下："各种被非法获得的个人信息，在被盗取并出售后，有些'白帽子'会把这些放到网上，存入形形色色的'社工库'，供普通网友查询自己的身份信息是否被盗。"

2013 年前，各种"社工库"层出不穷。之后，大多数被封停，少量服务器搬迁至境外，勉强维持。毕竟"社工库"除了查询信息是否泄露，也容易被不法人士利用。

我常用的这个"社工库"，是小 Z 告诉我的。在黑客界首屈一指的"社工库"，只要你的个人信息有泄露，很快就会补充到这里。

李欣被泄露的东西不多不少，在"社工库"里，我查到了她的基础身份信息、毕业院校、工作单位地址、家庭住址，以及各种平台的账号。

这些信息能让人了解她的过往，却无法盗取她的账号，她的账号没有绑定支付宝——所以不太可能是因为信息泄露被盗。普通的订外卖和上网买东西，也不太可能泄露支付密码。所以不是手机出了问题，就是她在线下快捷支付时被人盯上了，两条线都得查一查。

晚上我给田静打电话，让她明天陪李欣去趟洋槐市场，把手机给小 Z 检查下，我已经打好了招呼。

第二天中午，我和周庸来到了李欣居住的小区。小区楼下有家便利店。

她说每晚下班回家，都会在这儿刷手机支付，买瓶乌龙茶。我想看看 12 月 24 日前的监控，李欣被盗的前几天，是否有什么异常情况。

进了便利店，我在冷藏区拿了两瓶饮料，想趁着结账时跟收银员聊聊，让他给我们看下监控。这时周庸拍我："徐哥，那俩人干吗呢？"

我转头看，那两个人右手举着手机，左手对着便利店的监控摄像头竖中指，还一边嘿嘿乐。

周庸靠近我压低声音："是不是傻啊？"

我说凑近去看看，说不定和李欣那事儿有关呢。

顺着货架，我们悄悄走到那俩人身后，从身后扫了一眼他们举着的手机。手机里正直播着便利店的监控画面，我和周庸在背后瞄手机的动作，被他们看得一清二楚。

既然被发现了，不如大方点儿，我推了一下周庸，他凑上去搭话："哥们儿，这什么啊？挺有意思啊！"

"是挺有意思，"对方说，"我们在监控直播网站上看见有楼下的便利店，就下来看一眼。"

问过网站名称、道了谢以后，我和周庸上了这个网站。网站画面大概有五秒钟的延时，声音很清晰。

周庸："徐哥，这网站就这么直播顾客买东西合法吗？隐私也太没保障了。"

我说没经过同意就直播对方的图像、声音，有可能侵犯肖像权。但这事又很难界定，因为侵犯肖像权是需以盈利为目的，但这事到底盈利与否不好判断。

周庸问："是商家授权直播的吗？"

我摇摇头，这个网站应该是盗转的。

国内播放音频视频的监控摄像的公司就那几家。用户在使用这几家的相关设备时，系统默认设置直播模式为私密，不会对外公开直播。为了防止用户误操作，需要用户将其手动设置为公开，然后需要经过平台的审核后，才会将相关直播视频显示在网站上。网站方面，是无权授权转载的。

周庸上前看了一眼："还真是你说的其中一家！哎，有没有可能是李欣支付的时候，输密码什么的被摄像头拍下来，然后被人盗了？"

我觉得够呛，这摄像头还没清晰到那个地步。

周庸："所以咱还是得管便利店要那几天的监控。"

我告诉他不用。便利店的 Wi-Fi 密码就贴在墙上，摄像头连的也是这个 Wi-Fi，只要下载管理软件，在同一 Wi-Fi 下，可以直接查看本地设备。

连上 Wi-Fi，安装上该品牌的监控软件，我在本地设备选项里，找到了存储视频。这个监控的内存只有 32G，再晚来两天，12 月 24 日前的视频，可能就看不到了。

我和周庸站在便利店里，倒着看了看监控。李欣下班的时间比较晚，每天买乌龙茶时，都在 10 点以后，这个时间顾客不多，如果有问题，很好分辨。

在李欣被盗刷的前三天，她掏手机结账时，身边除了收银员都没什么人。一切正常，但总觉得有些不对，我和周庸又看了两遍，周庸喊道："徐哥！我发现不对的地方了！"我点点头，说我也发现了。

虽然结账时，李欣身边没人，但每次她来买乌龙茶，都会跟进来一男的，在李欣买完东西离开几秒后，又会出门跟上。虽然每次的穿着打扮不太一样，然而都戴着帽子遮住脸，而且仔细比对体型的话，会发现就是同一个人。李欣，在被人跟踪！

　　我刚想和田静说说这事，她就打电话过来，说李欣手机里发现两个"木马"软件，问我要不要去看看。我让她们等着，四十分钟后，我们到了洋槐市场。

　　见到了他们，我提议去附近的餐馆吃饭，边吃边聊。到烧烤店坐下，点了烤干贝和生蚝，我问小Z都检查出了什么。小Z在李欣的手机里，总共检查出了三个问题。两个"木马"，一个是最常见的货色，一个是没见过的高级货。还有就是，李欣的手机修过一次，有可能在维修过程中，有人动了手脚。

　　周庸："咱能反追踪吗？通过'木马'直接找人，我看《黑客军团》里这么演过。"

　　小Z摇摇头："那'木马'烂大街，在好多地方都能下载到，是不是黑客都能用，根本无从查起。那高级货也很麻烦，除非有人发出来，说不定能查到源头。"

　　我问他这俩"木马"是通过什么传播的。他告诉我，高级的那个还不清楚；烂大街的那个，通过点击链接和扫描二维码都有可能中毒。

　　周庸："扫码也能中毒！"

　　"当然了！"小Z说，"这种'木马'病毒现在还不少。"

　　李欣说自己没点过短信链接，我问她是否扫描过二维码，李欣点点头："前一段在地铁上，有人让我扫个码，说自己正在创业，希望扫码支持下，我就扫了。"

我问她是不是在被盗刷之前。她想了想，脸色变得不太好看："就是在被盗刷的前一天。"

我转头看向小 Z，他摊摊手，表示无能为力："说过了，这种随便能下到的'木马'，根本无从查起。"

我说那只能去找那个修手机的了。

"不可能，"李欣摇摇头，"我这手机刚拿回来就摔坏了，屏换了都快半年了。而且我之前其他手机也都是在他家修的，他家不可能有问题。"

我说碰运气吧，现在已经没其他线索了。

吃完饭，问清修手机的具体信息，我让田静和李欣先走，把小 Z 留下了。看着她们出了门，我把发现李欣被人跟踪的事，告诉了他："你觉得这和盗刷的事有关吗？"

他不清楚："你之前已经用'社工库'查过了？"

我说查过了，没什么大问题。他点点头："为保险起见，一会儿回我那儿，再查一遍吧。"

周庸："徐哥，小 Z 查的和你有什么区别吗？"

我说："当然有区别。'社工库'上的资料，都是免费的。小 Z 能查到的东西，都是收费的。一般都是收费的资料没什么利润了后，才放到'社工库'上。"

我们回店后，小 Z 登录了一个隐秘的信息查询点，开始检索是否有李欣的信息。找了一会儿，没搜到。小 Z 又登录了另一个网站——这个网站我也是第一次见。他解释说，这是一个专供黑客交流和交易的站点。需要在白框里输入正确的进入代码，输错了的话，会自动跳出。

在输入了一组极其复杂的代码后，小Z进入了这个网站。他在网站里，检索着和李欣有关的信息。十分钟后，他找到一条'社工库'上没有的信息——李欣的租房信息。

这份信息并不完整，购买包含五十万条租房完整信息的压缩包，需要两千元，本月销售记录是一条。我立刻决定买。

付完款，把压缩包下载下来后，我在里面找到了李欣完整的租房信息。其中包括李欣的具体住址、联系方式、租赁合同，甚至连是否整租、中介回访信息、独居、身份证照片这些信息都在里面。

周庸在旁边看着："徐哥，这么多信息，要是落到图谋不轨的人手里……"

我站起来说要走："咱赶紧找修手机的问问，晚上跟着李欣，别让她出事。"

给李欣换屏的，是一家上门修手机的网店。这是家老店，现在已经有两个皇冠的评级了。李欣近两年在他家修过三次手机，三次上门的都是同一个小哥。

她把修手机小哥的电话给了我，但我决定先不打，万一这人有问题，直接打电话就打草惊蛇了。我看了介绍，这家上门修手机的不仅有网店，在电子科技城还有实体店。我决定直接上门找他。

电子科技城里有一个三层的手机商场，地上三层设有各种国产品牌的专柜；地下一层则承载着整个科技城 80% 的维修业务和山寨手机销售。

从扶梯下来的那一刻，好几个人向我和周庸围来，七嘴八舌问着：办卡买手机充电器吗？万能充要不要？说的同时还不忘互相推搡。

推开他们，往前走到头，是一圈高档些的隔断间，一共有十几家。左数第三家，是这里最大的一家，也是我要找的手机维修店。

这家店大概有六十平方米，左侧的背景墙上写了主要业务——二手机收购、专业维修、包膜、保护贴、"越狱"改机、各式配件。右侧的背景墙上写了燕市四家分店的地址。中间用宋体写着店名——腾达专业维修。

左侧是维修区，五六个师傅在透明的橱窗内低头拆装手机；右侧是售卖区，除了各种手机和配件外还卖一些 U 盘、MP4、数码相框、行车记录仪；中间一个岁数不大的人，在给销售人员开会。

看着店里忙碌的人，我拿起手机打了李欣给的电话。站在中间管事的年轻人的电话响了，我挂掉电话，他的电话也断了。

我上前和他握手："你好，我们是李欣的朋友，徐浪，这是周庸。"他眼神有点飘，不怎么和我对视："你好，你好，我叫赵腾达。"

周庸看他的样子笑了："哥们儿，你怎么有点儿心虚啊？甭紧张啊，我们俩又不是坏人。"

他还是不怎么和我们对视："不好意思，我有点'社恐'，有什么直接问就行。"

我点点头——社交恐惧确实会有目光躲闪的症状。

周庸："是这样，李欣被盗刷了三十几万元，我们听说你半年前帮她换过屏，那时候手机检测有没有什么不对的？"

赵腾达说："没有，我那时候就是换完屏，看能正常用就成，没想过检测手机软件。"

我问："你能不能帮我们分析下，这事怎么办？"

他想了想，问我被盗刷不是有赔偿吗？

我说支付宝说只能查到她自己手机的付款信息，这种情况只能鉴定为诈骗，不能鉴定为被盗，所以驳回了赔付申请。

赵腾达问我，支付宝是怎么判定李欣是用自己手机付的款。我给他看了一张数据单。那几日所有的登录和消费，都来自"李欣的手机"。

赵腾达笑了笑，第一次正眼看我："这什么都说明不了。我给李欣修过两个手机，手机的设备名都被她自己改成了'李欣的手机'。她之前那个手机，应该是挂网上卖了吧？"

我恍然大悟，跟他道了谢，和周庸出了商场。

出了门，我给李欣打电话，问她之前用的手机是否出售了，她回答说："挂网上卖了。"

我知道盗刷的人是谁了。李欣的钱，是被买她旧手机的人刷走了。那部手机的设备名与她现在用的相同，曾经也一直登录着她的账号，所以支付平台官方会认为是自主消费而非盗刷。而那个买李欣手机的人，可能就是跟踪她的人。他在黑客交易网站上买了李欣的资料，然后跟着她，找机会让她扫码，给她手机下了"木马"。

找到李欣和田静，我让李欣联系那个买她旧手机的买家，和他说不还钱就要报警立案。半个小时后，那个买家打电话过来，说愿意在三天之内把钱打回来，希望别报警。我告诉他可以不报警，但必须当面交易，从头到尾交代清楚事情的经过。

两天后的上午，我们在一家咖啡店见面。10：30，一个黑瘦的男子走了进来，站在门口打电话，听见李欣的电话响了，便向我们走过来。

他走到我们面前，我站起身，他有些害怕地向后退了半步。我伸出手和他握了握："别紧张，只要你还钱并且说实话，我们还是很温和的。"

他将信将疑。他说自己买了李欣的手机后，发现支付宝 App 没退登，账户里还有很多钱，但他没有支付密码，或收取验证码的手机。他想了一个办法，根据李欣留下的电话，在网上购买了李欣的个人信息。

我问他花了多少钱。他说："八百五十元一套。只要提供一项准确的个人信息，如姓名、手机号码或身份证号，就能查询包括开房记录、列车记录、航班记录、网吧记录、出境记录、入境记录、犯罪记录、住房记录、租房记录、银行记录、驾驶证记录等十一个项目在内的材料，行话叫'身份证大轨迹'。"

12月25日，他又花了二百元定位了李欣的位置。在定位位置附近，有个李欣经常买东西的商场。他在商场门口，通过李欣的身份证照片，对比到了真人，并跟着她上了地铁，掏出早就准备好的"木马"病毒，让她扫码。

周庸很吃惊："你不是便利店玩跟踪的那个人？"他疑惑："什么便利店？"

我拍拍周庸，说行了，他一进来我就知道他不是便利店跟踪李欣的那个人，身形完全对不上。

周庸说："便利店那人到底是谁啊？是不是那修手机的小哥啊？"

我说："不是，赵腾达更壮实一些。等下这哥们儿还完钱，去李欣租房子的中介那儿看看。"

盗刷的买家转完账给李欣后，李欣直接转了六万元给我："徐浪，你的辛苦钱。这次真是谢谢你了，晚上请你们和田静吃饭。"

客气两句后，我问清她租房的中介公司，直接和周庸开车过去。到了她家小区的楼下，我发现警察正在从那家房产公司往外带人。我们忙停下车，往那边冲。旁边几个大妈正在看热闹，我问大妈怎么回事。大妈说听说这家公司的中介售卖公民信息，所以被带走调查了。

看着一个个中介被带上警车，周庸说："徐哥，这咱还查什么？"

我让他给鞠优打个电话——这事有点不对。

周庸电话鞠优，问她知不知道这家中介被抓的事，她说："知道，我们收到不署名的线报，这事和最近专抢独居妇女的连环案有关，涉及刑事案件了，你和徐浪别瞎掺和。"

挂了电话，周庸说："徐哥，警方说不许咱们瞎掺和。"

我说："先不管那个，我忽然想起一件事。赵腾达，他不是说就给李欣换了一下屏，没检查软件吗？那他怎么知道李欣两个手机的设备名都是'李欣的手机'，他又怎么猜出李欣会把旧手机挂网上卖掉，这也太神了吧？"

周庸点点头："所以，李欣手机里的另一个'木马'，可能就是他放的。"

▲ 金属探测器

我和周庸开车又回了手机城，到了维修店，赵腾达看见我们又来了，笑着迎上来，但目光还是躲闪："我就知道你俩得回来。"

他把我们带到旁边一个小屋，关上门，拿出一个我熟悉的东西——金属探测器："不介意吧，这玩意儿不来一遍说话没安全感。"

我举起双手，他在我和周庸身上扫了一圈，把手机、窃听器、录音笔、追踪仪都拿出来关掉："哥们儿身上货挺足啊。"

我说："还行，你知道我是谁？"

他说："本来不知道。那天你们来了之后，我就顺着李欣查她的朋友圈，然后在她朋友田静的朋友圈里，发现了你们是谁。你们故事写得还挺好看的，我昨晚看了一夜。"

我点点头："李欣手机里有两个'木马'，除了偷她钱的那个，另一个是你放的。能说说你还做什么了吗？"

他不看我的脸："今天的话我只在这个房间里说一遍。我喜欢李欣，第一次上门给她修手机的时候就喜欢，但你知道'社恐'里有这样一种情况吗——没法正常和女性交流，我就是这样。"

赵腾达无法和李欣交流，但他又想走入她的世界。于是他开始窥窃她的生活和隐私。从上小学开始，李欣在网上发过的所有东西，都没逃过赵腾达的眼。

渐渐地，赵腾达不满意只是窥窃李欣的过去，他想每时每刻都能看见她。于是，他趁着上门换屏幕，在她的手机里下了"木马"软件。这个"木马"能同步收集并传送数据到赵腾达的手机里，包括聊天记录，但这还是不能令他满意。他入侵了李欣从家到公司的路上每一个能照到她的摄像头，包括便利店那个，并将这些连接到网上，随时观看。

12月25日，赵腾达通过摄像头发现，李欣被人跟踪了。他赶到李欣家的小区，装作在小区溜达的路人，让李欣身后的跟踪者无从下手。之后的几天，他一直都是这么做的。直到他通过一个洗衣店的监控摄像头，发现跟踪李欣的人进了旁边的中介公司。

第二天他入侵了中介公司的系统，侵入所有员工的电脑，发现有很多人在售卖客户信息。通过一些聊天记录，他发现，其中有一个人，可能是最近专门入室抢劫独居妇女的人。

我点点头："所以盗刷那人，你也早发现了，是你故意引导我们去的。"

他说是。

周庸："我就问一件事啊，你到底跟不跟李欣表白啊？"

他说："我也不知道，顺其自然吧。"

从手机城出来，我和周庸在车边抽烟。

周庸："徐哥，你平时不用手机交钱，卡也不怎么用，只用现金，是不是就怕这种信息泄露，被人追踪什么的啊？"

我说是。

别乱买减肥药，
它可能来自别人的肠道

微信朋友圈最大的用途，是塑造自己的形象。我妈发到朋友圈的，是各种爆款文——《柠檬的八种功效》《今天刚发生的，不看别后悔》……说实话，我已经屏蔽我妈朋友圈一年多了。

我的助手周庸，喜欢车和运动。朋友圈里分享的内容，都是车和他健身、打球的照片。他转载的文章也都和这些有关，比如：《警惕健身房杀手，燕市又一健身教练死于他手》——讲的是卧推需注意安全，燕市一个健身教练卧推时没弄好，把自己砸死了。

他们俩发这些，完全符合我对他们的认知。但如果反过来，周庸分享爆款文，我妈发车和健身内容，就会让我觉得那不是本人发的。

2016 年年底，田静就面临着这种困惑：她一个同事的朋友圈，变得很奇怪。

2017 年 1 月 18 日，我接到田静的电话，约我到她刚开的工作室见面。这个工作室专门从事资料采集、制作、研究以及买卖的工作。田静租了三间办公室，打通后大概两百多平方米，我扫了一眼办公区，一共十多个人。

她把我带进会议室，关上门，给我扔了瓶酸奶："没有咖啡和果汁，喝这个吧。"

我说："行，静姐给啥就喝啥。今天找我干吗，要请吃饭？"

她说晚上还有活儿赶，不一起吃饭了，找我来是想查一件事——她们公司好像丢了一个人。

我说什么叫好像，丢就丢，没丢就没丢。

田静抬起手，示意我听她说完，我点点头，拧开酸奶喝了一口。

两个月前，田静的工作室招了一个女孩，叫杨娇，负责采编。她刚来燕市，还没租房子，公司的另一个姑娘就把自己的次卧租给了她，两个人分摊房费。

一周前，杨娇发了条朋友圈，说自己特别心烦，要出去清净几天。当天她就没来上班，也没再回住的地方，打电话也一直关机。

虽然关机，杨娇的朋友圈却一直在更新，而且说的都是些莫名其妙、平时绝不会说的话。她平时是个爱看排版好看的鸡汤、从不说脏话的姑娘。而这几天发的朋友圈，充满了脏话和错别字，完全不像是她发的。

田静说着，掏出手机给我看杨娇的朋友圈。我接过来翻了一会儿，对比她之前发的东西，最近这几条信息确实像是另一个人发的。

我把手机还给田静："你怀疑她出事了？"

田静说："是，我觉得这些就不是她发的，而是别人发的。为了维持一种杨娇很好的假象。"

我点点头，这种事不是个例，有些犯罪分子会利用这样的手段，帮自己延长案发时间，制造不在场证明，增加破案的难度。

我问田静报没报警，她说没有。我问通知杨娇父母了吗？她摇摇头说："现在还不能确定她是否失踪了，别闹了乌龙。你先调查完再说。"我说："懂了，先带我去她住的地方看看吧。"

田静叫来了和杨娇合住的姑娘，让她提前下班，带我回家看看。杨娇和这位姑娘住在离公司不远的小区。我到了以后，在楼下抽了支烟，顺便等了会儿周庸，我们一起上了楼。

这间房子是两室一厨，大概五十多平方米，杨娇住在北向的次卧。我拧了一下次卧的门，没锁。我推开门走了进去。杨娇的卧室还挺整洁，没什么垃圾，被子也叠得很整齐。

我正在查看是否有什么线索，身后忽然开始"嗡嗡"响。我猛回头，看见周庸站在一台甩脂机上，浑身上下抖动着。

我问他在干吗。他说："我试试。徐哥，我在商场总能看见这玩意儿，真有用吗？能靠抖动把脂肪甩掉？"

我说："脂肪甩不掉，你的智商估计能甩掉点儿。"

我强行把他拽下来，一起仔细搜寻了一下卧室。除了甩脂机，我们还找到了女生用的哑铃、左旋肉碱以及一些减肥药和润肠茶。

我问合租的姑娘，杨娇是否一直在减肥。姑娘证实了："她最近瘦得特别快，得有十四五斤。"

我点点头，又问杨娇失踪之前，有没有什么奇怪的行为，或接触过什么人。她想了想："前段时间，杨娇和我说交了个很帅的男朋友，我没信。"

我明白她的意思，杨娇是个胖姑娘，特别胖的那种。按照田静提供的照片，杨娇的身高大概是一米六，体重一百六七十斤左右。按照常人的眼光，她不太可能找到一个帅哥男友，所以室友觉得她是编的。如果这事是真的，说不定里面还真有点儿问题。但我问了一圈，没人见过杨娇的男友，根本无从查起。

除减肥用品外，椅子上还有个没拆的快递包裹。我拿起来看了看订单号，用手机查了一下，这个包裹是杨娇失踪后的第二天到的，发件日期是 1 月 8 日。我决定拆开包裹，看看能否找到些线索。

从兜里掏出小刀，递给周庸后，我让他把包裹拆了。他点点头，一刀割开了上面的胶带："徐哥，拆人包裹不犯法吧？"

我说没事，最多也就是拘留罚款。他停下来："那咱还拆？"

我说："对，所以让你拆啊！"

打开包裹，里面仍然是减肥的东西：五盒"路老膏方"食用膏药，还附了张感谢信，结尾处写着"希望您推荐给亲朋好友一起受益"，旁边还有一个二维码。

拿手机扫了下二维码，进了一个私人微信，名叫"膏方专业减肥张老师"。我申请加好友，没两分钟就通过了。

这位老师一来就问我怎么加的他。我说是杨娇推荐的，她一周之前买过，说这药还挺管用的。

张老师不再多问，开始打听我的情况，分析我之所以肥胖的原因。他问我是否采取过其他减肥手段，还让我发一张舌苔的照片给他。我一通瞎扯后，他建议我购买一款疗程两个月、价格七千八百元的路老膏。我假装说太贵了，得再考虑。

他说："还考虑什么呀？你朋友来找我的时候，说她去瘦身工作室、辟谷班、健身房都没用。我告诉你，要减肥，还得路老膏！现在交订金，我可以给你打个折。"

嫌啰唆，我直接把他拉黑了。在网上买没批号、没经营许可的不正规药品，吃死的案例不在少数。

杨娇找他购买膏方时，说自己采取过其他减肥手段：瘦身工作室、辟谷班以及健身房。她刚到燕市两个月，工作以外的时间基本都花在减肥上。如果她真的有一个男友，很大可能是在某个减肥项目中认识的。

我问杨娇的室友是否知道她报的这些班。

姑娘说："就健身房不知道，她报的减肥工作室，经常在楼下地铁站拉人，杨娇就是在那里报的。免费的辟谷班她发过一个链接给我，想让我一起去，等会儿我找到发给你。"

我说："行，看来也没什么别的线索了。咱一起出去吃顿饭，明天我们再继续调查。"

她说："不了，最近有点食欲不振。"

她的脸色确实不太好，有些蜡黄。周庸问她是不是生病了，她还没来得及说话，忽然开始干呕，捂住嘴跑到洗手间，扶着马桶吐了起来。周庸急忙过去给她拍拍背。她吐了几下，忽然一声尖叫，周庸问她怎么了。她捂住嘴指着马桶，我走过去看，一条几厘米长的白色虫子正在马桶里蠕动着。

周庸看了一眼，马上也干呕了一下："这什么玩意儿？"我说应该是蛔虫。

姑娘吓哭了，说虫子是从自己嘴里爬出来的。

我劝她说："没事，应该就是吃了什么生蔬果，没洗干净，里面带虫卵。怪不得你食欲不振，回头吃点打虫药就好了。"

看见她吐出的蛔虫，我和周庸也不饿了，把她送到附近的医院，开了点打虫药，我们俩就回家睡觉了。

第二天晚上 6 点，我和周庸来到了她们家楼下的地铁站——杨娇参加的瘦身工作室差不多就是这个时间、在这里报的。

我们点上烟，观察着地铁口来来往往的人。十几分钟后，一个穿着黑色大衣有点胖的哥们儿走出地铁口时，刚才靠在墙角玩手机的姑娘一步冲上去，塞给他一张卡片："哥，我们是做瘦身餐的，一个月十五到二十斤，绝不反弹。"那哥们儿有点尴尬地摆摆手，示意自己不感兴趣，姑娘锲而不舍地追着说了半天。

周庸："她咋不找咱俩呢？"

我说："咱俩这个体型不是她的目标客户，走，咱主动找她。"

没说服大哥，姑娘又靠回墙角玩起了手机，我们故意从她身边

▲ 如果在街上有人送卡片，可能有欺诈信息，不要轻易相信

走过。

周庸："徐哥，你这喝酒都喝出啤酒肚了，不减减啊？"

我说："减什么啊，又工作又写稿的，根本没时间运动，咋减？"

正说着，身后伸过来一只手，拿着两张名片，递给我和周庸："哥，你试一下我们的瘦身餐呗！按照我们的食谱走就行，什么都不用干，一个月啤酒肚准没。"

我接过卡片，问她都有什么瘦身餐。她说现在主要有五种瘦身汤，可以单独吃，但一起吃效果最好：银杏疾速全身瘦一百五十元；小粉全身均匀瘦一百五十元；小绿植物去抗体一百五十元；小红夜间助眠一百元；小橙强效夜间燃脂一百五十元。

只要严格按照他们的食谱，配合他们的瘦身汤，保证我一个月之后就没有啤酒肚。我问她还有更快一点儿的吗，我这人性子比较急。

她说那得问问她"老师"。

我和周庸跟她来到了离地铁站不到一公里的一个小区，她们的瘦身工作室就在居民楼里，八十来平方米的一个三室一厅。

"老师"也是个女人，这瘦身工作室的仨工作人员都是女性。这让我有点失望——没有男性就对不上杨娇的男友。

"老师"问我想要用多长时间减掉啤酒肚。我说两周，她点点头："那普通的减肥餐就不适合你了。"

向她咨询什么比较"适合我"时，她拿出了一盒浅棕色的胶囊，说："这个比较合适，但是价格会高一些，一盒一千五百元，三十粒，半个月吃完。"

周庸："看着这药丸，我怎么浑身难受呢？"

我说我也是，问"老师"这是什么。

她解释说，胶囊里是从体型纤细的人的粪便中萃取的微生物群——这种瘦人的微生物群，能改善人体的新陈代谢。

周庸说："等等，也就是说，这胶囊里是粪便的提取物？"

"老师"说："对，但是你们不用担心，药丸是无臭、无味且双层密封的，在药丸到达大肠内的正确位置前，药性不会出来。"

我摆摆手，拽着周庸出来了。

坐进车里时，周庸还是有点难以置信，一根烟点了两三次才点着："疯了吧，吃粪便减肥能有用？"

我说还真有用——我之前看过一篇报道，瘦人和胖人肠道菌群的不同，能导致营养吸收的不同。胖人吸收好，吃什么都胖；瘦人吸收差，吃什么都瘦。如果能把瘦人粪便里的肠道菌群提取出来，让胖人长时间服用，可以改变胖人的吸收功能。

周庸有点震惊："她刚才拿出的那胶囊这么牛？"

我觉得不好说，这种药在美国也还是临床试验阶段，还没批量生产。我不信她这儿就有了。

她刚才拿的药丸，八成真是粪便——不过肯定也有减肥功效，吃完了这个胶囊，谁还能吃进去饭啊？吃不进去饭，自然就瘦了。这其实都是幌子，就和她们的减肥汤一样。说是不用节食，但得搭配固定的食谱，直接照那个低卡路里食谱吃，不喝减肥汤也会瘦。

周庸抽了几口烟："徐哥，这种减肥药真会有人买吗？"

我说只要好使，或吹得好，就肯定有人买——要不然怎么那么多人一心一意往这行扑呢？再说了，吃粪便算什么？现在这个起码还有点科学依据，大概十年前，还曾经流行过人流减肥和喝尿减肥呢。

比起吃粪便和喝尿，最可怕的其实是人流减肥法。许多女孩故意怀孕，从人流手术台上下来后，第二天马上锻炼、熬夜上网，没几天就可以瘦下来十多斤。这种方法确实管用，但很可能会导致不孕，这是拿一时换一生啊。

周庸低下头抽了口烟，没再问问题。

晚上田静打电话问我查得怎么样，我说没什么进展，不知道杨娇报的健身房是哪一个，在房间里也没找到健身卡，应该被她带走了。减肥工作室就是一普通骗钱的地方，要是那个辟谷班再查不出什么，估计线索就断了。

田静表示理解："你尽力就行，查不出来我就直接报警。"

晚上回家后，我仔细研究了一下杨娇参加的辟谷班。开班通告是个H5页面，点进去里面写着"辟谷减肥"，还写着辟谷会在一个辟谷山庄进行，为期三天。从图片看，环境还不错。

辟谷班提供免费课程，但只针对女性，而且必须是一百五十斤以上的女性。它声称可以帮助她们免费减肥，但是概不接收其他女性。男性如果想要参与这次辟谷，则需要另外缴纳两万元钱。

这些条款实在是太奇怪了。为什么只接受一百五十斤以上的女性，并且全部免费，男性则需要缴纳两万元？我对比了其他的辟谷班，一般为期五到七天的，费用也不会超过五千元，这个收费实在是太高了。

虽然很好奇，但我还是先给田静打了个电话，问报班的两万元钱能否报销，要是不能的话这任务我就放弃了。田静想了想说能报，但如果查出什么内幕，素材所有权归她。为了满足好奇心，我没再讨价还价，答应了下来。

第二天上午，我联系了这个辟谷班。对方告诉我，今天下午就会有个辟谷班开班，下午3点集合，一起坐大巴前往辟谷山庄。

看了看表，已经11点了，我赶紧收拾了几件衣服，背着包打车去了集合点。

上了大巴后，我发现已经快坐满了。男女的数量差不多，只不过因为姑娘们的体重普遍偏高，车内看起来有些拥挤。

一路上没人说话，到了山庄后，一个道士打扮的人上了车，提醒我们，山庄的早晚温差比市里的大，建议辟谷者早晚多穿衣服。然后他带我们下了车，女性由人领着直接去了房间，男性则在原地等待收费。

用准备好的现金交了费，我和一个戴着眼镜看起来大概三十岁的哥们儿，被分到一个标间。房间挺干净的，和四星酒店的标间看起来没什么区别，除了没电视。靠近窗边的桌子上，摆着几瓶矿泉水，一些枣、桂圆、核桃、花生之类的干果和水果。

带我们过来的道士行了个礼："水和蔬果没了可去前台补充，两位师兄休息一下，晚上7点钟打坐室开会。"

把包放下，我正打算和同屋的哥们儿打声招呼，他先说话了，说的是英语，就一个词——Feederism。

我没听懂："你说啥？"

他说："你是 Feederism 吗？"

我在美国上过学，英语还不错，但这个单词我硬生生没听懂。我向他再三确认这个单词的正确拼写方式后，开始上网查资料，一直到晚上7点去打坐室开会时，我终于完全弄懂了他说的Feederism 是什么意思。

打坐室很宽敞，灯是暗黄色的，男性和女性面对面盘腿而坐。说实话，对面超重的女孩们腿盘得有些费劲，但与我同一侧的男性，全都双眼放光地看着她们。

他们全都是 Feederism——迷恋肥胖女性的人。这种人遍布全球，在美国、加拿大、英国和德国比较普遍，他们平时最喜欢的活动就是看女友能吃多少、震动身上的脂肪、测量女友的腰围和体重（他们喜欢探索伴侣身体究竟能够膨胀到怎样的地步），这些行为能够提升他们的快感。

我坐在这群人中间有些不自在，但这也让我想通了一件事——杨娇说她交了男朋友，这很可能是真的——她在这里交了一个Feederism！

接下来的三天，我都很少说话，只是在一旁观察着这群人，然后饿着肚子把辟谷山庄逛了个遍。第三天下午我发现了意外之喜。在酒店前台的对面，有一个照片墙，上面是历届辟谷学院学员的合影。

在一个多月前的一期辟谷班里，我找到了杨娇。一个高大健壮、浓眉大眼的帅哥揽着她的肩，两个人笑得十分开心——这应该就是她的男友吧。

我用手机把这张照片拍下来，发给了田静和周庸，告诉他们我找到了一点线索。辟谷班还有不到一天时间，我要试试能不能弄到上一期的人员名单，好找到杨娇的男友。

当晚我和大家一起坐在打坐室里，看着两边人对着放电时，思考着该从哪儿入手寻找上一期辟谷学员名单，然后拿手机看了眼时间。于是我发现，有一堆周庸的未接来电和三条信息。

打开信息，上面写着："徐哥我知道那男的是谁了！""我说咋那么眼熟呢！""太巧了！"

我起身出了打坐室，回房间给周庸打了回去："能好好说话吗？"周庸："但真是太巧了！"

我说："得，你先甭往下说，现在告诉我我也出不去，只能在这山庄里干着急。等明天我回去了，你给我接风时再告诉我。"

第二天下午，我们又乘大巴回到了燕市。在车上，有许多对男女都已经坐在了一起。

下车时，我看见周庸停车等在路边，我小跑上了车："走，烤羊腿去。"

到了一家炭烤羊腿的饭店，我点了羊腿、羊脖子锅和几个凉菜，

▲ 烤羊腿

又要了打啤酒。菜上齐后我疯狂吃了两大片羊肉，又和周庸碰了一杯："爽！这三天可饿死我了，每天就吃蔬果和水，那玩意儿真不当饿啊！"

周庸把酒咽下去："赶紧吧！看看我发现什么了，可憋死我了，你还不让我说。"

他掏出手机给我发了条链接，我点开，是一篇他之前分享过的文章《警惕健身房杀手，燕市又一健身教练死于他手》。

我说："这我看过，不就是一个健身房的教练，卧推时不小心把自己搞死了吗。"

周庸让我再看一遍，我点开文章往下拉："啥！"

这篇文章里，有健身教练生前的照片，这人就是在辟谷班搂着杨娇的那个人——怪不得他身材那么好！

周庸问我巧不巧："我越看你给我发的照片，越觉得脸熟，想了好久，终于想起来了——这不是点儿特背那哥们儿吗！"

我又仔细看了一遍这篇文章。这哥们儿死亡的时间是 12 月 11 日晚，恰巧是杨娇失踪的那天。事情不可能这么巧！我决定去调查一下。

第二天上午，吃完饭洗漱一番，我们俩开车前往健身房。

我们没有健身卡，只好在前台办了一次性消费，一个人六十五元钱。交钱后进了健身房，这个健身房面积不大，不带游泳馆，但器材还比较全。

上午健身房里一个健身的都没有。我们进去的时候，角落有个健身教练正在玩手机，看见我们站起身过来："眼生，第一次来？"

周庸迎上前和教练聊起了健身的事，我拿起两个不太重的哑铃，站在他们身边，一边举一边听他们说话。两人聊了十多分钟，我觉得差不多了，使劲地把哑铃扔在地上，咳嗽了一声。周庸在那边转移了话题："听说前段时间，这儿有个哥们儿练卧推练出事了？"

教练说："是，出事那个是我同事。他力量一直练得不错，按理说不应该出这事，太倒霉了。"

周庸问他有没有当天的监控视频。他说监控是有，但主要照门，卧推那块是死角没照到。

我说我们好奇，能不能给看看当天的监控。教练说："网上就有，电视台播了一段出事时的视频。"

我打开手机，搜索健身房出事的视频——监控确实什么也没拍到，就看见画面里的人忽然往监控的死角围了过去。

我看了两遍，把画面暂停在三分钟的时候："你看这是谁？"

周庸低头看，画面里是一个有些胖的姑娘正往门外走："这是杨娇？感觉比静姐给咱看的照片瘦了好多啊。"

看完视频，我们俩出了健身房，点上烟，观察四周的环境。在健身房的斜对面有一家便利店，它的摄像头是个圆的 360 度全景摄像头，应该能拍到些什么。我和周庸进到店里，硬塞给老板娘二百元钱，麻烦她给我们看一下 1 月 11 日当天的监控录像。

老板娘拿了钱后很痛快，将 1 月 11 日的录像导了出来。我拿硬盘存下，回车里取了笔记本，插上硬盘，打开了视频文件。

当日晚上 7 点钟左右，杨娇从健身房出来，站在路边拿手机用了一会儿，应该是在叫车。过了一会儿，一辆尾号 GXY××T 的白色轿车停下来，杨娇上车走了。

周庸："快给车管所那哥们儿打电话，查查这车的车主信息，问杨娇在哪儿下的车。"

我说："你等等，查个什么！你看这车号码对劲吗？哪儿来的四个字母？"

周庸"哦"了一声，点点头："还真是，那应该是上的假牌照了。"

我说："也不像，谁能傻到这程度，把假牌子做得这么假。他应该是把某个数字改了字母，一般都是 1 改 T，好多人都这么干过。"

把 T 换成 1 后，我托车管所的朋友查了车牌——车型都对。他跟我们说了一下车主的信息和联系方式，我立刻联系了车主。

他接电话后，问我是谁。我说："我想调查一件事，1 月 11 日晚7 点多，你接了一名体型较胖的女乘客，然后把她送到了哪里？"

他没回答，问我是谁。

我说："你别管我是谁，你告诉我你把她送到哪儿了，我不告诉交警你改了车牌——你不想被罚款加拘留吧？"

他沉默一下："先挂一下，我查查订单。"

两分钟后，他打了回来："送到了东顺区的北坪小区。"

我和周庸立刻开车前往，换班在小区里蹲了一天一夜——并没有长得像杨娇的人出门。

周庸："徐哥，她要是不出来，咱不得等到死啊？"

我说："也是，这样吧，咱别再守株待兔了，主动出击吧。这小区就一个进出门，杨娇一直不出门，总不至于连饭也不吃吧？咱就守着这个门，等有送餐的出来，就拦住问一下。"

我们站在小区门口，拦下了几十个送餐员，挨个儿给他们看了杨娇的照片，问刚才是不是给她送餐。

下午1：30，我们终于得到了线索。一个小哥看着照片皱了皱眉，说："好像是她，但没有这么胖，也胖，但没这么胖。"

周庸问他这似是而非的姑娘住在几单元。他说："你们不是坏人吧？"

我掏出很久没用过的假记者证，给他看了一眼，说这姑娘是个离家出走的女孩，她家人一直在找她。

他还是犹豫，周庸上前一把夺过他的手机，打开他的外卖软件："我看一眼，他刚送达的是十九号楼二十二层。"

外卖小哥生气了，质问我们干吗。我把手机还给他，说："实在对不起，我们真是好人，不信你可以报警。"

他想了想，骑车走了。

按照送餐小哥手机里的地址，我们上楼敲了敲门。杨娇打开门，一股酸臭味扑鼻而来。

我伸出手说："你好，我是田静的朋友，她怕你出事，委托我来找你。"

杨娇没说话，看了一眼我和周庸，转身回屋了，也没关门。我们对视了一眼，从兜里掏出口罩戴上，走了进去。

屋里满地都是垃圾，有吃空的药盒，也有吃剩的食物和腐烂的水果。我从地上捡起一个药盒，是一种减肥药，这药因为西布曲明超标，导致许多人得了精神病，半个月前就被下架了。

我和周庸在满屋子的垃圾里寻找有用的东西——除了减肥药，周庸还发现贴了标签的小瓶蛔虫卵。周庸发觉是什么后，一把就扔了："这玩意儿她都从哪儿买的？"

我告诉他网上现在还有卖的。看来她早就开始养蛔虫减肥了，怪不得瘦得这么快，估计和她合住的姑娘，就是因为和她共用厕所餐厅才被感染的。

我们在屋里找线索时，杨娇就一直坐在自己的床上，看也不看我们俩一眼。我给田静打了个电话，告诉她人找到了，但精神好像出了点问题，可能是吃了太多减肥药，摄入大量的西布曲明导致的。

田静说："知道了，你直接送她去医院吧，咱们医院见。"

我和周庸架起杨娇，把她带到了周庸的车上，送往医院，在路上顺便打了110。下午5点，我和周庸坐在医院的走廊里，等待检查结果。

周庸："徐哥，你觉得她的精神真有问题吗？"

我说："我也不知道，她的行为肯定是反常的，正常人不会吃蛔虫卵、减肥药，看起来像疯了一样。但人总有反常的时候，就像我小时候在北方，冬天伸舌头舔铁门，被粘住了。这种反常没法说明是不是精神出了问题。但她能打车，能订餐。我认为不管精神是什么样的状态，她很清楚自己的所作所为。这种情况下犯下的错误，是需要承担责任的。"

周庸点点头："你的意思是她杀了她的男友？"

我说："别瞎猜了，等医生鉴定完再说吧。"

过了一会儿，田静从医生办公室走出来，杨娇直接被警察带走了。

周庸："是装疯吗？"

田静点点头："精神是有点问题，但没到影响生活的地步。根据你们提到的那段视频，这姑娘有杀人嫌疑，所以警方直接带走了。"

我点点头："还有我们的事吗？"

她说有，警方需要我们跟着去做笔录。

再次听说杨娇的事，是过完年回来。2月20日，我和田静、周庸一起聚餐时，田静给我讲了整件事情的经过。

杨娇和她那个健身教练男友上街时，别人总是带着异样的眼光看他们——她知道，没人觉得他们般配。她下定决心减肥，和男友更般配一些——买了蛔虫卵吃，还每天节食运动，吃各种减肥产品——她瘦得很快，几乎每天都能瘦一斤。结果一个月后，她的男友提出了分手。杨娇不明白，Feederism 只喜欢女友变胖，一旦女友变瘦，他们就有可能变心。

杨娇疯了。她觉得自己减肥这些罪都白遭了，她付出了那么多，男友却很坚决地抛弃了她——她决定报复。她趁男友练卧推，没人注意时，给他狠狠地加了一把力，让他死于非命。

然后她又租了一个房子，离家出走，发和自己性格不符的朋友圈，吃大量含西布曲明的减肥药——为了装疯。如果再过一段时间还没被发现，她就不必装了；如果被发现了，那么反常的行为以及吃的大量含西布曲明的减肥药，就能证明她这段时间精神不正常。这样即使查出是她干的，她也可以装精神病躲过判刑。

周庸听完自己干了一杯，说："我觉得比起杨娇，那些做假减肥药的才最可恨！像她和她男友那样的人毕竟是个例，对社会造成不了什么影响。"

我也同意，比起杨娇，那些利用减肥害人牟利，依靠往药里加瘦肉精、西布曲明取得成效的人，才是真正的社会蛀虫。

吃完饭，田静打车回家，我和周庸沿着街边压马路醒酒，在路边，我们看见一辆共享单车被人用铁链锁了起来。

周庸说："徐哥你等我一会儿。"他跑回停车的地方，打开后备厢，抽出一把钢带剪子，几下把锁着车的铁链剪断，说："还让不让人好好减肥了！"

在酒店被陌生人拽走的姑娘，
将成为生育机器

每一个夜行者都有自己的信息来源，但归类起来无非几种：

1. 上网发现线索与整合内容。

2. 相熟的新闻掮客提供（如田静）。

3. 从线人们手里挑出有价值的信息。

4. 找情报贩卖商购买。

5. 机缘巧合下，主动砸在自己头上。对于夜行者来说，找情报贩卖商购买消息的概率，仅次于机缘巧合砸在头上的概率，因为这群人都是吸血鬼。他们提供的信息都特别贵，且消息一经出口绝不退钱。买他们的消息就像抽奖，经常花大钱买了个小新闻，最后落个血本无归。

　　他们多有一个正当工作作为掩护，也许每天与你打照面的门卫大爷，私底下月入百万。好在他们还有点行规——消息一旦离手就等于签了合同，不得再另售他人。

　　燕市中山路的 Whisky Bar，是一个情报贩卖商们常出没的地方。这家小酒吧每天只在天黑后营业，能找到这儿的，都是熟客。你在这里能见到各种各样的人，年轻的、貌美的、苍老的，白人、黑人和棕色人种。他们都只为一个东西而来——情报。我绝对相信他们中有的人在交易那种我这辈子碰都不会碰的情报。

　　疯狂找女友的那一段时间里，我没少在这里待着，也没少在这里花钱。这里的老板和熟客我大都认识，我甚至可以凭借良好的信誉在那个地方记账。

　　2017 年 2 月 17 日晚上，我一个人来到 Whisky Bar，按照惯例，去看看有没有女友的消息。酒吧老板娘孔丽是个美女，见我来了，给我倒了一杯柠檬水："还不喝酒？"

　　我说这儿的酒劲都太大，我还是喜欢喝啤酒。喝了一口水，我问她："有消息了吗？"

▲ 酒吧通常会给刚落座的客人先倒上一杯柠檬水

她摇摇头："你那事儿太难查，不过我这儿现在有个便宜的线索，你要吗？"

我问她多少钱，她竖起两根手指："两千。"

我掏出手机，转账给她："就当抽个奖玩了。"

孔丽白了我一眼："一个线人告诉我，他在世纪百货上厕所时，听见两个人在聊小姐。他们不聊猥琐的内容，而是在聊如何绑架。其中一个说最近的生意特别差，几点都不好抓人，另一个让他晚上再干活。然后其中一个说要去上风家园，就先走了，另一个后来也走了。"

我问孔丽，是否有那两个人的照片。

她摊手："线人就从背后看了一眼，其中一个穿了件蓝夹克，另一个是光头。"

我问她是否有时间地点，她说消息来源是今天。我喝了口水："上风家园是吗？"

她点了点头，我放下杯子，孔丽问："这就走了？"

我说："是，花了两千元，现在该去抽奖了。"

我给周庸发了条信息，就打车去了上风家园。上风家园是个大型小区，但入住率低。南门与另一个小区的北门相对，两门之间有一

▲ 独自经过灌木丛要注意安全

条路，路灯昏暗，十米开外很难看清楚。我来时才刚 10：30，但路边超市都早已拉上了卷帘门。如果我是作案人，我一定选这里。

这里植被茂盛，有很多灌木丛，就是因为天气凉都秃了，但好在没蚊子。我挑了一片最浓密的灌木躺在后面，把手机调暗，玩手机的同时静静地观察着四周。

过了大概二十分钟，一个膀大腰圆的人走了过来。他叼着根烟在两扇门之间晃悠，经过路灯的时候，我看见他身上穿着一件蓝色夹克。没多久，一辆出租车停在了上风家园门口。一个短发女孩儿下了车，她穿着一身紧身的运动服，看得出身材很好。"蓝夹克"看见女孩下车，远远地跟上了，我站起身，扫了扫身上的灰，跟上了"蓝夹克"。

走了一会儿，女孩在一栋楼前停下，掏钥匙开门。"蓝夹克"在后面拍她的肩膀，姑娘回头时，"蓝夹克"拿东西捂住了女孩的嘴。女孩身体软下去，被"蓝夹克"架住开始往外走。

我跟在后面，假装才拐过来，没看见之前的一幕。和"蓝夹克"擦肩而过的时候我假装不小心撞了他一下，"蓝夹克"手一滑，姑娘没架住，软软地倒在了地上。我假装吃惊，大喊救命。"蓝夹克"瞪我一眼，转身跑了。

我看到远处有两个保安赶过来的身影，决定还是先去追踪"蓝夹克"。他出小区以后上了一台摩托车，我叫了一辆出租车紧跟其后。幸亏这个时间已经不堵车了，要不然我肯定追不上他。

二十多分钟后，"蓝夹克"在一家快捷酒店门口停下。我让司机在五十米外停下，扔给他一百元钱，掏出帽子戴上，跟了上去，站在酒店外窗口的侧面看着里面。

"蓝夹克"对这里好像很熟悉，进门时还跟前台打了个招呼，也没登记径直上了电梯，他应该是早在这里入住了吧。我到电梯旁看了下"蓝夹克"到的楼层，三楼。

我刚想跟上去，忽然被人拍了一下肩膀。想起刚才"蓝夹克"对待女孩的方式，我后退一步，一肘击在了身后的人的肚子上。然后我转过身，周庸坐在地上，捂着肚子委屈地看着我。

在出租车上时，我给周庸共享了位置，以防意外，没想到他这么快就到了。我将周庸从地上拉起，周庸拍了拍屁股上的灰，低头不说话。我没忍住笑出了声。

"笑什么笑！"周庸瞪我，"是你告诉我追踪尽量不要出声！"

我解释了一下"蓝夹克"之前的所作所为，告诉他我反应激烈的原因。周庸听完摸了摸肚子："太背了！"

我和周庸走到前台，周庸去开房。我假装四处溜达。我对周庸比画了个三的手势，周庸问前台："三楼的房间还有吗？"

服务员奇怪地抬头看了他一眼："我帮您查询一下。先生，有的。"

周庸办好入住，我们进了电梯，我按下了三楼的按钮。出电梯，在走廊的尽头，"蓝夹克"和一个光头正在聊天，我假装喝醉了搭着周庸，把自己的头低下，一直到进了房间，然后我开始透过猫眼观察走廊里的情况。

"蓝夹克"和光头迟迟没有进房间，我也只能一直透过猫眼观察情况。几分钟后，光头和"蓝夹克"进了电梯。我出门看了一眼电梯，电梯停在四楼。我让周庸从另一边的楼梯上楼，我则乘坐电梯到达四楼。

我先周庸几秒到达四楼，刚好看见"蓝夹克"左手在打电话，右手拽着一个女生，而女生又拼命抓着她右边的大姐。"蓝夹克"看到我和周庸后撒腿就跑，周庸向"蓝夹克"追去，其间并没有看到光头的踪影。我扶起女生问她发生了什么，女生只是哭，旁边大姐说："我听到救命就出来了，多亏你们来了！"

大概五分钟后，周庸回来了："跑了！一定是跟酒店串通好了！"

二十分钟以后，警察来看了一眼现场便收了工，周庸被叫去当目击证人。一小时之后，周庸发信息说了一下从民警那儿问出的话：这酒店是个卖淫点，"蓝夹克"就是鸡头，他抓那个女孩儿是因为把那女孩儿当成抢生意的小姐了。

这可是个大新闻，田静肯定会感兴趣。第二天晚上我跟田静见了面。听我讲完事件后，田静平静地说："我们昨天有人也做了这个新闻。"

我从裤兜里掏出昨天在酒店捡到的卡片，递到了田静面前，"我今天玩点儿刺激的，一起不？"

田静瞪我一眼："好好说不会吗？"

我的计划是，周庸假扮嫖客，我负责在外接应和观察，田静趁服务员不注意，将一个摄像头安装在酒店的监控室，利用酒店的监控系统监视和指引我们行动。

凌晨，所有人各就各位，周庸拨通了小卡片上的电话。很快，一个男的接了电话，他直接报价："清纯学生妹一千二，风韵少妇八百，普通六百，包夜另算。"周庸停顿了一下，他在等我的指示。我让周庸自己做决定，他选了一个清纯学生妹。

半小时之后，周庸的房门被敲响。我在楼梯间探出头，一个学生模样的女孩被一个戴着金链子的人带了过来。女孩看起来极不情愿，她被抓住的右手一直在挣扎，没停过。

"金链子"敲了周庸的房门，把女孩儿凑到了猫眼前面。周庸开门，"金链子"把女孩推到了屋里，跟周庸要了一些服务费就走了。我叫田静继续监控，自己则跟着"金链子"下了楼。

之后"金链子"开车去了附近的一个门市房。它的入口很隐蔽，没有任何指示牌，如果没有"金链子"的"引领"我很难发现。这个门市房里有一个收发室并配有指纹锁，我的角度看不见收发室里是否有人，只看见"金链子"扫了下指纹便成功进入。

过了一会儿，又来了一对男女。男的指着怀里的姑娘对收发室说了些什么，"金链子"从里面走了出来，带着男的一起把姑娘架进了屋内，十有八九这就是他们的大本营了。我想走近看看情

▲ 指纹锁

况，却收到了田静的一条信息：速回，有紧急事！

　　所有人都聚集在周庸开的房间里，包括"金链子"送到周庸房间的女学生。姑娘坐在床上哭得非常惨，说什么都不肯走，让周庸和田静救她回家。周庸向我解释："她是大学生，已经失联了三个多月，我刚打电话确认了身份。"

　　二十分钟后，警察把女大学生带走。我跟田静说了地下室的事，问她是否报警，田静看了我一眼："你确定？"

　　我说当然不确定，但这危险性太高，我自己又搞不定。田静白我一眼："下次想让我帮忙就直说。"

　　我弄了身皮衣皮裤，装成了鸡头，田静穿了套连衣裙，装成烂醉的少女，周庸留在宾馆缠住"金链子"拖延时间。临走前田静递给我一个 U 盘，让我回去看。我把 U 盘装好，和她一同出了房间。

　　和田静到了那个隐蔽的门市房，我对着收发室说这是新来的。门开后，往里走，里面竟然是个通往地下室的楼梯，我假装扶着田静，一步一步地走下了地下室。下面，应该就是他们的犯罪据点了。

　　我和田静刚进到里面，就被人盯上了。"这姑娘不错，代孕完了还能当奶妈，转我吧，我出高价！"一个上身穿着花衬衫、下身穿着乞丐裤的人拦住了我们，他手指着田静，眼睛看着我。

　　拒绝"花衬衫"后我们继续往里走。三米后右转进了一间四十平方米左右的屋子。里面放着十来张床，每张床上都躺着一个孕妇，她们都输着液。走进去，一股酸臭味扑面而来。

孕妇中掺杂着不同肤色的人。田静跟几个孕妇聊了聊——她们都是根据金主的需求被买来的。其中有两个孕妇是被同一个客户要下的，一个染着黄头发，一个扎着辫子。她们操着不同的外地口音。

她们都是六个月的身孕，黄头发的说："我们会同时生下来，到申报户口的时候，就报双胞胎。"她们俩的床挨得很近，她们不时地互相看一眼。我问"黄头发"知不知道她怀了谁的孩子，她摇了摇头："不知道，一个中年男的，胖胖的，很有钱。"

我又问了问报酬。她说孩子生完之后，可以拿到五万元报酬。

离开屋子，我跟田静继续向里走，发现这条不到二十米的走廊里就有五六间类似的屋子。我们本想都进去看看，但周庸这时来了信息："徐哥，该撤了！'金链子'这边拖不住了，我现在正跟着他，他在往你们那边走。"

我和田静原路返回，快走到门口的时候，门房里忽然出来一个人，穿着一身蓝色的夹克。"蓝夹克"一看见我和田静就拿起了对讲机叫人。他们的反应很快，我和田静没来得及跑出去，就被一群人围住了。他们连问都没问，上来就是一顿拳打脚踢。我一只手护住头，另一只手把田静护在怀里，身上疼，每一处都疼——这次可能真要栽了！

好在被打死之前，一个声音在后面响起："怎么回事？"这群人终于停了手。

我弯腰缓了一会儿，才有力气抬起头看这个说话的人——一个挺年轻的男人，留着平头，戴着眼镜，看起来像是个中学老师。我抽着凉气刚想和他打个招呼，搭句话，这个男人忽然说话了："静静姐？"

还在我怀里的田静一愣，抬起头："许其华？"

"谁让你动她的！我整死你！"看见田静的脸，这个叫许其华的男人忽然暴怒，一把抓住"蓝夹克"的衣领，发疯似的抽"蓝夹克"的耳光，在场的所有人都呆住了。

打了一会儿，许其华把满脸是血的"蓝夹克"推到田静面前，跟她说："姐，都谁打你了？你告诉我。"

田静看着许其华，说："我没受什么伤，但我朋友现在得去医院，你看能不能……"

许其华看了我们一会儿，忽然笑了："你看你跟我还客气，我帮你叫个车吧。"

田静说："不用，我们开车来的。"

回到酒店时，周庸还没睡。我们敲门吓了他一跳，看见我脸上有伤，浑身都是脚印，这家伙的眼圈竟然红了。我看他一眼："别煽情啊，你要哭了大家都很尴尬。"

他自己也不好意思："徐哥，我是关心你，你还笑我，太不是人了。"

和周庸扯了几句后，我拿出田静给我的 U 盘，插到了酒店的电脑上。里面是一段监控视频，只有十五秒，是一个女人开房的画面。女人是我失踪了很久的女友。

田静站在我的背后："一个线人给我的，是他在酒店高管的电脑里复制出的加密文件，这是其中一个，还有别人的。"

我喘了口粗气，跟田静说："先把眼前的事儿解决了吧，那个许其华是谁？"

多年前，田静还是记者的时候，杂志社让她做一期留守儿童的专题文章。她去了西北的许多山村做采访，许其华是让她印象最深的一个孩子。许其华和其他的孩子不一样，不喜欢亲近田静，总是躲在远处。他爸爸长年在外地打工，而他妈妈不仅不管他，还跟村里的几个闲汉发生不正当关系，所以许其华对女性有着特别的厌恶。

田静很同情他，就资助了他上高中的学费，直到他考上了大学并拿了全额奖学金。有段时间，他们相互通信。许其华非常聪明，但反社会倾向很严重。田静想找人给他做心理辅导，但他总是拒绝，后来竟然连信都不给田静回了。田静去学校找过他一次，发现他已经辍学了，从此音信全无。

我问田静接下来怎么办，田静说许其华刚才联系了她，约她明天上午在远见大厦见面。

我说："我和你一起去，我有点事情想问他。"田静看着我，点了点头。

第二天见面时，许其华还是穿着之前那套衣服。看见我，许其华转头问田静："不是说不要带别人吗？"

田静："他就想问你个问题。"

我拿女友的照片给他看："你们和那家快捷酒店应该有点关联吧，我想问问你见没见过这个姑娘。"

他拿起照片随便看了看："对不起，完全没印象，你还有别的事吗？"我看着许其华身后坐着的、怎么都不像是来喝甜品的两桌人，强压下了动手的念头。这时田静按住了我的手："你先走吧，我和他聊聊。"

我问田静没问题吗？田静说没事儿，这可是市中心，这么多人，出不了事儿。出了门我给周庸打电话："怎么样了？"

周庸把这件事告诉了鞠优，鞠优当场报到局里，着手处理此事。在鞠优的带领下，那个地下室已经被封了，房子是租的，房东毫不知情。在警察到达之前，他们已经转移了一部分人，但还是有小部分人没来得及转移。几十个人该抓的抓，该遣返的遣返，一群大肚子女人直接送去了医院。

周庸说了一下情况，问我："你那边怎么样了，从许其华那儿问出点什么没有？"

我告诉他什么也没问出来，还让他转告鞠优该行动就行动吧。周庸说好。和周庸通完话，我给田静打了一个电话，没打通，我忽然有种不好的预感。这时周庸又来电话了："徐哥，我表姐说许其华没抓到。"

我问看见田静了吗？

周庸说不知道，他再问问。

我说："不用问了，应该出事了，你快来找我吧。"

在地下室里，警察搜到了许多女人的资料。我翻了好几遍，都没有我女友的信息。许其华和我的女友一样，也失踪了，同时失踪的还有田静。

当天晚上，我收到了从田静的邮箱发来的一封邮件，上面是一个网址，还有一个账号和密码。我输入网址，结果跳出来一个登录信息。我用和网址一起发来的账号和密码登录，出现了一个全英文购买主页，上面标价十万美元。我往下拉，是一个被捆绑的女性图片，虽然被蒙住了眼，但我还是看出这是田静。

这时电话响了，来电显示是法国的电话。我接了起来，许其华在那边说："我这边显示，你已经上线了。"

我问他想要什么。许其华在电话那头笑了两声："这不明摆着吗？让你花钱把静姐赎回去。这次组织损失挺大的，我自己也损失了点钱，要你十万美元，不多吧？"

我问是交钱就可以吗，他说是。我说钱马上就打过去，但请他别做出伤害田静的事。许其华让我放心，他肯定不会那么做。

我的账户里还剩三万多美元，又让周庸找他朋友凑了凑，凑齐了十万美元，我在网上购买了田静。

一天之后，我接到了田静的电话："我回来了，新闻素材已经整理好了，卖给了 S 新闻网，欠你和周庸的钱等哪天汇率划算，我就去换了美元还你们。"

我说："这都不着急，但这个案子我们还继续查下去吗？"

田静沉默了一下："查，我从小到大没吃过这么大的亏。"

我说："得嘞，静姐，有您这一句话我心里就有底了，这顿打我说什么不能白挨。"

挂了电话，我忽然很高兴，当了这么久的夜行者，我女友的事情终于有了点头绪。我捂着被人踢紫了的腰，给周庸打了电话，约他晚上去喝酒。

夜行前传：
消失的红灯区女孩

我入行时，老金是我的领路人，但已经快退隐了，一起调查的时间很短。不像我带周庸这样，天天带着。所以我写了很多故事，一直都是和周庸调查，没写过和老金一起的事——没几次，得珍惜着写。

因为要出书，这次写一个我最后一次当"学徒"的事——没过两年，老金就金盆洗手，研究他太爷的笔记了。

那年1月末，老金接受了一个委托，是件挺别致的案子。

委托方是万城钻石酒店，万城最大的酒店之一，他们通过一个情报掮客联系上的老金，希望调查"小姐"失踪的案件，出了很高的价格。最近这段时间，他们丢了好几个姑娘——完全消失，联系不上，去住处找没有，连当月赚的钱都没领。

对方给钱多，老金又在准备金盆洗手，想多攒点钱，就接了下来。他让我跟着一起去。

2月2日上午，我和老金拿着委托人买的机票，飞到万城机场。我和老金出了T3，在2号停车场，找到了钻石酒店的司机。

他站在停车场门口，举了个牌子，上面写着"金醉"，身后站了两个年轻姑娘，手里捧着玫瑰花。看见我俩，冲过来递上鲜花，鞠了一躬："欢迎两位帅哥去钻石酒店参观。"我说怎么弄得跟领导视察似的，老金让我别乱说。

酒店派了辆车，我和老金坐中间，献花的俩姑娘坐第三排。车刚出机场，俩姑娘就串到第二排，跪在我和老金面前。

老金问："小姑娘，干吗啊这是？"

姑娘说，到万城这一个多小时，由她俩提供服务。

我俩推开姑娘，说不用。她让我们别担心："车玻璃贴膜了，从外面看不见。"老金威胁说再不起来，我们现在就回燕市。

到了钻石酒店，酒店老板王耀辉，一个戴眼镜的中年男人——接待了我俩，给办了入住手续。

到房间放下行李，他介绍了下情况。

这四个月里，失踪了九个姑娘，都是忽然就联系不上，派人去家里找，发现东西还在人却不见了。

老金听完，问王耀辉是否用了保险手段——为了防止手下姑娘逃跑或被挖走，每个老板都会有些手段。比如没收身份证和银行卡、威胁姑娘家里、每月分成月底才结。

王耀辉说没有，这几个丢失姑娘的身份证都在酒店，还没结钱，租住地方的东西都没搬走。

我问这几个姑娘漂亮吗，王耀辉说："还行，你需要特殊服务？"

老金说不是这意思，他想问失踪的姑娘都是头牌吗？如果是，被其他"娱乐场所"挖走的可能性就大。

王耀辉说不是，但他也怀疑是竞争对手挖走了这些姑娘："还有传言，有人专杀失足妇女。"

我俩休整了一天，第二天上午找到王耀辉，让他派人带着我俩，去那几个失踪姑娘的住处。最好派之前负责这事的人，他会比较了解情况。

之前负责的人叫皮仔，他带我们去了一个城中村——据他说，在酒店工作的姑娘分两种，赚钱多的就住在酒店附近的高档小区，赚钱少的住在城中村的自建公寓。失踪的九个姑娘都属于赚钱比较少的。

到几个姑娘租住的房子前，我还想着是否需要开锁什么的，结果每个公寓老板都不敢得罪皮仔，全乖乖打开了门。我俩在这些房间里看了一圈，所有东西都在，就是人没了。

搜完一圈，皮仔问我俩有线索吗？我说不像是有准备地走，手机、充电器都在。

老金拍了皮仔一下，说有件事问他，这些姑娘的房间里到底有没有现金。

皮仔问什么意思。

老金的想法是这样，钻石酒店有小费制度，提成也发现金。在这儿工作的姑娘家里应该有点现金。如果自己拿走了，那被其他"娱乐场所"挖去的可能性就比较大了。如果有现金，说明她们没被挖，但因为某些原因再也没回来过。

老金让皮仔说实话："这儿就咱仨，你说实话。要是不说，我就去问你老板。"

皮仔想了想，说这几个姑娘家有现金，都被他拿走了。

老金点点头，人应该不是被竞争对手挖走的，那这些姑娘们的失踪问题就大了。

我问皮仔，附近有没有卖灯管的电子城，他说有个电子市场，我说那咱去一趟吧。

在电子市场，我们买了两个黑光灯，一大块遮光布，又分别去了那九个失踪的姑娘家里，拿遮光布盖住窗户，用黑光灯照了一圈。

黑光灯能照出些眼睛看不见的痕迹，比如精液、指纹还有血迹。

在其中三个姑娘的房间里，除了精液，我们还照出了暗黑色的血迹——绝不是经血之类的，在地板上被照出来的血迹得有一平方米。

老金说肯定是死人了，然后他对房间里鞠了一躬，拽我出去了。

我们回到酒店，想把这件事跟王耀辉说一下，让他报警，结果发现大厅有很多人在退房。

刚见到王耀辉，没等说事，他就告诉我俩出事了——今天凌晨，有人往酒店门口扔了一只黑塑料袋，服务员没在意，扔垃圾箱里了。

中午有个收垃圾的打开塑料袋，发现里面是个人头，现在已经传开了——来这边儿玩的很多都是南方的商人，听说酒店死了人，都在退房。

他点了根烟："这肯定是竞争对手干的，影响我生意！要能尽快查出来，我给你俩加钱！"

老金问王耀辉，警方查出点什么没。他说有，警方查出了人头是谁的——他们拿照片来这儿调查了，监控也调走了。

说完他拿出照片给我俩看，照片上是一个瘦黄、眼窝深陷的男人："这是死者，现在只有头，身体没找到，警方把我的员工调查了一遍，但没人见过他。"

老金掏出烟斗，点着抽了两口，说警方挺厉害——在人口流动这么大的万城，只有一个人头，还能快速确定死者。

接着他又问王耀辉，被警方调查的所有人里，包不包括酒店的"姑娘们"？

王耀辉说不包括："我疯了，怎么可能让警方见到她们。"

老金点点头："那问问吧，姑娘们最有可能记得住客人。"

王耀辉考虑了一下，找个人带我们去见姑娘。

他的一个小弟带我俩坐电梯到了七楼。在走廊的尽头是技师房。服务员推开门，对里面喊了一声"这是老板朋友，问什么就说什么"，然后把我俩让了进去。

我和老金进了技师房——这是间三四百平方米的房间，像按摩大厅一样，摆满了躺椅，每张躺椅都属于一个浓妆艳抹、穿着短裙的姑娘。

我这一生，即使在海边也从没见过这么多双雪白的大腿，简直就是一大奇观。转过头，我握了握老金的手，说："感谢带我一起来，又长见识了。"

老金明白我啥意思，说同喜——后来周庸听我俩讲起这段时，总是很羡慕，问什么时候还能再赶上这种事，我说现在政府管得很严，以后够呛能有了。

我发现姑娘们都有点木，问老金感觉到没有，他说肯定木啊——她们每天就两件事，上钟、在这屋待着，谁整天这么待着都木。

从几百双大腿里缓过神，老金让姑娘们相互传照片，问是否见过这人。

姑娘们传看一圈，有几个说见过，我俩仔细问过，发现一件事——所有失踪的姑娘，都接待过这个人。好几个和她们一起被挑选的姑娘，都能证实这一点。

这人和失踪的姑娘们有某种联系，很可能被同一人杀了。

我问有没有见过这个人，还没失踪的，姑娘说："丽姐，前段时间在街上看见她了。"

"之前丽姐接待这人时，跟我们吐槽说，这人约下班见面，想到时打个折。"

另一个姑娘说："就是，想占丽姐便宜，真是瞎了。丽姐去超市买瓶水都讲价。"

老金问丽姐在哪儿，她们说走了，因为在房间陪客人吸毒被开除了。

我们让相熟的姑娘联系"丽姐"，发现手机已经停机了——这姑娘给我们看了"丽姐"的朋友圈，几个月没更新了，封面是她抱着一个小女孩的照片。那是她女儿，一年前在老家出车祸死了。

这个"丽姐"身上，很可能有重要线索。

老金告诉王耀辉，让人去别的"娱乐场所"打探下，看丽姐是否在那儿上班。如果找不到，就联系下万城所有卖毒品的——丽姐陪客人吸毒，很可能有毒瘾，需要买毒。

第二天早上，我和老金楼下吃早餐，遇见三个燕市口音的人，坐我俩对桌。他们桌上摆了个包，我扫了一眼，发现有点不对——正面的纽扣上有反光的东西。

我踢了老金一脚，说："看你身后那姑娘，包上是不是装了个针孔摄像？"

老金迅速回头看了一眼，告诉我出去再说。

出了餐厅，老金说有个人他认识，是燕市某家媒体的记者。

我问这帮人是来干吗的，老金说："不知道，那人是我小学同学，别让他看见了，以为我来这边玩。"

王耀辉的人调查时，我和老金也没闲着——在万城，除了高端的酒店外，还有"娱乐场所"。

在街上，每晚都有骑摩托转来转去的人，看见男人就凑上来问："先生玩不玩，很便宜的。"

这群骑着摩托的是楼凤的掮客——没达到大娱乐场所招人标准，或有其他原因，又想赚点快钱的姑娘，很多自己租房当楼凤。这群机车党给她们拉一个客，就有三十块钱拿。

老金猜测，丽姐被开除后，可能自己干楼凤——我俩天天坐摩托，往返于各个楼凤之间找她。因为不嫖，楼凤每次都要损失三十块钱给掮客，搞得我俩特愧疚，每次都塞三十块钱给这些姑娘。

2月8日下午，我们忽然有了丽姐的消息，有人在南城的城中村里见过丽姐。

还没等我俩去看看，钻石酒店忽然出事了——更确切地说，是整个万城都出事了。

2014年2月9日上午，燕市电视台对万城进行了报道。

当天下午，万城出动大批警力，对全市所有娱乐场所进行检查，钻石酒店首当其冲——我和老金在技师房见到的那些姑娘，基本都被警方带走了。

王耀辉也被捕了，警方责令酒店关门整顿，我和老金被清了出来，拎着行李站在酒店门口，我问爆料给电视台的，是不是他那个小学同学。

老金说："可能吧，是个好事。"

我说："是好事，但雇你调查的钱结清了吗？"

老金说："没，就付了预付款。"

万城的酒店几乎全灭，我俩挨个给各家酒店打电话，终于找到了间房。

又住了三天，钻石酒店没重开的意思，老金找人打听了下，说王耀辉事很大，出不来了——老金的尾款彻底黄了，我们决定回燕市。

第二天退房时，有两客人聊天，说昨晚出了件事。大雁路的一家红木家具厂门口，被人扔了两对断手断脚。

我想起钻石酒店门口的人头，转头看老金——他正在办续住。

我说："你可想好了，现在干活儿没钱。"

他说："都快退休了，不差这点钱了。我想知道姑娘都去哪儿了。"

白天警察在那儿，人多眼杂，我俩租了一台车，晚上开车去了事发地，红木家具厂。

万城轻工、纺织、家具行业非常发达——用导航地图在万城搜家具厂，一次能搜到两千多家。

本来以为"红木家具厂"也是其中普通的一家，但把车停马路对面，观察了一会儿，我发现不对劲。我们到的时候已经晚上9点多钟了，但家具厂不断有人来，车一辆辆往里进。半小时内进去了二十六台车。

老金点上根烟，说他第一次看见二十四小时的家具厂，我说我也是。

我俩商量了一下，决定开车试试能不能进，打舵穿过马路，到了红木家具厂大门口，按了两声喇叭，大门开了。开进去后，门后站着一个保安，告诉我一直往里开，遇见建筑往左走。

按他说的，我开车绕过两个小厂房，忽然出现一栋挺大的三层楼，楼前有一个大停车场，估计得停了一百来台车。

我把车停下，和老金走向了那个三层楼。楼里是中式的装修，门口站着两排姑娘，都穿着高开衩的旗袍，见我俩进来，一起鞠躬，说欢迎哥哥回家。

老金："徐浪，你什么时候在这儿买的房子？"

我说："我刚想说就让你抢先了。"

进了门，有服务员引我俩坐到大厅，拿上来一个项目表，又端上来一个果盘，说现在房间都满了，让我俩稍等会儿，看看服务。

我接过一看项目名，简直是为老金量身定做的。金城汤池、金石按摩、金镶玉艳、金凤玉露、金洞寻钻、金醉纸迷、金猫探险、金龙出海、金枪消魂。虽然不知道具体是什么项目，但感觉都挺刺激。

我问老金，一会儿有空房间怎么办，他进去还是我进去？

他说要不就学新闻里，借口身体不适，离开该场所。

我说咱都不愿牺牲，干脆直接找他老板聊吧，老金说成。

叫来服务员，跟他说找老板。

服务员听说和门口的抛尸案有关，去找了值班经理。值班经理打了一个电话，带我俩去了二层尽头的房间的办公室。

"家具厂"老板坐在办公桌后，身边站了四个小弟，问我们知道什么。

老金问他知道王耀辉吗？

他说知道，刚进去。

老金解释了一下，自己是王耀辉雇来的，正在查这个案子。"家具厂"老板联系了一个王耀辉的小弟，确认这件事后，问我俩想干吗。

老金说我们正在找丽姐，她可能和门口的抛尸案有关——老板拿着丽姐照片，让所有领班认了一圈，确定没在这儿工作，也没人见过后，我和老金离开了这里。

开车出了门，我说这挂羊头卖狗肉太牛了，隐藏得这么深，全万城都被扫了，它还开得这么好。

老金说是，算做到极致了，可以自产自销，自己做的床直接让客人就用了。

我说忽然想到一件事——这家具厂用过的家具，会不会当成新的卖出去，那买床的人也太背了。

回到酒店，我和老金总结了一下。

迄今为止，总共扔出了一个人头，还有四肢。分别扔在钻石酒店和红木家具厂。

这两个地方的共同特点是，都是比较大、比较高端的会所。如果他们生意受影响的话，获利的应该是另外的高端会所。

但"家具厂"老板说，现在除了他家，其他"娱乐场所"全关了——为什么还往他家扔尸块儿？

老金说有没有这种可能，还有像红木家具厂一样，隐蔽性强、没关门的地方，它想把所有竞争对手都除掉。

我说："咱们找找看吧，去街上找那些机车党，他们可能知道，而且给钱什么都说。"

第二天，我俩四处打听，还哪儿能"娱乐"。

但万城街头就连机车党都被打击没了，街上的人群少了一半，平时排着队的饭店现在全是空桌。我俩只能开车满大街瞎转——深夜一点多，大排档都收了摊，街边忽然多出很多穿着清凉的姑娘，像忽然到了女儿国。

我说："不对啊，姑娘们不是都走了吗？"

那几天，搜索平台做了个万城人口流向图，说有大量的人离开万城，去往全国各地。我本以为那是失足妇女返乡路线，但看见满大街的姑娘，忽然发现不对。

老金看我经验太少，说："那其实是嫖客的返乡路线，真的失足妇女工作地点被查了，都得在附近等消息，确定复工无望后才会离开。"

这群姑娘确实是等消息的失足妇女，白天躲家里，晚上转转街，看是否能赚点钱。

我俩开着车，到处打听可能抛尸的竞争对手——每见到一个姑娘就问，你姐妹多吗，工作的地方人吗。跟俩变态一样。

沿街问了会儿，一个刚才聊过的姑娘冲过来，身后跟着六七个青年——她指向我俩，说："就是他们！"

那几个青年手里拿着棍子冲向我俩，我拧钥匙挂挡就走，但四面又冲出十多台摩托，把我们的车围在了中间。

我摇上车窗，锁好车问老金，要是他们等会儿砸车，是否开车撞人冲出去。老金正考虑呢，几个骑着摩托的青年冲上来，在车前后轮扔了两个破胎器。

我说："得，甭想了，这回想防卫过当都没机会了，报警吧。"

把车窗摇下一点缝，我说："朋友们，没得罪你们啊，我已经报警了，你们最好快点走。"

他们没管，几个人掏出锤子，没几下砸碎了车玻璃，老金叹了口气，说看来租车押金拿不回来了。

玻璃碎后，有人伸手进来打开车门，我和老金被拽出去，一群人把我俩围在中间。

因为听我说报警了，他们把我俩手绑上，按到两台摩托车上，离开了这个地方。

二十多分钟后，车队开到一个城中村，我和老金被使劲拽下摩托，推倒在地。

老金刚要开口说话，有人上来就给了他一嘴巴。

我说："你有病啊，打人干吗——"然后我也挨了一耳光。

当时我俩手被绑着，对面站了群骂骂咧咧的人，特像被恐怖分子俘虏的士兵。

老金问他们是谁，绑我俩干吗，但没得到回应。

这时有两个姑娘跳出来，说："就是他们，刚才问了一大堆奇怪的事，特别不正常。"

姑娘指证完，又有几个骑摩托的青年上来说拉过我和老金，去了好多楼凤那儿，是踩点，绝对有问题。

这时好多人冲上来踢我俩，骂我们杀人犯，说我们在装傻。

他们在我和老金身上摸索，把东西都掏出来，用我俩的指纹打开了 iPhone 5s，翻看里面的信息和照片。

老金好言相劝，说手机你们要就拿去："那个烟斗是小叶紫檀的，我盘十来年了，能不能还给我？"

然后他又挨了两脚。

抢走我手机的小伙看了两张照片，说："怎么全是吃的？"又翻了几下，他兴奋地大叫了一声："啊，他手机里有丽姐的照片，这肯定是他下一个目标！"

有人问他丽姐是谁，他说是他邻居："挺瘦的，没事整几口那个。"

我见他认识丽姐，问他这是不是南城的城中村，他又给了我一拳，说我没安好心。

挨了几顿揍后，我俩终于搞清了什么事——近几个月，住南城城中村的楼凤和站街女经常在接客后失踪，怎么也联系不上。和钻石酒店一样。

和她们关系很近的机车党们自发帮忙找时，发现了一具尸体——裸体，身边扔着把锥子，脸上被划花了。

因为职业原因，他们也不敢暴露，找了个公用电话亭报警，私下通知所有姑娘，有专杀失足妇女的变态，让所有人都注意点。

今天，我和老金看似变态的打听方式撞在了枪口上。再加上有人证明，我俩寻找丽姐时曾到各个楼凤处踩点，嫌疑就更瓷实了。

老金松了口气，让他们冷静点，说我俩手机里有最近的行程和消费记录——才来万城半个月，而且是被钻石酒店请来的，打听一下就能证实。

他们看了手机里的消费记录和行程记录，我俩确实第一次来万城，那些女孩失踪时，我们在燕市——反倒是我俩来后，就再没女孩遇害。

解绑后，老金一直在检查烟斗，我和丽姐的邻居商量带我们去丽姐家。可能因为打了我觉得愧疚，他答应下来。

他把我们带到城中村里，一个二层楼——这个城中村里都是对外出租的自建房，长得基本一样。丽姐住在一楼南侧的房间，我们听见里面有声音，但敲了半天门都没人开。

邻居小伙担心丽姐出事——在他的监视下，我拿铁丝打开了房门。

一进门，我就闻到一股微甜的味道，老金也闻到了："冰毒。"

屋里开着灯，很乱，桌子上有泡面盒，旁边是矿泉水瓶自制的溜冰壶。丽姐双眼通红，躺在床上不停地说话，明显在毒品的幻觉里。

邻居担心她有事，过去检查，这时老金拍了拍我，指了下墙角。

我顺着他指的方向看过去，墙角有个带血的锯。紧挨着的是个冰柜，老金走过去，打开冰柜看了一眼，掏出电话就报了警。

我跟过去看了一眼，马上就合上了——里面是一具尸体，没有头颅和四肢。

丽姐恢复正常时，警察还没来，我们绑上了她的手脚——她的邻居已经跑到外面吐得不行了。

她没挣扎，说抽屉里还有冰毒，问能不能在警察来之前让她再吸一点。

我说："都这个时候了，你还想着吸毒？"

她特别痛苦地求我们，说就想最后吸一次。

老金奇怪，说："你刚吸完，应该没什么毒瘾吧，为什么还要接着吸，你现在是杀人了你不知道吗？"

丽姐不回答，就一直跪在床上给我俩磕头，求我俩让她吸一点。

老金说："这样吧，你回答几个问题，我俩考虑考虑。"

她说行。

老金问她，冰箱里的人是她杀的吗，为什么要把尸块抛到酒店外。

她说因为吸毒。她没钱，需要多挣钱买毒品，但万城的生意大部分都被那些大酒店垄断了，客人不愿来城中村这种破地方，不来这里，她就赚不到"溜冰"的钱。她抛尸到那两个地方，就是为了影响客人的选择。

我问为什么杀人："就为了抛尸？"

她说不是，死的那人是个毒贩，他俩一起"溜冰"，那个毒贩子可能吸大了，忽然开始打她。丽姐因为吸毒太多，有抗药性，先醒了过来。

她发现对方红着眼在掐自己脖子时，忽然想到这个毒贩带了很多冰毒。把他杀了，短时间就不用买了。

这解释了我们的一个疑惑，在人口流动这么大的城市，警方怎么在只有一个人头的情况下，快速确定死者的？可能因为贩毒，早被警方盯上了。

最后，老金问丽姐是怎么染上毒瘾的，她说是 2012 年——她寄养在老家的女儿出车祸死了，她非常绝望，出去散心，到云南的时候，吃了一种叫"见手青"的蘑菇，中毒产生了幻觉。

"见手青"是种牛肝菌，很多云南人有吃它中毒的经历，会产生很强的幻觉，一般是看见无数的小人。但丽姐的幻觉不一样——她看见了自己的女儿。

被抢救过来后，她又吃了几次"见手青"，但都没用，最多只让她食物中毒住院。然后她想到一个办法，新型的毒品，也可以致幻，于是她开始大量吸食冰毒，希望在幻觉里能偶尔看见自己的女儿。

在吸了一段时间后，丽姐发现自己有了抗药性，越来越难产生幻觉，只有加大剂量和提高频率才能致幻。为了能持续致幻，丽姐有时一天花几千元吸毒。

老金听完，从抽屉里拿出一点冰毒，放在冰壶里点燃，递到了丽姐的旁边。

丽姐深吸了几口，眼睛逐渐开始充血，说："你们是好人，冰柜旁的架子上有个本子，是我从那毒贩兜里掏出来的，他不是什么好人，你们看看……"

　　我走过去拿起本子，正要看时，警方到了，我随手把本子揣进口袋里，就忘了这事。一直到做完笔录从警察局出来，我忽然想起这个本子。

　　我俩回到了漏风的车里，打开照明灯，一起沉默地抽了根烟。

　　然后我掏出那个毒贩的本子。

　　上面写着：

2013 年 10 月 17 日，雁湖街，19 岁，一个……

2013 年 11 月 6 日，柏华小区，23 岁、26 岁，两个……

2013 年 12 月 22 日，红杏村，27 岁，一个……

2014 年 1 月 25 日，长河村，26 岁，一个。

　　这些日期对应上的是那些失踪的姑娘。

　　我忽然想起，我在架子上拿起这个笔记本时，旁边还有把锥子。

后记：
爱我，你怕了吗？

你好，我是徐浪，《夜行实录》的作者。

2016 年 4 月，我开始了这个系列故事的写作，并发布在网上——很快，这些故事引起了讨论，赞赏和质疑都有。

许多人觉得，夜行者的故事很好看，但有些黑暗和压抑，令人不适。对此，我的应对方法是：继续写，让你习惯这种压抑。

这不是崩溃疗法。我这么做是因为：人类对恐惧、黑暗的反应是最真实和强烈的，这是天生的。而最好的解决办法就是直面。

我为什么要写夜行者的故事呢？

小时候，大人总讲一些可怕的故事（对小孩而言），大意是：你不听话，故事里的妖怪或坏人就会把你抓走。小孩听了故事，就记住了警告。被故事吸引是人的一种本能，吸引关注、感染情绪、留下印象。人喜欢听故事，喜欢转述故事，喜欢参与到故事中。

中国古人面对未知的世界，给自己讲了个故事：盘古开天地，女娲捏泥人。犹太人则说："神说要有光，便有了光。"小孩子总问父母，自己是从哪里来的。答案往往是，从小树林、垃圾场、海边等等地方捡来的。同理，当你跟别人讲一个道理，常常这样开头："我有一个朋友……"

瓦尔特·本雅明对故事下过一个定义：故事是来自远方的亲身经历。他的话里包含了故事的两个特点：

1. 故事不是你亲身体验和经常遇到的。

2. 故事听起来是真实的。

在"真实"的故事中，体验未曾有过的经历，这就是故事之于人的魅力。我从小喜欢听故事和讲故事，尤其是都市传说类型的。

十几年前，我上初中时，学校里忽然开始流传"割肾"的故事。我和朋友趁着课间和放学热烈地讨论了很久。晚上去姥姥家聚餐，听见姨父警告刚参加工作的表哥：生活检点些，不要向太漂亮的女孩儿搭讪，当心被割肾。再过一段时间，小区里一对中年夫妇的儿子失踪了，大爷大妈都传言失踪的小伙子是被人割了肾。

这些谈论、传播"割肾"的人，没人能证实是否真有割肾、如何割肾、技术上是否可行。但故事就这么流传起来，成为饭后谈资的同时，也不断警醒着人们。一定有原本喜欢在夜里游荡的青年，听了这个故事后，选择每晚回家看电视、远离漂亮姑娘，觉得这样更安全。

这就是都市传说，一种有意思的民俗文化，与城市生活相互依存。

在"魔宙"公众号后台的统计里，年轻的女性读者超过了一半，这让我有点惊讶。最开始，我和很多朋友抱有同样的疑惑：我写的故事会不会吓跑女孩儿？

实际上，黑暗与恐惧没有赶走她们，反而让她们留了下来。她们的留言，基本都是表达对现实的积极态度和警惕意识，而非恐慌、排斥，这让我十分高兴，觉得自己在做一件有意义的事。

我觉得自己有讲好故事的能力，不想浪费。用故事传达经验和交流想法，是我拓宽人生体验和理解人性的一种方式。"夜行者"是我为自己设定的身份。这个身份，满足了我对离奇故事的热衷和调查癖——我把自己对故事和冒险的热爱，都倾注在了这个身份里。在我的认知里，夜行者既是中国都市里的蝙蝠侠和印第安纳·琼斯，也是福尔摩斯和大侦探波罗。

我的调查和写作，都是为了创作都市传说类的故事。都市传说与现实的贴近，让本雅明定义的"故事"，变成"来自不远处的亲身经历"。

《夜行实录》是虚构的故事，有人问我，你的故事为什么写得那么可怕？

大人的故事之所以能吸引和警告小孩，是因为讲得有模有样——"这事就发生在××路""某某家的小孩因为不听话就被抓走了"。这正是都市传说的讲述特点，也是千百年来口头文学的基本属性。

真实和幻想，处于故事创作的两个极点。不同的作家有不同见解。

《洛丽塔》的作者纳博科夫看不上真实，他说，小说是虚构。在这位用想象力和结构技巧讲故事的大师看来，人类的骗术永远比不上自然，要是有人说他的小说是真人真事，他会觉得这是侮辱艺术，也是侮辱真实。我喜欢纳博科夫，觉得他的小说好看，但我也喜欢"编得跟真的似的"的故事。

在我看来，非虚构和伪记录的方法更贴近普通读者的内心。即便是纳博科夫的虚构，也总会和现实有所关联——他的自传性文集《说吧，记忆》便是这样一种手法，在真实记忆与幻想之间搭建隐秘的桥梁。

真实，是一种美，而营造真实的写作方法，是一种审美取向。同样，对黑暗和光明的不同关注，也是一种审美取向，它更能唤起情感，感染力更强。所以，我在写作中，尝试学习这种讲故事的技能。"像真的一样"并不是现实世界的真实，而是故事呈现的真实，或叫叙述逻辑的真实。

为了达到这种效果，我在写作中尝试了不同方法，用更基于现实世界的素材来营造真实。这使我的写作游走在边界，就像用刀尖挠痒，但不划破皮肤。

这种写法，有两个目的：

第一，引起正视和警示，对人性的恶与生存环境的劣进行展现。读完后的黑暗体验是必然的，也是必要的。

第二，分享危险的快感，都市传说暗含的心理危险让人觉得刺激，相信这是一种普遍的心理体验。

《夜行实录》的故事是虚构的，但不安的情绪却真实存在。都市传说和口头传播的"逼真"故事之所以存在，是因为人们对世界潜在的不安始终存在。

生物学有个观点认为，寻求新鲜刺激和爱好挑战新环境的动物，适应能力较强，其基因传递下去的概率会更大。这是一种生物本能。虽然我们的智力发达到令生物本能退化、隐藏，但在这点上，应该和动物相同。有人爱极限运动，有人爱恐怖片，有人爱丛林探险……正因为都市中的人无法探险，探险节目和真人秀往往很受欢迎。

写夜行者故事的时候，我也会想：我是在营造恐怖和危险吗？这样对吗？每次思考完，我都更坚定地继续写。可能是因为我拥有某种偏好危险体验的基因，和恐怖片爱好者一样。

我生活在一个比较安全的环境中——截至目前，还没人在我面前割肾。绝大多数人都和我一样，都有种确定感，相信自己生活在一个安全的环境中。

在安全的环境里体验危险的想象，会更确信当下的安全，更警惕潜在的危险。从科学上讲，这是肾上腺素和杏仁体分泌激素直接的平衡，也就是刺激引发的快感。

我认为，要直面生存的真相，而不是袋鼠式地生存。

生存最大的真相是死亡，如何应对这一事实，会决定一个人如何生存。

世上的危险和不安因素，不会因我的视而不见而消失。世上的罪恶，不会因为我的不关心而减少。我怕死亡突然来袭，所以选择面对真相，并调适我的焦虑，这让我珍惜拥有的一切。

因此，我在犹豫了一段时间后，决定把《夜行实录》一直写下去，并不断学习如何在掌握边界的前提下，感染读者。

以前看过村上春树评价斯蒂芬·金小说的文章，大意说，小说最重要的不是让人觉得恐怖，而在于能让读者的不安达到某种适当的程度。

恰到好处的不安程度，是我对自己讲故事能力的追求。

夜行者的故事中，作恶的人方法各不相同，无辜者也会受到伤害，这正是人性真实的所在。

我并不以欣赏他人的痛苦为乐，而是希望在这个过程中能引发必要的警醒和思考。人性的恶究竟边界何在？生存的无奈原因何在？一个人变成恶魔的原因何在？

我想过，如果压抑自己对不安、不公和残酷的反应，我很可能会慢慢走向扭曲，扭曲的结果是，我可能会不自觉地成为恶人——这太可怕了。

《马太福音》里说：为什么只看见你弟兄眼中有刺，却不想想自己眼中有梁木呢？每个人都倾向于用自己的观念和眼界来定义世界，这是生理本能，也是社会本能。因为这种定义是相对确定的，让自己感觉安全。但当更多信息和价值观曝光在个体面前时，不确定感令人不安。

"真的勇士敢于直面惨淡的人生，敢于正视淋漓的鲜血。"我在鲁迅先生这句话的基础上延伸一下：敢于直面多元构成的真相和价值观，才是值得过的人生，才是活得明白的人。

　　不断拓宽自己对人性理解的宽度，足以对抗人生。

　　《夜行实录》是我的方法，希望你也有自己的方法。